N&K

»Blauer Dunst hing über den Bergen wie ein Spitzenschal. Sie hatte geglaubt, sie wären grau – die Smokies. All das Blau verblüffte sie. Sie hob ihren rechten Arm. Das übliche Karamell wirkte blass. Keine Farbe konnte es mit dem blauen Glanz dieser Tennessee-Berge aufnehmen. Sie war zu Hause – oder ganz in der Nähe. An jenem Morgen glaubte sie, Memphis riechen zu können – einen Hauch bekannter Düfte in einem voll besetzten Restaurant. Wir schaffen es, dachte sie, wir schaffen es. Sie schloss den 92er-Chevy-Astro-Kleintransporter ab, in dem ihre zwei Kinder und eine Husky-hündin saßen. ›Wartet hier.‹ Vier braune Augen starrten zurück – Augen, die sich nach einer Antwort, nach einem Zuhause sehnten.«

Tara M. Stringfellow ist ehemalige Anwältin, Master-Absolventin der Northwestern University und Halbfinalistin für das Fulbright-Stipendium. Sie schrieb unter anderem für Collective Unrest, Minerva Rising und das WomensArts Quarterly Journal. Nach Stationen in Okinawa, Ghana, Chicago, Kuba, Spanien, Italien und Washington D.C. zog sie zurück nach Memphis, wo sie nun jeden Abend mit ihrem Hund Huckleberry auf ihrer Veranda sitzt, Platten hört und mit Nachbarn plaudert.

Marion Kraft ist Germanistin und Amerikanistin, promovierte Literaturwissenschaftlerin, Autorin und Herausgeberin. Ein Schwerpunkt ihrer Arbeit liegt auf Schwarzer feministischer Theorie und Literatur. Als Übersetzerin hat sie u.a. Bücher von Emma Dabiri, Buchi Emecheta, Amanda Gorman und Audre Lorde ins Deutsche übertragen. Sie lebt in Berlin.

Tara M. Stringfellow

Memphis

Roman

Aus dem amerikanischen Englisch
von Marion Kraft

NAGEL UND KIMCHE

Die Originalausgabe erschien 2022 unter dem Titel
Memphis bei The Dial Press, an imprint of
Random House, New York.

1. Auflage 2025
© 2022 Tara M. Stringfellow
Ungekürzte Taschenbuchausgabe bei NAGEL UND KIMCHE
© 2023 für die deutschsprachige Ausgabe Ecco Verlag in der
Verlagsgruppe HarperCollins Deutschland GmbH
Valentinskamp 24 · 20354 Hamburg
info@harpercollins.de
Umschlaggestaltung von wilhelm typo grafisch, Zürich
Umschlagabbildung von Reyna Noriega
https://www.reynanoriega.com/
Gesetzt aus der Centennial
von GGP Media GmbH, Pößneck
Druck und Bindung von CPI books GmbH, Leck
Printed in Germany
ISBN 978-3-312-01321-0
www.nagel-kimche.ch

An Miss Gianna Floyd –

ich habe dir ein schwarzes märchen geschrieben
ich verstehe wenn du noch nicht bereit bist
es zu lesen oder wenn deine mama
gesagt hat du sollst noch etwas warten und das
ist in ordnung dieses buch geht nirgendwohin
dieses buch wird genau hier sein
wann immer du es willst
wenn du fertig bist mit spielen
draußen in dieser hellen schönen welt
die dein daddy so sehr liebte, kind,
es ist in ordnung es beiseitezulegen
Gott weiß, nicht eine seele auf dieser erde
wird dich tadeln, weil du da draußen bist –
laufend lachend atmend

Jahrelang gab es in diesem Land für Schwarze Männer niemanden, an dem sie ihre Wut auslassen konnten, außer an Schwarzen Frauen. Und jahrelang akzeptierten Schwarze Frauen diese Wut – und betrachteten dies sogar als ihre unerfreuliche Pflicht. Doch indem sie das taten, schlugen sie oft zurück und scheinen niemals zu den »wahren Sklavinnen« geworden zu sein, als die weiße Frauen sich in ihrer eigenen Geschichte sehen. Ja, die Schwarze Frau hat die Hausarbeit verrichtet, die Plackerei; ja, sie hat die Kinder großgezogen, oft allein, doch sie tat all dies, während sie gleichzeitig ihren Platz auf dem Arbeitsmarkt behauptete, auf einer Stelle, die ihr Partner nicht bekommen konnte oder aus Stolz nicht annehmen wollte. Und sie hatte nichts, worauf sie zurückgreifen konnte: Sie war kein Mann, sie war nicht weiß, sie war keine Lady, sie hatte nichts. Nichts. Und aus der tiefen Trostlosigkeit ihrer Realität heraus konnte sie sich nur selbst erfinden.

Toni Morrison, »What the Black Woman thinks About Women's Lib« [Was die Schwarze Frau über die Frauenbewegung denkt] The New York Times, 1971

Der Süden hat etwas zu erzählen.

André 3000, Outkast, Source Awards, 1995

Stammbaum der Familie North

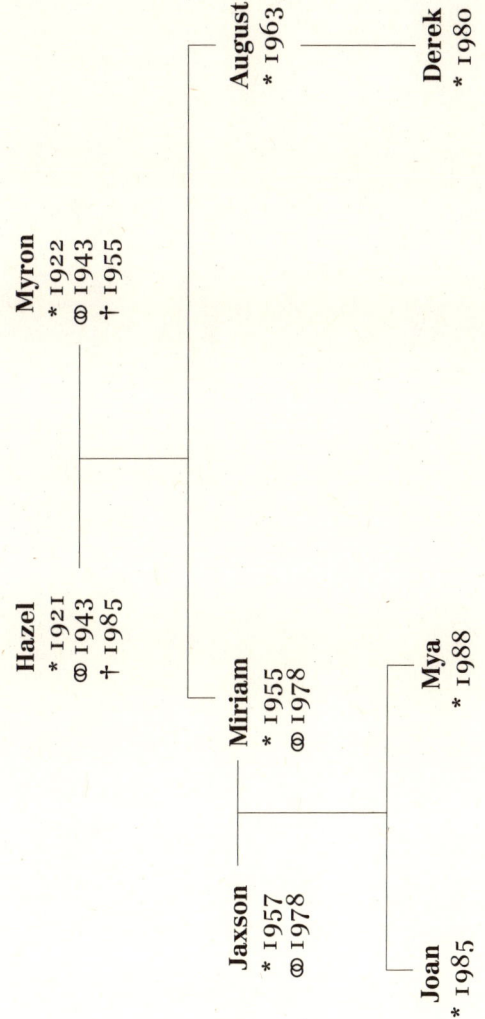

Hazel
* 1921
⚭ 1943
† 1985

Myron
* 1922
⚭ 1943
† 1955

August
* 1963

Miriam
* 1955
⚭ 1978

Jaxson
* 1957
⚭ 1978

Mya
* 1988

Joan
* 1985

Derek
* 1980

Teil I

Kapitel 1

JOAN

1995

Das Haus schien zu leben. Mama hielt mich fest an der Hand, während wir drei das Anwesen betrachteten. Unsere bleierne Müdigkeit passte nicht zu dem vor uns liegenden belebten Glanz.

»Papa Myron hat jeden Stein für das Fundament des Hauses selbst ausgesucht und gelegt«, flüsterte Mama mir und Mya zu. »Mit der Geduld und Fürsorge eines zutiefst verliebten Mannes.«

Das niedrige Gebäude erinnerte an eine im Schatten von Pflaumenbäumen dösende Katze. Es war ganz und gar nicht so wie die dreistöckigen viktorianischen Festungen, die wir kurz zuvor verlassen hatten. Dieses Haus wirkte groß und klein zugleich. Viele verschiedene Ebenen erstreckten sich in alle Richtungen hin zu einem wilden Irrgarten des Südens. Eine lange Einfahrt, in der Mitte durch ein klappbares hölzernes Scheunentor unterbrochen, zog sich durch den Hof. Doch was das Haus atmen ließ, seine Lunge, bestand aus der vorderen Veranda, zu der breite mit tiefgrünem Efeu, Heckenkirschen und Prunkwinden berankte Steintreppen führten. Auf diesem Vorbau hatte mein Großvater eine hölzerne Pergola errichtet. Die Sonnenstrahlen, die durch die Weinreben und

Holzplanken drangen, verwandelten die Veranda in ein naturwüchsiges Treibhaus. Die Heckenkirschen zogen Kolibris an, so groß wie Baseballs; indigoblau, smaragdgrün und burgunderrot flatterten sie über dem Vordach. Ich konnte Katzen sehen – vielleicht ein ganzes Dutzend, wie ich schnell zählte, obwohl die Zahl unmöglich schien. Einige schliefen in daunenweichen Knäueln, andere saßen auf dem grünen Vordach und schlugen mit den Pfoten nach den Vögeln. Handgroße Bienen summten umher, bestäubten die Prunkwinden und gaben dem Hof den Anschein, als wäre die grüne Fläche selbst lebendig, summend und in Bewegung. Die Schmetterlinge verstärkten meine Faszination. Klein und violett tanzten sie um das Vordach. Sie waren zum Leben erweckte afrikanische Veilchen, der Schlussakkord einer Symphonie des Südens, die auf einem Viertel Morgen Land aufgeführt wurde.

»Jetzt nicht, Joan«, seufzte Mama.

Ich hielt mein kleines Skizzenbuch in der Hand und fummelte schon in den vielen Taschen meines Levi-Overalls nach Kohlestiften. Der größere Zeichenblock, die leeren teetassengroßen Leinwandrollen, meine Pinsel, Tinten und Ölfarben lagen noch gut verpackt im Auto. Doch mein kleines Malbuch hatte ich immer bei mir, wohin ich auch ging.

Ich wollte das Leben auf der vorderen Veranda einfangen, es in meinem Notizbuch und in meiner Erinnerung bewahren. Eine schnell gezeichnete Landschaft. Es hätte nur wenige Minuten gedauert, aber Mama hatte recht. Wir waren alle hundemüde. Selbst Wolf, die die meiste Zeit der Reise geschlafen hatte. Aus Myas Gesicht war das übliche Funkeln verschwunden. Nachdem ich, mich geschlagen gebend, das Skizzenbuch wieder in meine Gesäßtasche gesteckt hatte, nahm ich ihre Hand, die sich heiß und schlaff anfühlte.

Mya, Mama und ich gingen Hand in Hand die breiten steinernen Eingangsstufen hinauf. Meine Erinnerungen an frühere Aufenthalte hier waren vage. Ich war erst drei Jahre alt gewesen, und das schien ein ganzes Leben zurückzuliegen. Doch nun erinnerte ich mich daran, wie ich auf der Veranda gesessen und Milch in die Schälchen der Katzen gegossen hatte. Mamas zwecklose Ermahnung, nichts zu verschütten, fiel mir wieder ein. Auch ihr Lachen, das wie ein Muschelglockenspiel aus dem Haus zu mir drang, während ich mit den Katzen spielte, hallte jetzt nach vielen Jahren in meinen Gedanken wider. Und ich erinnerte mich an diese Tür. Sie war eine mächtige Bestie. Ein vergoldeter Löwenkopf mit einem goldenen Reif im Maul war auf dem maisgelb gestrichenen Holz angebracht. Ich musste ein Bild davon malen, selbst wenn es Monate oder Jahre dauern sollte, bis ich die perfekten Farben gefunden hätte. Es war ebenso großartig wie erschreckend. Als wir an diese Tür klopften, wusste ich, wenn sie sich öffnete, würden wir eine ganze Schar von Geistern herauslassen.

Mama hob die Hand, ergriff den Ring des Löwen und klopfte drei Mal.

Ein kittfarbenes Kätzchen bewegte sich im Zickzackkurs zwischen Myas Beinen hin und her.

Mya ließ meine Hand los, um sein Fell zu streicheln und sanft mit ihm zu schmusen.

Wir hatten Wolf im Auto gelassen. Mama erklärte uns, dass wir sie durch den Hinterhof hereinlassen sollten, damit sie nicht in Versuchung geriet, die vor dem Haus umherstreifende Tierwelt anzugreifen. Sie saß auf dem Beifahrersitz neben dem heruntergelassenen Fenster.

Herausspringen würde sie nicht. Dazu war sie zu groß. Mehr Mammut als Hund. Und obwohl sie gegenüber allen Hunden friedlicher als eine Kirchenmaus war, misstraute sie Menschen, die nicht zur Familie gehörten. Wenn sie ihre Lefzen hochzog und die Zähne bleckte, genügte das, um die meisten erwachsenen Männer auf die andere Straßenseite rennen zu lassen. Als Mya noch ein Kleinkind gewesen war, hatte sie Wolf »Pferd« genannt. Damals trug Wolf sie auf dem Rücken, während Mya sie an den Ohren zog, als ob es Zügel wären. Wolf nahm das ebenso gelassen hin wie Myas pummelige Beinchen, die sich in ihrem dicken Fell vergruben. Bald schon wartete Wolf auf diese Ponyritte. Sie stupste Mya an, leckte ihr über das ganze Gesicht und die geschlossenen Augen und zwickte sie dann sanft in ihre Stupsnase, um uns zu zeigen, dass sie bereit war, sich reiten zu lassen.

Jetzt streckte Wolf ihren dicken grau behaarten Kopf aus dem Kastenwagen und knurrte leise. Sie hatte noch vor uns bemerkt, dass die Eingangstür aufging. Gerade als Mama die Hand hob, um nochmals zu klopfen, öffnete sich die gelbe Tür, und Auntie August erschien. Sie hatte die Haare auf große rosafarbene Lockenwickler gerollt, solche, wie ich sie auf alten Pin-up-Girl-Abbildungen gesehen hatte. Und sie trug einen langen cremefarbenen Seidenkimono. Auf seiner Vorderseite waren in den Farben des Sonnenuntergangs Kraniche aufgestickt, die sich aus einem grünen Pool schwangen. Sie schien den Kimono in Eile übergeworfen zu haben: Der Stoff, der kaum die vollen Brüste und Hüften bedeckte, die sich aus seinen Falten befreien wollten, wurde von einer rotbraunen Männerkrawatte aufs Geratewohl zusammengehalten. Meine Tante stand da und blinzelte in das helle Morgenlicht. Ihr Gesichtsausdruck mit einer Mischung aus Resignation und Erschöpfung ließ sie genau wie Mama aussehen.

»Was für einen Krieg habt ihr denn verloren?«, fragte Auntie August.

Sie sah aus wie die größere, majestätische Version von Mama. Auntie August war fast eins achtzig groß. Ich hatte Anansi-Geschichten gelesen und wusste daher, dass die uralten Dörfer oft Frauen in die Schlacht geschickt hatten, die groß wie Bäume und grimmiger als Gott waren. Wenn Mama die schöne Helena war, dann war August Asafo. Sie schien sich unendlich auszudehnen und so hoch wie die Tür selbst zu sein. Um ihre kräftigen, breiten Hüften in Stein zu meißeln, hätten griechische Bildhauer Monate gebraucht. Ihre Haut war auffallend dunkler, selbst als meine, und ich spürte einen Anflug von Stolz. Ich hatte schon immer Frauen mit dunklerer Hauttönung um ihre Farbe beneidet. Ihre Schönheit war von einem Geheimnis umwoben, sirenengleich, das mich hypnotisierte. In den Magazinen, die wir abonniert hatten, *Jet*, *Ebony* oder *Essence*, konnte man diese Frauen fast niemals sehen, es sei denn, sie waren selbst berühmt – wie die Mutter in *Der Prinz von Bel Air*, Whoopi Goldberg, Jackie Joyner, Oprah. Die meisten Schwarzen Frauen, die in der Gesellschaft als schön galten, sahen aus wie Mama. Schwarze Barbies. Hell. Eher gewelltes als lockiges Haar. Schlank. Als Auntie August also diese Tür öffnete, sah ich, dass ihre Haut so dunkel war, dass sie alle Farben in ihrer Umgebung reflektierte – das Gelb der Morgensonne, das Gelb der Tür, die Pfirsichfarbe der Kattun-Katze, die zwischen Myas kurzen Beinen hin und her huschte. Da wusste ich, dass die Tante, an die ich mich kaum erinnern konnte, an und für sich ein kleines köstliches Wunder war.

»Hast du irgendetwas zu essen im Kühlschrank?«, fragte Mama.

August öffnete die Tür weiter und betrachtete die Szene, die sich ihr bot. »Ist der Papst katholisch?«

Mama zuckte mit den Schultern.

Über das Summen und Schwirren der Bienen und Kolibris hinweg konnte ich Wolf wieder knurren hören.

»Meine Güte«, sagte August dann flüsternd. »Ist es so schlimm geworden?«

»Ich nehme mein altes Zimmer, wenn ich es haben kann«, sagte Mama.

Auntie August fummelte nach etwas in den tiefen Falten ihres seidenen Kimonos und verzog kurzzeitig leicht verärgert das Gesicht. So als hätte sie einen Juckreiz, den sie nicht ganz loswerden konnte. Aus der Tasche ihrer Robe zog sie dann eine Schachtel Kools in der unverwechselbaren grün-weißen Verpackung, und die Erleichterung war ihr ins Gesicht geschrieben. Diese Zigarettenpackung. Ich spürte einen stechenden Schmerz in den Rippen, so als wäre eine entfernt worden. Daddy hatte Kools geraucht. Er hatte die grün-weiße Packung immer ganz andächtig aus der Tasche gezogen und damit ein paarmal gegen sein Knie geklopft, bevor er eine Zigarette herausnahm, sie ansteckte und fragte, ob Mya und ich noch eine Spukgeschichte hören wollten.

Mit flinken Bewegungen nahm Auntie August eine Zigarette aus der Schachtel und in die andere Hand ein Feuerzeug. Mit der Zigarette zeigte sie erst auf Mya und dann auf mich. »Und die Mädchen?« Ihr Blick schien länger auf mir als auf Mya zu haften.

»Zusammen. Im Quilting-Zimmer«, sagte Mama mit einer Schärfe in der Stimme, die fast defensiv klang, aber in der etwas mitschwang, das ich nicht einordnen konnte.

August streckte blitzschnell ihre Hand aus, umfasste Mamas Kinn und drehte ihren Kopf hin und her.

»Das Make-up passt nicht«, sagte sie.

Dann verlor August die Fassung. Einem Anflug von Wut folgten Tränen, und ihr Gesicht verzog sich so wie Myas, wenn man ihr sagte, sie sollte ihre Packung Graham Cracker nicht gleich im Laden öffnen. August griff nach Mama, ihre fast ein Meter und achtzig brachen zusammen, und sie lag wie eine matte Palme in den Armen ihrer Schwester.

»Was zum Teufel hast du durchgemacht, Meer?«, fragte August und schluchzte in Mamas Haare.

»Mama, wer sind die?«

Die Stimme war männlich. Nicht erwachsen, aber an der Schwelle zum Erwachsensein, vor Männlichkeit strotzend. Sie schockierte uns. Wir hatten seit Tagen keine männliche Stimme gehört, außer der von Al Green im Radio und vor einer halben Tagesreise die des weißen Mannes an der Tankstelle. Es war, als hätte sich plötzlich ein Raubfisch in unserem neuen sicheren Hafen angekündigt.

Ein Junge, fast so groß wie August, aber schlank und jung, trat in den Türrahmen und versperrte den Eingang.

Er sah nicht wie wir aus, hatte weder die hohen Wangenknochen noch die leicht hochgezogene Oberlippe und auch nicht die große Stirn wie alle meine Verwandten. Seine kupferfarbene Haut erschien mir etwas fremd, so als würde er zu einem völlig anderen Stamm gehören.

Doch ich erkannte ihn. Mein Cousin Derek. Und in diesem Sekundenbruchteil erinnerte ich mich auch daran, was er mir angetan hatte. Die Erinnerung an etwas, das ich in all den Jahren vergessen hatte, kam plötzlich mit unaufhaltsamer Wucht zurück.

»Derek«, sagte Auntie August und vergaß ihre Zigarette, »das hier sind deine Cousinen. Das ist Mya«, fügte sie hinzu und zeigte mit der Zigarette auf sie. »Mya war gerade auf die Welt gekommen, als ihr das letzte Mal alle hier wart. Und das da ist Joan.«

»Derek, du bist groß wie deine Mutter. Wie alt bist du jetzt?«, fragte Mama.

»Fünfzehn«, sagte er und streckte die Brust raus.

»Fast schon ein Mann«, sagte Mama ruhig.

Auf der Fahrt nach Memphis hatte ich Rehe in den Wäldern gleich neben der Autobahn äsen sehen. Während wir oben in den Smoky Mountains an einer Raststelle westlich von Knoxville auf einer Parkbank Thunfischsandwiches aßen, kam eine Dammwildfamilie direkt auf unseren Tisch zu. Mama legte den Zeigefinger über die Lippen und bedeutete uns zu schweigen. Wir sagten nichts, aber ich saß mit offenem Mund staunend da, als Mya den Tieren furchtlos und anmutig eine Apfelscheibe hinhielt. Eine junge Rehgeiß zupfte daran, so wie Eva diesen Apfel gepflückt haben musste. Ohne Zögern. Einfach Verlangen. Später im Auto hatte Mama uns erklärt, dass Rehe sich dir nähern, wenn du still bist oder auf einem Pferd sitzt. Sie fürchten uns nur, wenn wir sie jagen. Doch wenn du in ihrer Nähe ruhig bleibst, ist es fast so, als wärest du unsichtbar. Du verschmilzt mit der Natur, die die Rehe umgibt.

Als ich nun Derek sah, wollte ich in der Flora und Fauna der Veranda und des Hofs verschwinden. Die Katzen, die die Vögel jagten, die Kolibris im Wettstreit mit den Bienen um die Heckenkirschen – all das war sinnvoll. Es gab eine logische Ordnung in diesem Chaos. Doch niemand, nicht einmal Gott, konnte da sitzen und mir erklären, warum dieser Junge mich sieben Jahre zuvor auf dem Fußboden seines Schlafzimmers festgehalten hatte.

Schwer atmend ließ August Mama wieder los. »Nun kommt alle rein«, sagte sie mit einer neuen Wärme in der Stimme, die die Umarmung mit Mama in ihr entfacht zu haben schien. »Wir stehn hier draußen rum, als ob ihr irgendwelche Händler wärt anstatt Verwandte. Kommt rein, ich wärme was auf. Hab gestern Abend Lammkoteletts gemacht. Die könnt ihr gerne essen«, sagte August und trocknete ihre Tränen mit den Ärmeln des Kimonos. Ihre Hände zitterten leicht vor Rührung, als sie sich endlich ihre Zigarette anzündete.

»Es ist Freitag«, sagte Mama. Ihre Stimme klang schwach und erschöpft.

»Und?«, fragte Derek.

August schlug ihm fest auf den Hinterkopf. »Pass auf, mit wem du sprichst und wie. Meer, heute gibt es Fleisch, und ihr werdet euch alle satt essen, so wahr mir Gott helfe.« Derek schlich an ihr vorbei in das dunkle Zimmer hinter der Tür.

Ich wollte und konnte mich nicht bewegen.

»Joanie? Ist alles in Ordnung?«, fragte Mama.

Plötzlich spürte ich Mamas Hände auf meinen Schultern und sprang dreißig Zentimeter hoch in die Luft.

Auntie August blieb auf der Türschwelle stehen, einen Fuß schon im Innern des Hauses.

Ich konnte meine Augen von der Dunkelheit des Flurs hinter ihr nicht lösen, nicht einmal, um Mama anzusehen. Die Schwärze nahm mir die Sicht. Ich bemerkte vage, dass ich den Atem anhielt. Er war irgendwo da drin. Ich hörte, wie von innen eine Großvateruhr zur halben Stunde schlug.

»Das Mädchen spricht nicht?«, fragte Auntie August.

Mein Herz dröhnte in meinen Ohren. Dann …

»Mein Gott«, sagte August und hielt sich eine Hand vor den Mund. Mit ihrer brennenden Zigarette zeigte sie auf mein Hosenbein.

Die Löwenschnauze an der Tür schien mich spöttisch anzugrinsen. Ich fühlte mich wie gelähmt, als müsste ich für den Rest meines Lebens an dieser Stelle der Veranda stehen bleiben, so lange, bis ich selbst eine Rebe geworden wäre, die die Bienen erforschen konnten. Die Bienen – das Summen kam jetzt von weit her. Wie von fern bemerkte ich, dass die ganze Welt leiser geworden zu sein schien. Bis auf den warnenden Ton meines Herzschlags.

»Joanie?« Mama drehte mich so fest herum, dass ich fast gestolpert wäre. In ihren großen Augen waren gelbe Flecken von den Sonnenstrahlen, die durch die Weinreben fielen. Die plötzliche Helle überwältigte meine Augen. Ich spürte die Wärme an meinem ganzen linken Bein, eine nasse Hitze, die schnell abkühlte. Mir wurde klar, dass es Pisse war, was mich leicht überraschte, als würde ich den Körper einer anderen Person beobachten, ein anderes Leben. Ich schämte mich nicht. Mama schüttelte mich hart.

»Sie ist nur erschöpft«, sagte sie und sah mir jetzt in die Augen. »Wir hatten eine lange Reise.« Ich spürte Myas wachsame Blicke auf mir.

»Nun, ihr seid jetzt zu Hause«, sagte Auntie August mit einer etwas höheren Stimme als zuvor. Es klang fast wie eine Frage oder vielleicht wie ein Gebet.

»Komm jetzt, Joanie«, sagte Mama sanft, und ich erinnerte mich, dass sie mit derselben Stimme immer Mya beruhigt hatte, als diese noch ein Baby gewesen war.

»Machen wir dich sauber.« Und lauter, als beantwortete sie eine Frage, fügte sie hinzu: »Mya, du gehst schon mal voran.«

Auntie August streckte die Hand aus. Mya sah erst mich an, danach Mama, dann wieder mich, bevor sie die Hand unserer Tante nahm und ihr ins Haus folgte.

Es schien unmöglich, sich jemals wieder zu bewegen. Ich dachte, ich würde auf der Stelle sterben. Ich hoffte es sogar. Aber … Mya.

»Komm, Joanie.« Mya hatte sich umgedreht. Mya. Meine kleine Schwester. Sieben Jahre alt und trotzdem so furchtlos. Ein kleiner Funken Leben kehrte in mich zurück. Für mich selbst wäre ich vielleicht nicht in der Lage, mich auch nur ein paar Zentimeter zu bewegen, aber für Mya … zwang ich mich, einen Fuß vor den anderen zu setzen. Ich würde sie nicht ohne mich da hineingehen lassen. Schließlich musste ich für Mya eine Festung sein.

Ich ging hinein, Mamas Hände noch immer auf meinen Schultern.

Innen war das Wohnzimmer eine Fortsetzung der vorderen Veranda. Überall gab es Pflanzen. Schwarze Tapeten mit handgemalten rosa Pfingstrosen bedeckten die hohen Wände und waren auch an einem achteckigen Deckenbalken in der Mitte des Zimmers angebracht. Die Fenster waren von der Art, die ich in alten in Chicago spielenden Mafia-Filmen gesehen hatte. Die Ecken waren mit Buntglas ausgekleidet, dessen verschlungene smaragdfarbene Ranken und violette Veilchen den Raum in eine Helle wie von strahlenden Juwelen tauchten. Allmählich gewöhnte ich mich an das Spiel von Dunkelheit und

Licht, an den Kontrast zwischen der schwarzen Tapete und den strahlenden gemalten Pfingstrosen. Meine Augen nahmen wahr, wie das morgendliche Sonnenlicht genau richtig auf die Buntglasfenster traf, sodass die Efeuranken in einem Regenbogen des Lichts auf dem Boden tanzten. Dann fiel mein Blick auf die Möbel. Der Raum war mit Antiquitäten angefüllt: ein Drehscheibentelefon mit Perlmuttgriff, das auf einer kleinen viktorianisch anmutenden Anrichte stand; Einmachgläser voll mit ausgestopften gelben Vögeln; die gleichen blauen Schmetterlinge, die ich draußen gesehen hatte, aber auf Pergament gepinnt und hinter Glasrahmen; ein Victrola-Plattenspieler; ein Klavier.

»Wow«, entfuhr es Mya.

Ein verschlissener Perserteppich lag auf dem Boden zwischen uns und einem gemauerten Kamin. Davor stand Derek.

Dereks Blick wanderte in drei schnellen Bewegungen erst zu mir, dann runter zu meinen nassen Hosen und schließlich auf den Boden, wo er hängen blieb. Ich sah jetzt, dass er die gleichen rehbraunen Augen hatte wie wir alle. Beweis, dass er mit uns verwandt war. Ich hasste diese Tatsache. Dass er zu uns – zu mir – gehörte. Galle stieg in meinem Bauch hoch, und ich schluckte hart, um sie zurückzuhalten.

Als Derek seinen Blick auf mich richtete, sah er zugleich anders und vertraut aus. Er trug eine Kurzhaarfrisur, und ich musste mir widerwillig eingestehen, dass sie ihm gut stand.

»O schau mal, all diese alten Möbel«, rief Mya aus und war verschwunden. Sie rannte in die dunklen Ecken und Verstecke des Wohnzimmers und in den angrenzenden Flur, auf Entdeckungsreise – mutig, wie sie mit ihren immer noch sieben Jahren war. Sie liebte es, sich in einem guten Schrank zu verstecken.

Zurückgelassen in dem achteckigen Raum, stand Mama hinter mir, und August stand hinter ihrem Sohn. Niemand sprach für eine gefühlte Ewigkeit. Schweigen ließ sich wie ein dichter Nebel in dem Zimmer nieder. Ich fühlte das heiße Blut brennend durch meine Adern fließen. Fühlte die Feuchtigkeit meiner Hosenbeine.

»Wir sollten uns wahrscheinlich zunächst frisch machen«, sagte Mama und führte mich sanft zum Badezimmer.

Es war merkwürdig, dass ich mich vollgepinkelt hatte, ohne es zu bemerken. Doch mehr als die an meinem Bein kalt werdende Pisse, mehr als die aufsteigende Müdigkeit und das üble Rumoren meines Magens, mehr noch als jegliche Scham überkam mich ein völlig neues Gefühl. Als meine Mutter mir mit einer Zärtlichkeit beim Ausziehen half, die meine Furcht nur noch vergrößerte, verstand ich, warum die erste Sünde auf dieser Erde ein Mord war. Unter Verwandten.

Kapitel 2

MIRIAM

1995

Blauer Dunst hing über den Bergen wie ein Spitzenschal. Sie hatte geglaubt, sie wären grau – die Smokies. All das Blau verblüffte sie. Sie hob ihren rechten Arm. Das übliche Karamell wirkte blass. Keine Farbe konnte es mit dem blauen Glanz dieser Tennessee-Berge aufnehmen. Sie war zu Hause – oder ganz in der Nähe. An jenem Morgen glaubte sie, Memphis riechen zu können – einen Hauch bekannter Düfte in einem voll besetzten Restaurant. *Wir schaffen es*, dachte sie, *wir schaffen es*. Sie schloss den 92er-Chevy-Astro-Kleintransporter ab, in dem ihre zwei Kinder und eine Huskyhündin saßen.

»Wartet hier.«

Vier braune Augen starrten zurück – Augen, die sich nach einer Antwort, nach einem Zuhause sehnten. Sie erinnerten Miriam an den Blick verirrter Soldaten.

Langsam ging sie zu der Esso-Tankstelle. Sie war sich ihrer Umgebung äußerst bewusst. Die einzige Schwarze Frau meilenweit, das wusste sie. Ein Gebirgskamm erhob sich wie ein Tsunami vor ihr. Ein Blau, das jeden Ozean beschämen müsste, dachte sie. *Fast zu Hause, Meer. Fast zu Hause.*

Als sie die Tankstellentür aufstieß, sang über ihr ein Windspiel:

»Morgen, kleine Lady.«

»Morgen.«

»Womit kann ich Ihnen helfen?«

Er lächelte. Ein gutes Zeichen, dachte sie. Keine Bosheit im Vorfeld. Er war rundlich, fleischig und klein. Auch gut. Im Notfall wäre sie schneller als er. Schlüssel in der Hosentasche. In höchstens fünfzehn Sekunden würde sie den Wagen erreichen und ihre Kinder. Dann beten, dass der verdammte Transporter anspringen würde. Beten. Den ersten Gang einlegen.

Er hatte seine langen silbergrauen Haare zu einem Pferdeschwanz zusammengebunden und streichelte seinen grauen Ziegenbart, als er fröhlich verkündete: »Sie sind meine erste Kundin heute Morgen. Ist wirklich noch früh. Wo soll's denn hingehen?«

»Memphis.«

Er pfiff anerkennend. »Sie wissen, dass Sie da noch gut zehn Stunden vor sich haben? Meinen Sie, Sie schaffen das?«

»Ja, das schaffe ich. Wissen Sie, die Klimaanlage flackert ständig. An und aus. An und aus. Ich habe gedacht, vielleicht verstehen Sie etwas von Autos.«

Er pfiff abermals. »Kleine Lady, wenn etwas vier Räder hat, brauche ich nicht mal ein Lenkrad, um das Ding zu fahren. Wenn Waschmaschinen auf Rädern daherkämen, würde ich meine rot anstreichen und sie Long Tall Sally nennen. Das *Einzige*, worin ich gut bin, sagt meine alte Dame. Was für ein Auto?«

Miriam lächelte. Sie konnte nicht anders. Er hatte »Waschmaschine« so ausgesprochen, als säße irgendwo in der Mitte des Wortes ein R. *Fast zu Hause*, dachte sie.

»Ein Chevy Astro. A 92. Gangschaltung.«

»Kleine Lady, Sie fahren mit einem Schaltknüppel den ganzen Weg bis nach Memphis?«

Sie entspannte sich. Dieser weiße Mann war in Ordnung. Soweit weiße Männer in Ordnung sein können. »Nun, ich habe um Flügel gebeten, aber der liebe Gott hat nur gelacht.«

»Gut, es ist ja niemand hier. Schaun wir uns das nervige Mädchen mal an. Wenn Sie mögen.« Er hob seine Hände und zeigte seine Handflächen. »Kann nichts versprechen. Aber für eine kleine Lady wie Sie werde ich alles versuchen.«

Miriams Nacken spannte sich an. Die Nerven dehnten sich aus und zogen sich wieder zusammen.

Er stemmte sich von dem Schemel, auf dem er hockte, wobei er mit jeder kleinen Bewegung seines Gewichts ein leises Stöhnen von sich gab. Sein fleischiger Zeigefinger wies zur Tür. »Ladies first.«

Die Berge hatten die Farbe eines silbernen Mondsteins angenommen. Miriam hielt inne, als sie sich umdrehte.

»Das ist ein Anblick, nicht wahr? Und nach all den Jahren kann ich mich nicht daran gewöhnen. Berge. Wie sind sie bloß entstanden? Manchmal sitze ich den ganzen Tag in dem Laden und frage mich das. Verstehe nicht, wie jemand, der jeden Morgen vor diesen Bergen aufwacht, an der Existenz Gottes zweifeln kann. Mehr Beweise brauche ich nicht. Haben Sie Kinder?« Er zeigte mit seinem dicken Finger auf den Wagen, in dem ein flatternder Vorhang zugezogen wurde. Diese braunen Augenpaare beobachteten alles.

Miriam nickte. »Auch einen Mann. Wir treffen ihn in Memphis. Es gibt einen Marinestützpunkt dort.« Die Lüge zerging ihr wie ein Cremetörtchen im Mund.

»Dann ist Ihr Mann beim Militär?«

»Ein Offizier und Gentleman.« Sie musste fast über sich lachen.

Dann fasste sie sich an ihre immer noch glatte Stirn, auf die sie billiges Make-up von Maybelline aufgetragen hatte, das nicht zu ihrem Hautton passte. Den gab es nämlich nie in den Drogerien. Sie zeigte auf die Motorhaube des weißen Transporters. So groß, dass ihre Kinder ihn »das Weiße Haus« nannten. So ärgerlich, dass sie ihn »die Reagans« getauft hatte.

»Können Sie es reparieren?«

Er war jetzt in den Innereien des Wagens. Sie spähte über seinen massigen Körper hinweg. Und dann …

Sie hörte nicht, wie sich die Beifahrertür mit sanftem Knarren, nur einem Knacks, öffnete, auch nicht das leise Getrappel von Füßen. Doch sie vernahm das Knurren.

Wolf war einen Meter entfernt, Mya gleich hinter ihr. Ihre jüngste Tochter. Mya war noch keine sieben Jahre alt. Wolf, weiß wie der Schnee auf den Smokies, duckte sich, fletschte ihre weißen Zähne und zeigte ihr rosa-schwarz geflecktes Zahnfleisch.

Der weiße Mann drehte sich um. Sah entsetzt aus.

»Wolf, zurück ins Auto. Mya, du auch.« Miriam streckte ihren braunen Arm aus und zeigte auf die Beifahrertür.

»Frau, Sie haben ja eine volle Arche Noah.«

»Wer ist das, Mama? Wo ist Daddy?«, fragte Mya.

»Komm jetzt.« Miriam sah Joan ihren kleinen Kopf aus dem Seitenfenster strecken.

»Los, Wolf. Komm. *Jetzt*.«

Miriam hätte gelächelt, wenn Myas Frage nicht zu einer nie gekannten Anspannung ihrer Nackenmuskeln geführt hätte. Joans Stimme klang scharf. Mya gehorchte ihrer älteren Schwester. Wolf zog sich zurück, ohne die Augen von dem weißen Mann abzuwenden. Misstrauisch. Beschützend. Ein Knurren stieg in ihrem Maul auf. Mya folgte ihr, wenn auch zögernd, wie Miriam wusste.

Der weiße Mann wandte sich wieder den Eingeweiden des Wagens zu. »Sehen Sie das hier? Das ist das Unterdruckventil. Sehen Sie diese Löcher? Ich muss nur etwas Isolierband drumwickeln, das ist alles. Außer Fleisch und Gott braucht ein Mann nur Klebeband. Hat die Crew der *Apollo 13* gerettet. Wussten Sie das? Ist Ihr Mann Pilot?«

»Wenn ich das Glück mal hätte! Würde den Mann im All stationieren statt in Memphis.« Der süßsaure Geschmack in ihrem Mund hatte sich aufgelöst. Miriam war überrascht, dass sie die Wahrheit ausgesprochen hatte.

Der weiße Mann unterbrach seine Arbeit. Er kreuzte seine Arme vor der Brust und lehnte sich an den Transporter. »Meine alte Dame hat Alzheimer. Wird so schlimm, dass sie nicht mal mehr weiß, wer sie ist. Ruft mich in der Nacht. *Was bin ich? Was bin ich?* Ich habe diese Frau dreißig Jahre lang geliebt. Nicht nur gute Jahre. Aber wir waren zusammen. Zusammen. Ich glaube, wenn sie auf dem Mars wäre, würde ich diesen alten Truck da aufrüsten, damit er mich hinbringt.« Er seufzte. »Kommen Sie, hier, sehen Sie das? Binden Sie das Ding so fest, wenn die Klimaanlage wieder streikt.«

Zehn Minuten später saß Miriam hinter dem Steuer, winkte dem Fremden dankbar zu und fuhr von der Tankstelle. Ihre Töchter pressten zum Dank die Hände gegen die Scheiben. Er hob einen Arm und salutierte.

Die Klimaanlage lief auf Hochtouren. Die Mädchen konnten wieder atmen. Wolf hörte auf zu hecheln, kringelte sich zu Myas Füßen und schlief.

Nach der Anspannung der zurückliegenden Begegnung wischte Miriam sich mit dem Unterarm ihre Tränen ab. Versuchte, das Schniefen zu verbergen. Doch ihr war klar, die Mädchen wussten Bescheid. Verstanden die Bedeutung dieser vaterlosen Reise. Ihre Stimme brach, als sie, wegen Al Green kaum hörbar, sagte: »Wir sind fast da, hört ihr? Wir sind fast da.«

Sie überlegte, wo sie zum Mittagessen anhalten könnten. Hoffentlich gab es in ein oder zwei Stunden etwas zum Mitnehmen. Sie wäre lieber irgendwo eingekehrt, aber Joan hatte es in letzter Zeit abgelehnt, in den meisten Restaurants zu essen. Der Senf. Sie wollte dem Zeug nicht nahe kommen. Mehr sagte sie nicht dazu und ging einfach nicht hinein. Sie blieb mit Wolf im Auto sitzen und wartete.

Miriam ließ ihre Gedanken zum Vortag zurückwandern. Der Hof war vollgepackt gewesen. Schränke und Kommoden und Jade-Elefanten, ein riesiges Sortiment japanischer Geisha-Holzschnitte und ein gusseiserner Herd aus der Zeit der Sklaverei, in dem jede Südstaatenfrau stolz ihr Gebäck zubereitet hätte, hatten den Rasen bedeckt.

Die Nachbarn. Miriam erinnerte sich an den Schock und das Staunen in ihren Augen, an die offenen Münder, vor die sie die Hände hielten, um ihre Bestürzung zu verbergen. Alles, was sie besaß, zur Schau gestellt. Ein Butterfass mit einem Perlmuttgriff ging für zwanzig weg. Als würde Miriam selbst in einem offenen Kimono mit nackten Brüsten und völlig erschöpft ausgebreitet da im Hof liegen.

Die Nachbarn – besonders die Frauen, erinnerte sich Miriam – schüttelten den Kopf. Sie wusste, sie dachten an das Fest in der Nacht zuvor. Wer sollte sich auch nicht daran erinnern, wie Miriam in einem golddurchwirkten Kleid und blutroten hochhackigen Schuhen aufgetaucht war? Sie war sicher, sie hatten gedacht, alles wäre wegen Jax' Beförderung zum Major gewesen.

Die Hälse der Nachbarn drehten sich in alle Richtungen, und wie hungrige Tauben hielten sie Ausschau nach dem Major. Doch er war nirgends zu sehen. Allein die Kinder. Die Mädchen, Mya winzig, kleiner als Wolf, schrie wie auf einem Jahrmarkt, dass dies oder das auch für nur zehn wegging.

Und dann war da der Shelby. Wie irgendein schwarzes Biest stand er ganz hinten am Rand des Hofes. Die gesamte Basis vom General zum Gefreiten wusste, dass Jax diesen schwarzen Panther so sehr wie, wenn nicht noch heftiger als das Korps liebte. Mehr als das Porzellan oder die Möbel oder Jax' Abwesenheit war es das Schild im Fenster des 69er-Mustang gewesen, das verkündete, dass Miriams und Jax' Sturm von einer Ehe endlich vorüber war. In dicken Buchstaben in der Farbe von Miriams rosarotem Lippenstift stand darauf einfach: UMSONST.

Kurz nach Sugar Tree in Tennessee brach die Klimaanlage des Wagens wieder zusammen. Miriam parkte den Chevy an einer einsamen Raststelle im Schatten alter Nussbäume. Sie steckte ihre Arme tief in den Motorraum des Transporters und reparierte ihn selbst. Der Hickory über ihr schwer in grüner Blüte.

Kapitel 3

MIRIAM

1978

Miriam sah nicht von ihrem Roman auf, als die Glocke über der Tür des Schallplattengeschäfts das Eintreffen neuer Kundschaft ankündigte. Nur so konnte sie es vermeiden, die Augen zu verdrehen. Sie biss in den Pfirsich, den sie in der Hand hielt, und vergrub ihren Kopf noch tiefer in ihre Brontë. Miriam arbeitete nicht gerne in dem Musikladen. Sie arbeitete überhaupt nicht gerne. Sie studierte lieber. Chemie. Physik. Anatomie. Das hier war ein Ferienjob – ein Auftritt, um zwischen ihrem College-Abschluss und dem Beginn der Krankenpflegeschule im Herbst etwas Geld zu verdienen.

Der Schallplattenladen war heruntergekommen und staubig. An den Wänden hingen Vinylhüllen: eine lächelnde Bessie Smith, eine traurige Roberta Flack und *Sgt. Pepper* von den Beatles. Überquellende Plattenstapel waren an drei Seiten des Ladens aufgereiht, und an der vierten stand ein hoher Tresen. Die Nachmittagssonne fiel durch die großen Fenster ein und ließ lange Diagonalen aus schwebenden Staubmotten entstehen.

Miriam trug ihr Haar in einem großen krausen Afro, der dem von Diana Ross Konkurrenz gemacht hätte. Ihre Haarpracht wogte bei der leichtesten Bewegung ihres

Kopfes. Abgesehen von ihrem Haar war sie das Ebenbild ihrer Mutter. Ihre Brüste waren größer geworden, nicht viel, aber genug, um Aufmerksamkeit zu erwecken. Die Schönheit ihrer Gestalt war vor allem ihren Hüften geschuldet – breit und einladend wie eine Eingangsveranda. Dabei wusste Miriam, dass sie auf Männer für gewöhnlich alles andere als einladend wirkte. Die Pfiffe, Einladungen und das Herumlungern an ihrem Haus ließen sie kalt. Sie schüttelte belustigt den Kopf, ging hinein und murmelte, Männer seien seltsame Dinger.

»Haben sie irgendwelche EJ?«

Miriam wollte die Augen nicht von den Seiten ihres Buches abwenden. Heathcliff war zurückgekommen, siegreich und zornig. Catherine, schwanger, war krank geworden. »Gott, wenn diese Frau stirbt …«, sagte sie.

»Wissen Sie, EJ! EJ! Elton John. ›Be-be-be, Benny and the Jets‹.«

Miriam verdrehte die Augen. Es interessierte sie nicht im Geringsten, ob dieser Typ nach Elton John oder nach dem Papst fragte. Sie zeigte mit dem Kopf nach rechts, ohne die Augen von ihrem Buch abzuwenden. »Da. Drüben.« Sie betonte jedes Wort langsam, getrennt, um zu zeigen, dass sie genervt war.

»Vertieft in dein Buch, hä? Verstehe. Ist ein verdammt gutes. Ich bin sicher, dass Heathcliff Schwarz war.«

Miriam hob ihre dunkelbraunen Augen von ihrem Roman und heftete sie auf den Fremden vor ihr. Miriam, die Männer immer nur als unvermeidbare Seltsamkeiten und Ärgernisse betrachtet hatte – wie Mückenstiche im Sommer, Motten, die in den Wintermonaten in Truhen einfielen, als Staub, der sich auf Büchern ablagerte –, Miriam, immer desinteressiert an den Tricks von Männern, verliebte sich bis ins Mark in dem Moment, als ihre Rehaugen sich mit denen des jungen Mannes vor ihr trafen.

Sie hatte noch nie zuvor jemand gesehen, der so dunkel war. Wie eine einsame Straße um Mitternacht. Fast Indigo. Er hatte eine breite, vorn runde Nase und große, fein nach oben geschwungene Lippen. Miriam hätte sie am liebsten geküsst. Und sein Haar – sie musste sich zurückhalten, um nicht darüberzustreichen. Es war bestimmt lockig, denn obwohl es kurz geschnitten war, glitzerten schimmernde Wellen in der Morgensonne des Ladens.

Während sie den Gesamteindruck des Mannes in sich aufnahm, spürte sie, wie sich etwas in ihrem Innern regte. Er trug die gleiche Uniform des Marine Corps, die ihr Vater getragen hatte. Kakihemd, linke Brust voller Bänder, die besagten, wo er stationiert gewesen war und welche Orden er erhalten hatte. Dunkelgrüne Hosen, eine Stoffkappe, die gefaltet in den Gürtel gesteckt wurde. Ihre Mutter bügelte immer noch alle paar Monate die alten Uniformen ihres Vaters. Manchmal ertappte Miriam sie dabei, wie sie diese auf ihrem Doppelbett ausbreitete und sie stundenlang anstarrte, bevor sie sie wieder weglegte.

Miriam war klar, sie sollte diesem jungen Mann antworten. Doch zum ersten Mal in ihrem Leben hatte es ihr die Sprache verschlagen. Wenn sie jetzt etwas zu sagen versuchte, würde sie nur halbe Wörter stottern können. Sie saß da, starrte ihn blinzelnd, mit halb offenem Mund an und spürte, wie eine tiefe Röte sich bis zu ihren Fingerspitzen ausdehnte.

»Also«, sagte der Mann langsam. Mit den Händen in den Hosentaschen wippte er auf den Fersen auf und ab. »Ich muss und darf das wohl sagen. Du hörst das bestimmt ständig. Aber du hast die schönsten Augen. Sie würden Miss Diana Ross neidisch machen. Sag mal, ich bin neu in Memphis. Na ja, Millington. Ich bin dort auf der Militärbasis. Gerade zum Oberleutnant befördert worden. Sorry. Ich glaube, ich fasele. Ich rede zu viel, sagt Mazz immer. Mazz – Mazzeo-Antonio Mazzeo. Gott, ich hab dich nur vollgelabert. *Mazz. Mazz.* Das ist dieser Freund von mir auf der Basis. Sag mal, was machst du morgen, Samstagabend. Sorry, du weißt wahrscheinlich, dass morgen Samstag ist. Muss ich dir nicht sagen. Egal. Ein paar von uns gehen in den Offiziersklub. Ist nett da, versprochen. Und andere Mädchen werden auch kommen. Sorry, andere *Frauen.* Freundinnen und Ehefrauen. Nein, das ist kein Heiratsantrag. Hab ich erwähnt, dass ich zu viel rede? Sag mal, ist es immer so heiß hier unten? Wie überlebst du das?«

Sein scheues Lächeln, sein nervöses Lachen, die Art, wie er sich mit den Händen durch die weichen Wellen seiner Haare fuhr, während er ununterbrochen schwafelte, beruhigte Miriam. Möglicherweise, nur vielleicht, hatte Amor sie ja beide erwischt.

Miriam richtete sich auf ihrem Stuhl auf, nahm die Schultern zurück. Versuchte, ihr schweres Atmen und ihren zitternden Mund zu verbergen. Sie biss sich auf die Lippe. Blätterte eine Seite ihres Romans um und markierte sie mit einem Eselsohr. »Du bist jetzt in Memphis. Nix mehr EJ«, sagte sie und erhob sich von ihrem Stuhl. »Der einzige weiße Junge, den wir hier unten hören, ist aus Tupelo.« Sie öffnete die kleine Schwingtür des Tresens, hinter dem sie saß. Bewusst schaukelte sie ihre Hüften, während sie an den vollen Gängen des kleinen Musikladens entlangschritt. Ebenso bewusst streifte sie den Kakihemdsärmel des Mannes.

»Und?«, rief sie innehaltend über ihre Schulter zurück: »Kommst du nicht?«

Sie verbrachten den Rest von Miriams Schicht damit, in Elvis-Platten zu stöbern, erzählten sich ihre Lebensgeschichten, warfen sich verstohlene Blicke zu und verliebten sich. Als sie über Hemingway, Fitzgerald und Faulkner sprachen, waren sie sich einig, dass keiner von denen, nicht ein einziger dieser weißen Jungs, einen so guten Satz schreiben konnte wie Zora Neale Hurston.

Er erzählte ihr alles. Wie er aus Chicago geflohen war. Hatte sich zum Militär gemeldet – sogar zur Überraschung seines Zwillingsbruders Bird. Er hatte diese Stadt einfach verlassen müssen. Er musste weg. Bird verstand es dann schließlich. Sie waren im Jahr der Grippepandemie von 1957 geboren worden, die Tausende Opfer forderte. Doch nicht ihre Mutter. Marvel war am Virus erkrankt. Sie schob ihre Zwillinge hinaus in die eisige Novembernacht und hustete dabei ständig. Er erzählte ihr, wie er in dem Korps aufgestiegen war. Er kam von dem verkürzten Offizierstraining in Quantico, Virginia, als Oberleutnant nach Millington. Nur eine knappe Stunde entfernt. Er war im Mai angekommen, als Memphis in voller Blüte stand. Memphis im Mai erinnerte ihn an Coleridges Ode an Xanadu. Die Häuser auf den Plantagen waren prächtige Lustschlösser mit umlaufenden Veranden auf jeder Etage, und der majestätische Mississippi hätte jede heilige Stätte in den Schatten stellen können. Magnolien blühten weiß und dufteten wie Heckenkirschen. Die Luft war schwer vom Grün. Abends, egal an welchem Tag, konnte er den Duft von Barbecues riechen, die auf heißen Grills rösteten, und freitags durchdrang der Geruch der unzähligen kirchlichen Fischbratereien die feuchte Schwüle, brachte sie zum Knistern. Memphis war zu allen Zeiten voller Musik. Alte Grammophone und Cadillacs plärrten, die altmodischen ovalen Holzradios in den Wohnungen waren immer, wirklich immer voll aufgedreht, und er hörte Stimmen, die den Erzengel Gabriel beschämt hätten – Big Mama Thornton, Furry Lewis, das lange, unsterbliche Heulen von Howlin' Wolf. Jax fiel auf, dass die Schwarzen in Memphis stolzierten. Nicht dass sie das in Chicago nicht auch taten, doch Jax erinnerte sich nur an den scharfen Wind in seiner Stadt, an Bilder warm eingepackter Schwarzer Figuren, die sich der brutalen Kraft des wütenden Windes vom Lake Michigan entgegenstemmten. Hier in Memphis tanzten die Schwarzen über die Straße wie im Takt der Musik, die so allgegenwärtig war wie Gott. Schwarze Leute, die jede Sekunde ihres Schwarzseins liebten. Mit ehrfurchtsvollen Augen ging er abends mit den anderen ledigen Offizieren zur Beale Street – in all den Schwarzen Straßen nur Schwarze Körper. Beale war voll von Schwarzen Menschen, die Whiskey tranken, lachten, sich in dunklen Ecken liebten, sangen, Springmesser zogen, Gitarren stimmten, Tabak kauten und tanzten. Die Baumwolle stand kniehoch. Die grünen Areale waren in sauberen Reihen mit ihrer überbordenden weißen Pracht bestellt. Unzählige Felder dieser ungenießbaren Frucht – der Pflanze, die seine Vorfahren und die Vorfahren jeder anderen Schwarzen Person, die er kannte, in dieses Land gebracht hatte. Vierhundert Jahre lang hatten sie Baumwolle gezupft und gepflückt, ohne einen Cent dafür zu erhalten, ohne Anerkennung ihrer Menschenwürde. Jetzt, da er im Süden angekommen war, sagte er zu Miriam, verstand er nicht, wie irgendwer dieses Land jemals verlassen konnte.

Und Miriam erzählte ihm auch alles: Wie sie geholfen hatte, ihre kleine Schwester August großzuziehen – gut, eigentlich ihre Halbschwester, aber in allem, was von Bedeutung war, ganz ihre Schwester. Wie ihre Mutter im Kampf für Bürgerrechte und für Gleichheit militant geworden war. Sie sagte, wenn ihm Memphis gefiel, würde er Douglass lieben, ihre Wohngegend im Norden der Stadt. Wie ihr Haus – wunderschön angefüllt mit Antiquitäten und von ihrem Vater selbst erbaut – zu einem Refugium für Schwarze Intellektuelle, Politiker*innen und Aktivist*innen geworden war. Wie zufällig an einem Dienstagmorgen Al Green höchstpersönlich vorbeigekommen war und dass sie niemals in ihrem ganzen Schwarzen Leben vergessen würde, wie er und die vierzehnjährige August die Tasten des Klaviers im Wohnzimmer bearbeitet hatten. Sie erzählte ihm von Miss Dawn – ihrer Quasigroßmutter aus dem Haus in der Nachbarschaft, von ihren frechen Reden, ihren Zauberformeln. Miriam erzählte dem jungen Marinesoldaten, der vor ihr stand, dass sie noch niemals verliebt war.

Miriam war sich nicht sicher, wann genau an jenem Nachmittag sie seinen Namen erfahren hatte. Aber irgendwann hatte sie ihn wohl gehört. Denn als sie abends einschlief, war der Name ein Gebet, das sie aufsagte. Sein Name formte sich in ihrem Mund zu einem Karamellbonbon, drehte sich und vollzog akrobatische Pirouetten darin: *Jax. Jax. Jax.*

Gleich am nächsten Abend fuhr Jax sie zum Offiziersklub auf der Basis in Millington. Miriam hatte ihren Kleiderschrank und auch den ihrer Mutter durchsucht und sich für ein rotes paillettenbesetztes Shiftkleid mit tiefem

Rückenausschnitt und einem langen Schlitz entschieden. Dazu passend trug sie schwarze Kitten Heels und eine schwarze schmale Handtasche. Ihre Mutter wusste von der Verabredung und ließ sie ganz erfreut gehen.

»Junge Leute sollten immer zusammen sein. Gott weiß, nichts auf der Welt hätte mich davon abhalten können, deinen Daddy zu treffen«, hatte Hazel gesagt, als sie Miriam dabei half, Kammern, Truhen und Schränke nach dem perfekten Kleid zu durchsuchen.

Dann hielt ihre Mutter inne. Ging hinüber zu Miriams Bett und setzte sich auf den Rand. Sie war plötzlich müde.

»Ich bin Punkt Mitternacht zu Hause, Mama«, hatte Miriam gesagt.

Miriam hörte ein Hupen. Pünktlich um halb acht öffnete sie die Haustür. Am Straßenrand stand Jax neben etwas, das wie eine Zeitmaschine aussah, hielt einen kleinen Strauß afrikanischer Veilchen in der Hand und starrte sie mit offenem Mund an.

Er rührte sich nicht vom Fleck. Er schien gelähmt, gebannt, als Miriams Pumps auf dem Weg klickten, der von ihrer Veranda zur Straße führte.

Auch sie war verblüfft. Jax fuhr einen Sportwagen, wie sie ihn niemals zuvor gesehen hatte. Seine Farbe war dunkler als die Nacht, die sie umgab. Als sie in dem Wagen saß, bemerkte sie, dass er nach Jax roch: Moschus, Leder, Zigaretten und Schuhcreme. Sie atmete tief ein.

Im Klub lernte Miriam Antonio Mazzeo kennen, allseits bekannt als Mazz von der Chicago North Side. Er und Jax waren unzertrennlich seit ihrem Ausbildungslager fünf Jahre zuvor. Beide sprachen weiterhin mit ihrem Chicagoer Akzent – scharfes C und noch schärfere kurze Vokale. Sie teilten ihre Liebe zu dem Baseballteam Chicago Cubs, zu einem polnischen Gericht mit viel scharfer Paprika, zu Sommern in einer Stadt, die smaragdgrün an den Wassern des Lake Michigan schillerte. Mazz gehörte zu der einzigen italoamerikanischen Familie in streng irischer Nachbarschaft. Im Erdgeschoss des vierstöckigen Backsteinhauses seiner Leute befand sich deren Bäckerei, in der auch Cannelloni, Cappuccino und handgemachte Gnocchi verkauft wurden. Wenn Mazz das Haus verließ, konnte er geradewegs zum Stadion laufen, um erst einmal Ernie Banks zu sehen. Jax und Mazz hatten sich im Ausbildungslager verbrüdert. Jax war schockiert gewesen. Mazz war der erste weiße Junge, der weder versuchte, ihn anzuspucken, noch, ihn zu töten. Dass sie stattdessen von ihren Ausbildern angespuckt wurden, verband sie – beide wurden wegen ihrer Herkunft gehasst und weil sie aus einer der großartigsten Städte der Welt kamen.

Mazz saß zwischen Miriam und Jax an der Bar, hatte den Kopf in die Hände gestützt und starrte auf Miriam, die an ihrem Wein nippte. Er wetterte über die Tatsache, dass alle Schwarzen in Memphis eine Schallplatte machen, aber keiner einen Roman schreiben wollte.

»Heirate den hier«, sagte Mazz und prostete Miriam zu, bevor er einen Tequila herunterkippte.

Miriam wurde rot. Sie sah, wie Jax auf seinem Sitz herumrutschte.

»Ich mein's ernst. Ich hab's ihm gesagt. Hab ich dir's nicht gesagt? ›Nimm dir eine Frau aus Memphis‹, hab ich gesagt. Eine Schönheit des Südens.« Mazz pfiff vor sich hin.

Miriam wurde erneut rot. »Ich kann dich hören, Sir«, sagte sie.

»Ich *will*, dass du mich hörst!«, rief Mazz aus. »Mach einen feinen Mann aus ihm. Wenn du kannst. Heiratet. Springt ihr Leute nicht über einen Besen oder so was?«

»Ihr Leute«, wiederholte Jax grinsend.

Miriam bemerkte, dass seine ohnehin wunderschönen Lippen aufblühten, wenn er lächelte.

Mazz nahm noch einen Schluck Tequila. Erhob sich von seinem Sitz an der Bar.

»Nein, geh nicht«, protestierte Miriam.

»Und hiermit, meine Damen und Herren, überlasse ich euch zwei feine Leute eurer Nacht«, sagte Mazz etwas lallend.

Miriam lächelte, als sie ihn gehen sah. Er stolperte in ein Paar, das langsam zu einem Song der Isley Brothers tanzte. Jax nutzte die Gelegenheit, näher zu Miriam zu rücken. Mit einer flinken Bewegung zog er ihren Barhocker zu seinem. Sie spürte das Metall seiner Militärorden durch ihr Kleid. Sein Geruch – Leder und etwas, was sie nicht ganz identifizieren konnte.

»Oh!« Miriam hob eine Hand zum Gesicht, um ihr Lachen zu verbergen, aber Jax zog sie gleich sanft herunter.

»Mach das niemals«, sagte er im ernsten Ton. »Verdecke nie dieses Lächeln. Ich glaube, es könnte Berge versetzen.«

Miriams erneutes Erröten breitete sich wie ein kleines Feuer über ihren ganzen Körper aus. Sie fühlte es in ihren Zehen.

»Komm«, sagte er und stand auf.

»Wohin gehen wir?«

Jax bot ihr seine Hand an.

Miriam überlegte, gab dann nach und legte ihre Hand in seine.

»Lass uns ins Zentrum gehen. Zeig mir deine Stadt.« Jax küsste sie zärtlich auf die Wange und rannte dann los, um seinen Wagen zu holen. Mit ihrer Tasche in der Hand wartete sie und war erneut gebannt von diesem Monster von Auto, das Jax zum Klubeingang lenkte. Er sprang heraus, öffnete die Beifahrertür und sah sie erwartungsvoll an.

»Was für ein Auto ist das?«, fragte Miriam, als sie zu der geöffneten Tür ging.

»Es ist ein Shelby«, erwiderte Jax.

Überrascht und beeindruckt zog Miriam die Augenbrauen hoch.

»Ein 1969er-Shelby-Mustang GT dreihundertfünfzig«, verkündete Jax stolz.

»Das ist schon was Besonderes.« Sie hörte die Ehrfurcht in ihrer Stimme.

»Das dachte ich auch, als ich dich zum ersten Mal gesehen habe.« Jax drückte noch einen Kuss auf ihre Wange, bevor er ihre Tür schloss und um den Shelby herum auf seine Seite lief. Er startete den Motor und legte den ersten Gang ein. »Nebenbei bemerkt, du siehst fantastisch aus in Rot«, sagte er und klang fast scheu.

In diesem Moment war Miriam sich sicher, dass irgendwo im tiefsten Innern dieser Erde, in irgendeiner Höhle auf dem Grund des Ozeans ein kleines Erdbeben ausgebrochen war.

Sie fuhren nach Memphis. Das Zentrum war hell erleuchtet und die Straßen voller Menschen. Die Fenster des Shelbys waren heruntergelassen, und als sie langsam durch die Stadt fuhren, hörte sie den Klang der Gitarren,

der die Nacht erfüllte. Die Musik schwoll zu einer Kakofonie an, als sie die Front Street erreichten. Der Duft von
heißem Essen durchzog die nächtliche Luft.

»Du bist schrecklich still«, sagte Miriam.

»Ich lasse nur deine Stadt auf mich wirken«, antwortete Jax. Er schaltete in den zweiten Gang herunter und
bog nach links in die Front ab. »Und das, was Mazz gesagt
hat«, fügte er hinzu.

Miriam blinzelte verwirrt. Mazz hatte an diesem Abend
eine Menge verrückter Dinge gesagt; sie kramte in ihrer
Erinnerung, um zu verstehen, was Jax meinen könnte.

Sie hielten an einer roten Ampel. Zu ihrer Linken tanz-
ten Paare zum Blues, der von Straßenmusikern in der
Mitte der Beale Street gespielt wurde. Sie schauten einen
Moment zu. Dann drehte Jax Miriams Gesicht zu seinem.
»Warum tun wir es nicht?«, fragte er.

»Tun was?«, wollte Miriam wissen. Er konnte nicht
meinen, was sie dachte. Wenn aber doch?

»Heiraten?«

*Denk nach, Meer. Du kennst ihn nicht. Es ist dein erstes
Date. Liebe auf den ersten Blick gibt es in den Klassikern,
und in der Regel endet sie nicht gut. Aber Mama hat gesagt, sie wusste es, wusste es einfach mit Daddy ...*

Miriams Gedanken waren wie ein Tornado, der in alle
Richtungen wirbelte, hin zur Logik und wieder von ihr
fort. Doch in der Tiefe ihres Herzens, in ihren Venen, Arte-
rien und Sehnen wusste sie, sie liebte diesen unbekannten
Mann.

»Nun«, sagte sie und sah lieber aus dem Fenster statt
auf Jax, »weil wir uns schon einen ganzen Tag kennen.«

»Zweiunddreißig Stunden«, konterte Jax und fuhr weiter, als der Verkehr wieder zu fließen begann.

»Zweiunddreißig Stunden«, wiederholte Miriam.

»Und das ist nicht lang genug?«

»Nicht annähernd«, sagte Miriam.

»Richtig.«

Sie hörten das unverwechselbare Klagen einer Trompete. Jemand auf der Beale versuchte, Louis' »West End Blues« zu spielen, und scheiterte wie alle seit Satchmo.

»Wer ist dein Daddy?«, fragte Jax plötzlich in das Jammern der Trompete hinein.

»Wie bitte?« Miriam wendete ihren Kopf weg vom Fenster und sah ihn an.

»Hm, ich sag mal, das kam wohl nicht richtig an.«

»Du sprichst besser nicht aus, was für einen Mist du in deinem Yankee-Kopf denkst«, sagte Miriam. »Ich bin ein braves katholisches Mädchen.«

»Sorry, ich, ich meine ...« Jax stammelte. »Ich wollte nur sagen, dass ich gerne, hm, um dich anhalten würde. Weißt du, richtig förmlich. Wie sagt man hier im Süden? Sich verloben?«

»Ist das dein Ernst?«

»Ja.«

Miriam warf ihm einen Blick zu, der Satan hätte einschüchtern können. »Warum?«

»Warum?« Jax lachte.

»Ich meine es ernst.«

»Weil du das faszinierendste Mädchen – Frau – bist, die ich je getroffen habe. Und es wäre eine Ehre. Ich glaube, es wäre mir eine große Ehre. Es ist völlig in Ordnung, wenn du mehr Zeit brauchst. Lass dir Zeit. Aber ich weiß es. Ich weiß es einfach. Kann's nicht richtig erklären. Verstehst du, manchmal weiß man etwas einfach. Und hör zu: Ich bin aufrichtig. Ich kann nicht sagen, dass ich ein guter

Mann bin. Bin ich nicht. Ich hab mit einigen harten Burschen in Chicago herumgehangen. Bin mir noch nicht mal sicher, ob ich weiß, was Liebe ist, wie sie sich anfühlt. Aber ich weiß besser, als ich mich selbst kenne, dass ich für dich sogar Gott verschmähen würde. Also, wen muss ich bitten? Um deine Hand?«

»Mein Daddy ist tot«, sagte Miriam. Sie starrte wieder aus dem Fenster des Mustangs. »Wurde totgeprügelt. Bis zur Unkenntlichkeit entstellt. Sein Körper in den Mississippi geworfen. Ich kannte den Mann nicht mal.«

»Mein Gott.«

»Schon gut«, sagte Miriam nachdenklich. »Meine Mama ist diejenige, um die man sich Sorgen machen muss.«

Kapitel 4

AUGUST

1978

Ein Klopfen an der Tür veranlasste August, ihr Klavierspiel im Wohnzimmer zu unterbrechen. Frustriert brummte sie vor sich hin. Es pochte erneut und dann nochmals. Sie warf ihre langen Zöpfe über die Schultern.

»Ist ja gut!«, rief sie. »Ich komme schon.«

Sie schwang auf dem Klavierstuhl herum, glitt hinunter und hüpfte zur Tür. Sie stieß sie weit auf und war verblüfft. Vor ihr stand ein großer Mann in einer Uniform, die ihr bekannt vorkam. Er trug eine dicke dunkelgrüne Kaki-jacke und eine dazu passende Mütze und Hose. Silberne Abzeichen auf beiden Schultern reflektierten das Sonnen-licht des Julimorgens in Memphis.

»Wir kaufen nichts«, sagte sie.

Der Mann lachte. »Du musst August sein. Hab schon viel von dir gehört.«

August guckte böse und stützte ihre Hand in die rechte Hüfte. Sie musterte den Mann. »Wer hat einem Typ wie dir denn was über mich erzählt?«

»August!« Miriam erschien hinter ihr mit einem Lä-cheln wie Glühwürmchen in einem abendlichen Feld. »So reden wir nicht mit Leuten.«

August zeigte auf den Mann. »So reden wir mit *Yankees*.«

»Mädchen, geh nach draußen, spielen.«

»Ja sicher«, schoss August zurück. »Großartige Idee. Lass mich nur schnell meine Barbie holen – nein, nein, du hast recht –, ich geh auf die Straße, spielen, lutsche am Daumen, fange Frösche und lasse diesen fremden Schwarzen in unser Haus.«

»Ich kann dich nicht schlagen, Mama hat's verboten. Obwohl ich sie jeden Tag darum bitte«, sagte Miriam.

»Du hast mir erzählt, dass sie ein freches Mundwerk hat, aber verdammt …!« Der Mann nahm seine Mütze ab und klemmte sie unter den Arm. »Darf ich hereinkommen?«, fragte er.

August warf ihrer Schwester einen Seitenblick zu. Mit ihren fast fünfzehn Jahren war sie schon so groß wie Miriam.

»Ja natürlich. Herzlich willkommen«, sagte Miriam mit einer Hektik in der Stimme, die August noch nie bei ihr gehört hatte.

»Machen wir das wirklich, hä?« August warf die Hände in die Luft. »Schön, komm rein.« Sie winkte. »Da ist das Klavier, die Couch, der Victro – der alte Plattenspieler. Das ist eine streunende Katze. Sie muss reingekommen sein, als du meine Klavierübungen unterbrochen hast. Ein wunderschönes goldenes Telefon mit Drehscheibe. Hast du eine Reisetasche, die groß genug für all das ist?«

»August Della North, schaff dich weg, bevor ich nachhelfe.« Miriams Stimme klang wie eine Mischung aus Singsang und dem Fauchen einer Katze.

August streckte ihr Kinn vor und schrie: »Mama!«

»O Gott, es tut mir so leid«, sagte Miriam zu dem Mann. »Ich versichere dir, dass wir nicht von Wölfen erzogen wurden. Möchtest du etwas trinken? Tee?«

»Servieren wir den Dieben jetzt Tee? Machen wir das?«, fragte August. Sie schüttelte den Kopf und rief dann noch einmal: »Mama! Mama! Komm mal. Meer ist dabei, einem Yankee Tee zu servieren.«

August hörte ihre Mutter aus dem hinteren Teil des Hauses hervorkommen und dabei murmeln: »Herr, gib mir Kraft.« August grinste Miriam an und verschränkte ihre Arme.

Ihre Mutter kam durch die Küche. Sie trug ihre Gärtnerinnen-Kluft – einen Overall und einen breiten Huckleberry-Finn-Strohhut. Sie war im hinteren Garten gewesen und hatte einen Korb voller blühender Okra und Rübenkraut in der einen und ihre mit Erde bedeckten Gartenhandschuhe in der anderen Hand. Lange blickte sie schweigend auf die Szene in der Diele. Dann sagte sie, keinen Widerspruch duldend: »August, geh raus spielen.«

August gehorchte zögernd. Auf der linken Seite des Gebäudes, direkt vor den Buntglasfenstern des Wohnzimmers, stand ein Pflaumenbaum, dessen dunkle Zweige ein halbes schattiges Laubdach vor dem Haus bildeten. Der Boden war von dem Purpur seiner Früchte dunkel gefärbt.

»Ich hab mich doch nur um meine Angelegenheiten gekümmert«, flüsterte sie, während sie in den Baum kletterte. »Ich schwöre. Aus meinem eigenen Haus rausgeschmissen. Und ich wollte heute einfach nur Klavier spielen.« Sie erreichte einen Ast gleich unter dem Fenster. »Perfekt«, sagte sie sich.

Und das war es auch fast. Wenn ein lautes Auto durch die Locust Street fuhr, waren die Stimmen aus dem Wohnzimmer nur gedämpft zu hören. Aber August hörte genug, um zu verstehen, dass ihre Schwester Memphis verlassen würde.

»Sie wollen mir also mein Glück nehmen? Meine Erstgeborene? Was ein Yankee Südstaatlern nicht stehlen würde, weiß nur Gott.« August hörte die Verachtung in der Stimme ihrer Mutter. »Sie wollen mir Miriam wegnehmen? Meine einzige Tochter mit Myron.«

August rang nach Luft, schockiert, dass ihre Mutter ihre Privatsachen einem Fremden erzählte und dann auch noch einem Yankee. Sie wusste, dass sie und ihre Schwester verschiedene Väter hatten. Solange sie zurückdenken konnte, war ihre Mutter offen damit umgegangen. Aber sie hatte niemals gehört, dass ihre Mutter diese Information freiwillig jemandem außerhalb der Familie gab. Außerhalb von Memphis.

»Meine Güte, diese August, hat sie Ihnen keinen Tee angeboten?« August hörte ein Lachen in der Stimme ihrer Mutter aufsteigen. »Das ist vielleicht eine. Hitzkopf. Verhält sich, als sei sie von Wölfen anstatt einer gottesfürchtigen Südstaatenfrau großgezogen worden.«

»Alles gut, vielen Dank«, antwortete die tiefe Stimme des Mannes.

»Also sind Sie gekommen, um mir Miriam wegzunehmen. Den einzigen Beweis, dass ich einmal einen anständigen Mann geliebt habe.«

»Daraus schließe ich, dass Augusts Vater nicht anständig war?«, fragte der Yankee.

»Sie würden mir nicht glauben, wer der Vater des Mädchens ist, wenn ich es Ihnen erzählte, was ich an diesem Sabbat nicht tun werde. Heute erweise ich Ihnen eine Ehre, von der ich nicht weiß, ob Sie ihr gerecht werden können: Miriam ein Leben lang glücklich zu machen. Das ist eine größere Ehre, eine größere Verantwortung als all die glänzenden Dienstgradabzeichen und Medaillen auf Ihren Schultern.«

»Bei allem Respekt, Miss Hazel …«

August zog eine Augenbraue hoch. Miriam musste ihn über die Anstandsregel in den Südstaaten instruiert haben, nach der man verwitwete Frauen korrekt ansprach. Diese Tatsache sagte August mehr als alles andere, dass Miriam es mit diesem Mann ernst meinte.

Der Fremde in der Uniform der Marines sprach weiter: »Ich bin Officer bei den Marines. Ich habe ein festes Einkommen und werde sicher bald Captain. Dann ziehen wir nach Camp Lejeune in North Carolina. Suchen uns ein hübsches kleines Haus am Strand. Ich kann für Miriam sorgen.«

»*Ich kann für Miriam sorgen.*« Augusts Mutter lachte. »Miriam kann selbst für Miriam sorgen. Weiß Gott, ich hab kein albernes Mädchen großgezogen. Es geht mir nicht so sehr darum, dass sie den Südwesten verlassen würde …«

Ein silberner Kleinlaster mit großen Angelruten auf der Ladefläche raste die Straße entlang und übertönte das Gespräch im Wohnzimmer. »Verdammt«, zischte August. Sie starrte den vorbeifahrenden Truck wütend an. »Die Typen hier können nichts als fischen«, murmelte sie.

»Mich interessiert, ob Sie sie *lieben* werden«, sagte ihre Mutter. »Sie gut behandeln? Für sie eintreten und für sie sorgen? Da sein, wenn sie krank und wenn sie einsam ist?«

»Sie sind ein Edith-Wharton-Fan, Ma'am?«

»Sie sind also belesen. Nun, wenigstens etwas. Ich war mir nicht sicher, was ihr in den Nordstaaten in der Schule lernt. Wenn überhaupt etwas.«

»Ich liebe sie«, sagte der Soldat nur.

Und genau in diesem Augenblick sagten August und ihre Mutter genau dasselbe – August mit einem scharfen

Flüstern in die Blätter des Pflaumenbaums, ihre Mutter mit leiser, fast drohender Stimme in die Stille des Wohnzimmers.

»Das will ich dir geraten haben«, sagten beide.

Siebzehn Jahre später nahm August mitten in der Nacht das Telefon ab. Am anderen Ende schluchzte ihre Schwester. Etwas, das Miriam selten tat: weinen. Fast unverständlich. August musste sich anstrengen, aber sie konnte die Wörter, *Krach, blaues Auge, Scham* verstehen. Selbst in ihrem halb wachen Zustand erinnerte sie sich daran, wie sie in dem Pflaumenbaum gesessen und ihre Ohren gespitzt hatte, um durch das Buntglasfenster zu hören, wie ihre Mutter sich mit dem Schicksal ihrer Tochter abzufinden suchte.

Als sie jetzt in dem Eichenbett ihrer Mutter mit den vier Pfosten lag und ihre Schwester schluchzen hörte, zählte August still die Kugeln, die sie noch in ihrer Remington hatte, und rechnete sich aus, wie viele Stunden sie brauchen würde, um von Memphis nach North Carolina zu fahren. Sie überlegte, wie lange sie ins Gefängnis müsste, wegen der Tötung eines nichtsnutzigen Yankees. Ob sie sich überhaupt die Mühe machen würde, seinen Körper zu begraben. Vielleicht würde sie lieber selbst die verdammte Leiche zur Polizeistation fahren, sie aus der Tür werfen und schreien: »Hier, nehmt diese Scheiße.«

»Komm nach Hause«, sagte August. Sie war sicher, fühlte es in ihrem Innersten, dass ihre Mutter genau das gesagt hätte.

Kapitel 5

MIRIAM

1995

Der jährliche schwarz-weiße Ball des Marine Corps war ein Spektakel. Der Dresscode war formal. Ranghohe Offiziere trugen die blaue Uniform: eine blaue Jacke mit roten Nähten und passende leuchtend blaue Hosen mit einem roten Nadelstreifen an der Außenseite. An der rechten Seite hing der Säbel. Der Elfenbeingriff der Waffe glänzte wie ein Zahn. Seit Jahrhunderten war es Tradition, dass die Frauen schwarz oder weiß gekleidet waren oder in einer Kombination daraus.

Miriams mit goldenen Pailletten besetzte Schleppe glänzte wie himmlischer Schimmer auf dem Kiefernholzboden des Marston Pavillons. Camp Lejeune in Onslow County, North Carolina, war die größte Basis des Marine Corps an der Ostküste. Der ausgedehnte Offiziersklub lag an den Ufern des New River und bot einen weitläufigen Blick auf die Atlantikküste. Miriam und Jax näherten sich dem hell erleuchteten Tinian-Ballsaal. Er war nach einer Schlacht im Pazifik benannt. Dort hatten die Marines innerhalb weniger Tage die winzige asiatische Insel Tinian nördlich von Guam verwüstet, eingenommen und besetzt. Drei Glaskuppeln, zu groß, um noch als Kronleuchter bezeichnet werden zu können, hingen von der Decke und gaben dem Raum einen romantischen Glanz.

Miriam war erschöpft. Nachdem sie sich wie an den meisten Tagen um die jetzt zehnjährige Joan und die siebenjährige Mya gekümmert hatte, war sie um acht am Abend ausgepumpt. Außerdem waren sie und Jax in der Nacht zuvor lange aufgeblieben. Sie hatten einander wüste Beleidigungen an den Kopf geworfen. *Du bist überhaupt kein Mann. Du brauchst all diese Medaillen und Orden, oder? Aber zu Hause kannst du kein Mann sein.* Sie hielt den Zettel von seiner Sekretärin, den sie in seiner Jackentasche gefunden hatte, in der Hand. Jax saß im Dunkeln in einem Plüschsessel, rauchte Kette und lächelte die ganze Zeit spöttisch. *Messerscharfe Zunge. Lachen in der Stimme. Na und? Dann bin ich eben herumgestreunt. Du hast diesen Jungen Joan das antun lassen. Dich als Mutter zu haben, ist schlimmer, als mutterlos zu sein.*

Sie hatte sich an jenem Morgen entschlossen, ein Kleid in der Farbe gesponnenen Golds zu tragen. Traditionell war der Ball des Marine Corps eine schwarz-weiße Angelegenheit. Miriam war das egal. Sie wollte an dem Abend endlich einmal die Kontrolle übernehmen; tragen, wonach ihr war, ohne jemandem Rechenschaft abzulegen.

Das Kleid war schwer, die Pailletten in Handarbeit aufgestickt. An der Seite hatte die Robe einen langen Schlitz und ließ den Rücken frei. Sie wurde von einer kleinen Spange im Nacken und dem schieren Willen der Gottheiten gehalten. Das Kleid war eine Kreation ihrer Großmutter. Sie erinnerte sich an den liebevollen Blick, mit dem ihre Mutter es betrachtet hatte, bevor sie es Miriam übergab. Es hatte eingepackt in blauem Papier in einer verschlossenen Truhe gelegen, zum Schutz vor Motten.

»Meine Mama hat es für mich genäht. Ich habe es in der Nacht getragen, als Myron aus dem Krieg heimkam. Wir haben draußen auf der Beale wirklich gut gegessen ...«, hatte Hazel nostalgisch gesagt. Miriam nahm das Kleid ab und zu aus seiner Verpackung, hatte es aber nie zuvor getragen. Das wollte sie sich für eine Gelegenheit aufbewahren, bei der dem letzten Mal, dass das Kleid getragen worden war, die ihm gebührende Ehre erwiesen werden sollte.

»Du siehst wie eine verdammte Idiotin aus«, flüsterte Jax. Er umklammerte ihren Arm heftiger als notwendig, um sie zu stützen, als er sie in den eleganten, aufwendigen Ballsaal führte.

Jede Person im Raum – Marines und ihre Ehefrauen in ihren langen schwarzen und weißen Roben, livrierte Kellner, die Tabletts mit Champagner jonglierten –, alle schienen gleichzeitig ihre Hälse zu verrenken, als Miriam durch die Halle schritt. Das lebhafte Plaudern verstummte. Stattdessen schnappten einige der Frauen nach Luft. Selbst die Musik stoppte für einen Moment. Die Bandmitglieder fummelten an ihren Instrumenten, als das Paar weiter zu seinem reservierten Tisch ging. Außer dem Klicken von Miriams rubinroten Absätzen auf dem Kiefernboden war kein Laut zu hören.

Miriam flüsterte: »Mein Arm! Du tust mir weh.«

Jax ignorierte sie – und Hunderte schockierter Augen, die ihren Gang durch den Raum verfolgten.

Dann durchbrach ein schwerer Chicagoer Akzent mit scharfen A- und O-Lauten die Stille. »Sieh an, sieh an. Hier ist das Paar, das ich zusammengebracht habe.« Immer noch Junggeselle, stand Mazz allein neben ihrem Tisch. Er hielt ein Glas Whiskey in der Hand und schwankte schon ein wenig alkoholisiert. Stets das Ebenbild des jungen Marlon Brando, sah er scharf aus in seiner blauen Marineuniform. Er war ebenso knallhart wie gut aussehend. Hatte am Golf Skorpione als Haustiere gehalten. Rauchte Zigarren oder kaute Tabak. Spottete über Zigaretten. Die seien für Frauen und Kinder. Er war das, was man bei den Marines »alter Seebär« nannte. Der beste Scharfschütze in Camp Lejeune, und obwohl Mazz einen Rang niedriger war als Jax, genoss er fast genauso viel Respekt.

Das Orchester spielte jetzt einen lebhaften Walzer, und die Leute nahmen ihre Gespräche wieder auf.

Miriam befreite ihren Arm mit einer heftigen Bewegung aus Jax' Umklammerung. »Antonio«, rief sie und küsste ihn, wie Mazz es ihr beigebracht hatte, auf die italienische Art sanft auf beide Wangen.

»Miriam«, sagte Mazz und nickte dann Jax zu. »Ich kann es immer noch nicht glauben. Wie um alles in der Welt bist du zu so einer Frau gekommen?«

Miriam nahm einen Champagnerkelch vom Tablett eines vorbeikommenden Kellners, lachte bitter, warf den Kopf zurück und trank in ein paar schnellen Zügen. Sie reichte Jax das leere Glas, der es nahm, ohne sie anzuschauen.

»Ich geh mal zu den Toiletten«, sagte sie, ohne den geringsten Versuch, die Abscheu in ihrer Stimme zu verbergen.

»Bereite bloß nicht noch eine Überraschung vor, Meer«, rief Mazz ihr hinterher. »Ich bin so verdammt angesoffen, dass ich mein Gewehr nicht halten könnte. Ich schwör's bei Gott.«

Miriam raffte ihre Schleppe zusammen, um nicht drauf-
zutreten, und hoffte, auf dem Weg zur Toilette nicht über
ihr Kleid zu stolpern und hinzufallen. Sie drehte sich nicht
um.

Vor dem langen Kosmetikspiegel trug Brooke Sanderson,
die Frau von First Lieutenant Billy Sanderson, pflau-
menblauen Lippenstift auf ihre geschürzten Lippen auf.
Sie hielt inne und starrte Miriam an, als diese hereinkam. Brooke trug ein langes schwarzes Satinkleid mit
aufgestickten weißen Gardenien, die von einer Schulter
in einer langen Linie bis zum Saum liefen. Ihr Haar
fiel in dichten Locken. Das Bild einer perfekten Offiziers-
frau.

»Woher hast du bloß dieses Kleid?«, fragte sie.

Nach Miriams Meinung gab es zwei Typen von Militär-
frauen – solche, die ihre Ehemänner unterstützten, und
jene, die dachten, sie wären selbst Marines. Brooke gehörte mit Sicherheit zu Letzteren. Sie nahm an allen Ver-
anstaltungen für Offiziersgattinnen teil – Teepartys, Lun-
ches, Wohltätigkeitsveranstaltungen und Golfausflügen.
Das Weihnachtsprogramm »Toys for Tots« von Camp Lejeune leitete sie so, als wäre sie die Premierministerin
Großbritanniens im Krieg. Für Miriam war Brooke die
typischste weiße Frau, der sie je begegnet war: uninteres-
sant. Ihr Leben war so mit dem ihres Mannes verwoben,
dass sie als Frau nicht mehr erkennbar war.

»Oh, Brooke«, sagte Miriam gleichgültig. »Hi. Es gehörte meiner Großmutter. Hab es aus Memphis mitgebracht.« Miriam nahm ihren Lippenstift aus der zu ihrem
Kleid passenden golddurchwirkten Handtasche und trug
die blutrote Farbe auf ihre vollen Lippen auf.

»*Memphis?*«, fragte Brooke. »Ich wusste gar nicht, dass sie da unten hübsche Sachen haben. Dachte, die laufen da alle nur in Overalls herum.« Sie zuckte mit den Schultern und zündete sich eine Zigarette an. Als sie den Rauch einzog, musterte sie Miriam von oben bis unten und sagte: »Ihr feiert heute Abend?«

»Tun wir das nicht alle?«, fragte Miriam argwöhnisch und tupfte mit einem Papiertuch die Mundwinkel ab.

Brooke verdrehte die Augen. »Oh, also bitte. Zum Major befördert zu werden, ist doch eine große Sache. Mein Billy ist immer noch nur First Lieutenant.« Sie seufzte. »Aber wir schaffen das noch. Major. Wow. Ich bin *sicher*, dass ich dann auch so ein Kleid tragen würde.«

Major. Jax hatte ihr nichts davon erzählt. Ihre Hand erstarrte in der Luft. Der große Toilettenvorraum schrumpfte in dem Moment auf die Größe eines Puppenhauses zusammen. Ihr stockte der Atem, und sie fühlte sich wie ein winziges Sandkorn, das in eine fest verschlossene Muschel gefallen war, für immer im grausamen Umherwirbeln gefangen. Anstatt ihres schockierten Spiegelbilds und Brookes halb überraschten, halb süffisanten Gesichts im Spiegel sah sie plötzlich die abgenutzten Seiten der Brontë vor sich, die sie in dem alten Schallplattenladen auf der Cooper Street in Memphis gelesen hatte. Sie sah auch Jax vor sich – einen großen, dunklen, schönen Fremden, wie er zum ersten Mal versucht hatte, ihre Aufmerksamkeit zu erringen.

Was ist aus *diesem* Mann geworden? Aus ihrer Ehe? Miriam war es nicht ganz klar. Alles, was sie wusste, war, dass sie nicht auf die Einsamkeit in dieser Beziehung vorbereitet gewesen war. Jax ständig weg zum Training, monatelange Einsätze, der Himmel wusste, wo. Kriegs-

vorbereitungen. Und dann gab es einen Krieg. Und weg
war er und ließ sie allein. Einmal mehr verabscheute Miriam das große viktorianische Haus, in das sie nach ihrer
Heirat siebzehn Jahre zuvor gezogen waren. Sie hasste
die Wendeltreppen und verborgenen Winkel und Ritzen,
die knarrenden Böden. Nachts war ihr die Weiträumigkeit
zuwider, wie ihre Schritte in den Fluren hallten, wenn sie
die Mädchen zu Bett gebracht hatte. Es gab in North Carolina niemanden, mit dem sie reden konnte. Sie vermisste
Memphis. Als Jax vom Golf zurückkehrte, war er noch dis-
tanzierter als vor seiner Abreise. Sprach kaum noch ein
Wort und wenn, dann im Streit. Sie stritten sich über die
Telefonrechnung – unermesslich hoch wegen ihrer spät-
abendlichen Ferngespräche mit August. Sie stritten, wenn
Jax der Meinung war, das Fleisch zum Abendessen sei zu
weich. Sie stritten, wenn sie die Taschentuchfetzen fand,
auf denen mit Lippenstift, der nicht ihre Farbe war, die
Telefonnummern von Frauen gekritzelt waren. Und jetzt
das: die Tatsache, dass eine hochnäsige weiße Frau auf
einer Damentoilette mehr über ihren Mann wusste als sie
selbst. Sie hatte genug davon, nur noch unglücklich zu
sein.

»Du bist sicher sehr stolz«, sagte Brooke zu Miriams
Spiegelbild.

»Begeistert«, antwortete sie und lächelte breit.

Zurück im Tinian-Ballsaal fand Miriam Mazz vor, der an
seinem Glas Bourbon nuckelte, die Füße auf einen Stuhl
gelegt hatte und Zigarre rauchte. Sie suchte den Raum
mit den Augen ab.

»Er spricht da drüben mit dem Colonel.« Mazz zeigte
mit seiner Zigarre auf einen voll besetzten Tisch.

Miriam setzte sich. »Gibt's noch Champagner?«, fragte sie.

»Mal wieder so eine Nacht, hm?«

»Ja, mal wieder.« Miriam bemerkte erst, dass sie zitterte, als Mazz seine Hand auf ihren Unterarm legte. »Ich habe genug, Mazz«, stieß sie hervor.

Mazz starrte sie an.

Sie nickte. »Ich habe genug«, wiederholte sie. »Es geht nicht darum, dass er mich betrügt.« Miriam lachte. »Ich überlege, ob ich sie bezahlen soll. Sie tut mir einen Gefallen. *Nimm mir das ab.* Gott weiß, ich hab es versucht, Mazz. Ich hab es versucht. Eine gute Ehefrau zu sein, eine gute Mutter ...« Miriam unterbrach sich. »Gib mir deinen Bourbon, wenn ich keinen Champagner kriege.«

Mazz hob die Hand, um nach einem Kellner zu winken.

Sie spottete. »Die weißen Leute sind auf einem Trip.«

Mazz tat so, als wäre er ins Herz getroffen. »Ich hole den Drink für *dich*. Bin nicht ich der Sklave hier?«

Miriam lachte trotz ihrer Stimmung und nahm ein Glas Champagner vom Kellner.

»So ist's gut. Da ist die alte Meer-Katze zurück.«

»Es wäre wirklich nett, den alten Jax wiederzuhaben«, gab Miriam zurück und blickte in Richtung ihres Mannes.

»Du hättest das nicht anziehen sollen«, sagte Mazz plötzlich. »Ich weiß, es geht mich nichts an. Scheiße, ich bin betrunken. Aber verdammt noch mal, Meer, es war ziemlich niederträchtig, das einem Mann anzutun.«

Miriam verdrehte die Augen. »Das Kleid gehörte meiner Großmutter. Ich trage, was ich will ...«

Mazz unterbrach sie, indem er eine Hand hob. »Diese roten Schuhe haben ihn kaputt gemacht, Miriam. Scheiß auf das Kleid. Nein, es ist wunderschön. Du weißt, was ich meine. Aber warum musstest du *die* anziehen?« Mazz schien verärgert. Miriam meinte, sich verteidigen zu müssen, und war verwirrt – Mazz hatte in all den Jahren viele Streitigkeiten zwischen ihr und Jax mit seinem Humor entschärft. Er tat das, ohne jemals Partei zu ergreifen, und war irgendwie immer auf beiden Seiten. Seine Augen waren auf nichts Bestimmtes gerichtet; er schien nicht böse auf sie zu sein, sondern auf etwas, das sie nicht sehen konnte.

»Ich möchte, dass du etwas verstehst«, sagte er. »Zuallererst und vorrangig. Ein Kommandeur hat die Befugnis und Verpflichtung, alle verfügbaren notwendigen Maßnahmen zu ergreifen, seine Einheit und andere US-Streitkräfte in der Nähe gegen feindliche Handlungen oder Bekundungen feindseliger Absichten zu verteidigen.« Er hetzte durch die Worte, so wie Miriam als Kind ihre Gebete aufgesagt hatte: so tief eingeprägt, dass sie kaum noch über die Bedeutung nachdenken musste.

»Ich habe das direkt vom Kriegsgesetz des US Marine Corps zitiert. Jax hat Befehle befolgt. Er hat alle verfügbaren Mittel eingesetzt, um uns in dieser verdammten Tagesstätte zu verteidigen. Und das hat er verdammt noch mal getan, okay? Ich will nichts anderes als das hören. Zuallererst und vorrangig. Der Rest ...« Mazz stockte.

Miriam blieb ruhig, aufmerksam. Von was für einer Tagesstätte sprach Mazz? Wie viele von Jax' Geheimnissen würde sie in den nächsten vierundzwanzig Stunden noch herausfinden?

»Der Golf war die Hölle, Miriam. Krieg *ist* die Hölle. Und es war beängstigend. Scheiße, ich hatte verdammt viel Angst. Ich hatte noch niemals erlebt, wie auf jemanden geschossen wurde. Messerstechereien? Sicher. Das ist

Chicago. Aber ich kann dir sagen, dass die Angst meine Schwester wurde, als die Schüsse fielen und Jenkins getroffen wurde.«

Mazz starrte mit leerem Blick auf einen entfernten Punkt auf dem Tisch. Das Orchester spielte eine beschwingte Melodie. Einige Paare wiegten sich dazu auf der Tanzfläche.

»Und wir waren alle so jung, Meer. Das ist es eben. Keiner von diesen Jungs war über dreißig. Nicht ein einziger. Weißt du, nach wem Jenkins gerufen hat, als er getroffen worden war? Nach seiner Mutter. Immer und immer wieder: Mama! Mama! Eine ganze Weile lang konnte ich meine nicht ›Mama‹ nennen. Wie zum Teufel erklärst du das einer fünfundsechzigjährigen Frau, die es bis heute ablehnt, Englisch zu sprechen? *In bocca al lupo.*«

Am anderen Ende des Raums sah Miriam Jax, der seinen Kopf zurückwarf und über etwas lachte, was ein anderer Marine gesagt hatte.

»Als wir an jenem Tag ausrückten, hatte Jax das Kommando«, fuhr Mazz fort. Er war der geborene Geschichtenerzähler, sich immer seiner selbst und anderer bewusst. Jetzt aber schien er seine Umgebung kaum wahrzunehmen, in einem anderen Zustand zu sein als gewöhnlich, wenn er sich um seine Zuhörerschaft kümmerte und sie zum Lachen brachte. Miriam verstand: Er erzählte diese Geschichte nicht für sie.

»Er war gerade zum Captain befördert worden. Ich war sein First Lieutenant zu der Zeit. Wir waren ausgesandt worden, um diese Armee-Einheit zu retten, die eingeschlossen worden war und unter heftigem Beschuss lag. Wir wussten das, weil wir die Granaten von unserem Humvee aus hören konnten. Eine Kugel aus einer Kalaschnikow macht so eine Art zischendes Summen. Wenn es verstummt, wird es von einem dumpfen, dröhnenden Geräusch wie von Pferdebremsen ersetzt. Unser Truck schlingert, okay? Stell dir diesen Haufen Marines vor, die durcheinanderfallen und fluchen. Dann mehr Schüsse. Gewehrfeuer. Es kommt immer näher. Seltsam. Es erinnerte mich daran, wie ich als Kind chinesische Feuerwerkskörper auf den Gehsteig geworfen hatte. Jax wusste, wir brauchten jetzt einen Witz«, fuhr Mazz fort. »Er erzählte uns einen. Irgendetwas darüber, dass wir keinen Tag auf den Straßen von Chicagos South Side überlebt hätten, wenn uns das hier zu Weicheiern machen würde. Ich kann dir sagen, wir brauchten dieses Lachen. Dann breitete er eine Karte auf seinen Knien aus, zeigte uns, was wir tun würden, und wir fuhren los.«

Miriam starrte jetzt auch blicklos auf den Tisch. Mazz' Stimme war flacher und leiser geworden. Es wäre ihr schwergefallen, ihn zu verstehen, hätte sie nicht alle Geräusche im Raum ausblenden können. Sie hörte nur noch ihn. Weder Mazz noch Jax hatten jemals über Einzelheiten ihrer Einsätze und ihrer Erfahrungen erzählt. Sie war jetzt nicht mehr in dem Ballsaal, in ihrem goldenen Kleid, umgeben von knisternden Roben und dem Klirren von Gläsern. Sie war in diesem Truck am Golf und hörte das Knallen und Krachen von Gewehrschüssen.

»Der Truck hielt abrupt an. Wir waren keine Individuen mehr, wir waren eine koordinierte taktische Waffe der Zerstörung. Wir waren zu Fuß, schlichen durch das Wohnviertel und sahen in einer Straße zwei brennende Armee-Humvees. Ich schaute nach links und rechts und sah, dass die Stadt Khafji eben genau das ist, eine verdammte Stadt, voll von Wohnblocks, Cafés und Menschen. Wer würde denn Panzer durch eine besetzte Stadt schicken, in der Wohnhochhäuser an den Straßen stehen? Die Armee der Vereinigten Staaten.«

Mazz schüttelte den Kopf. »Die einzige noch schlimmere Waffengattung ist die verdammte Air Force. Sei's drum, ich folge Jax wie auch die anderen zwölf Marines hinter uns. Das Gebäude, das wir betreten, ist niedrig und einstöckig. Im Dunkel der Nacht hat es die Farbe eines Knochens. Die Fenster auf der Nordseite sind alle zerborsten. Der Osteingang ist mit Einschusslöchern übersät.

Wir sind alle hinter Jax, geballt wie eine verdammte Bombe. Dann durchsuchen wir die Räume. Es gibt einen langen Flur, von dem eine Reihe Zimmer abgehen. Patientenzimmer vielleicht. Ich weiß nicht. Alles, was ich dachte, war *Il mio dio, wir müssen jeden einzelnen verdammten Raum sichern.* Das taten wir. Erst das Mi6 rein, dann der Körper. Peng. Wieder eine Tür aufgesprengt. Ein Wirbel aus Mi6-Laserstrahlen. Ein paar Sekunden Stille. Noch einmal.

Aber die vierte und letzte Tür lässt sich nicht öffnen.

Wir sind zu diesem Zeitpunkt erschöpft. Schwitzen. Jenkins, dieser junge Schütze – er sieht nicht so aus, als hätte er jemals eine Frau gehabt, Flaum auf der Oberlippe –, geht etwas zurück, um mehr Anlauf nehmen zu können. Er schwingt seinen rechten Arm mit dem Rammbock und haut auf die Tür. Ein Meter achtzig und neunzig Kilogramm Kraft, und die verdammte Tür öffnet sich zum Teufel immer noch nicht.

Dann ruft Jax: ›Hier ist das United States Marine Corps. Macht die verdammte Tür auf!‹ Wir spüren, dass die Hundesöhne da drin sind, sich verstecken. Atmen. Ich schwöre, ich höre das Klicken einer Pistole. Es war so heiß in dem verdammten Flur, dass ich mich fühlte, als wäre ich im Mutterleib. Die Männer werden jetzt ziemlich unruhig. Dicht gedrängt in diesem dunklen Flur sind sie das perfekte Ziel für einen sinnlosen Tod. Dann ein Knall aus dem Zimmer. Schnell. Fast dezent. Alle fangen an zu schreien. ›Wir werden beschossen. Wir werden beschossen!‹ Wir kriechen wie Spinnen. Sehen einander an. Schnelle Blicke, um sicherzugehen, dass keiner von uns getroffen wurde. Aber einen hat es erwischt. Jenkins, der am nächsten bei der Tür war. Die Kugel hat ihn zurückgeworfen. Er beginnt zu stöhnen. Leise, ununterbrochen. ›Mama‹, hat er gestöhnt. *Cazzo*. Ich kann's immer noch hören.

Also sagen wir ihm, er soll verdammt noch mal ruhig sein. Wir wollen unsere Position nicht verraten, und Jenkins' Stöhnen ist wie ein Wegweiser für den Feind. An diesem Punkt haben wir alle irgendwie die Kontrolle verloren. Jenkins auf dem Rücken, nach seiner Mama und nach seinem Gott rufend.

Ich weiß nicht, ob das der Moment war, in dem Jax bemerkt hat, dass die Tür nicht bis zur Decke reichte, dass oben eine Fensteröffnung war. Und Jax tat, was er tun musste. Nimmt eine Granate von seinem Gürtel. Wirft das Miststück in einem perfekten Aufwärtsbogen durch das Fenster über der Tür in diesen verdammten Raum und ruft dabei: ›*Ukhrug barra! Ukhrug barra*!‹, und dann zu uns anderen: ›Zurück, zurück!‹ Ich erinnere mich, dass er so gut wie Fergie Jenkins geworfen hat – perfekt gezielt. Nach der Explosion sahen wir, wie sich etwas im Raum bewegte, und schossen.«

Mazz machte eine Pause. Er hob seinen Blick von dem Tisch und sah Miriam für einen Moment direkt an. Dann bemerkte er, dass sein Glas leer war, und schwenkte es in der Luft. Ein beflissener Kellner eilte herbei.

»Woher zum Teufel hätten wir wissen sollen, dass der Raum voller Kinder war, Meer?«, sagte er. Seine Stimme war inzwischen lauter, sein Tonfall fast wieder normal. »Ein Mädchen, ungefähr so alt wie Joan jetzt, hatte die Stellung gehalten. Ihre Geschwister beschützt. Wir schossen einfach auf alles, was sich bewegte. Der Raum war scheißdunkel. Staub und Schutt flogen durch die Luft. Durch Artilleriebeschuss schon lange kein Strom mehr. Hast du schon jemals etwas so schnell passieren sehen, dass du nur im Nachhinein weißt, was du gesehen hast? Mir wurde erst dann bewusst, dass es keine feindlichen Soldaten mit ihren Waffen gewesen waren, die sich bewegt hatten. Es war eine kleine flehend in die Höhe gehobene Hand. Durch das Oz-Grün der Nachtsichtgeräte konnten wir alle das leuchtende Rot eines einzelnen winzigen Schuhs sehen. In ihm steckte ein brauner Fuß, aus dem Knöchel ragte noch ein Stückchen des Schienbeins. Er lag auf dem Boden neben einem Kinderbett.

Es war der rote Schuh, der ihn zerbrochen hat. Wir betraten den Raum. Alle Kinder waren tot. Die meisten von ihnen nicht mehr in einem Stück.

Danach fand ich Jax, wie er den brennenden Armee-Humvee, den wir hätten retten sollen, umkreiste. Wo sein M16 hätte festgeschnallt sein sollen – vor seiner Brust, das Metall vor dem Herzen wie ein Kruzifix –, trug er den roten Schuh. Darin steckte noch der Kinderfuß. Ich habe versucht, ihn ihm zu entreißen, aber er ließ nicht los. Murmelte irgendwas darüber, wie verrückt Joan nach dem *Zauberer von Oz* war. Sagte, er hätte ihr gerade so ein

Paar roter Schuhe zu Weihnachten geschenkt ...« Mazz nahm einen tiefen Schluck aus seinem Glas.

»Und ich trage heute Abend rote Schuhe«, sagte Miriam. Ihre Stimme klang fester, als sie selbst vermutet hätte.

»Und du trägst heute Abend rote Schuhe«, wiederholte Mazz. Er nahm noch einen Schluck.

Miriam lehnte sich zurück. Die Geschichte war grauenhaft. In der Tat. Aber Angst war ihr nicht fremd. Terror. Gram. Wut. Sie dachte an Jax, wie er früh an diesem Morgen mit einem schwarzen Kaffee in der Hand in seinem Lehnstuhl gesessen und mit einer bitteren Kälte gesagt hatte: »Dich als Mutter zu haben, ist schlimmer, als mutterlos zu sein.«

»Ich bin froh«, sagte Miriam.

Mazz legte den Kopf schief.

»Dieser Nigga wird sich an die Nacht erinnern, in der ich ihn verlasse.«

Kapitel 6

JOAN

1995

Das Tosen eines Tornados weckte mich. Im Erdgeschoss hörte ich etwas Schweres krachen. Ich wickelte mich aus meinen vielen Decken. Über die Bücher von L.M. Montgomery und die Addie-Bücher hinweg, die sich auf dem Nachttisch zwischen unseren Zwillingsbetten stapelten, blickte ich zu Mya hinüber.

Der Raum war dunkel bis auf das Licht der rosa Nachtlampe. Mya bestand darauf, dass sie die ganze Nacht über an blieb. Ich ging zu ihr hinüber. Sie lag tief schlafend in ihrem Bett und schnarchte. Was für ein Erdbeben auch immer in unserem Haus ausbrach, Mya verschlief es. Unser Zimmer hatte eine schräge, gewölbte Decke und zur Straße hin ein riesiges Erkerfenster. Als ich jünger war, saß ich stundenlang davor, starrte auf die Sterne und war überzeugt, dass Peter Pan bald auftauchen würde, um mir das Fliegen beizubringen.

Ich liebte unser Haus. Viktorianischer Stil und drei Stockwerke. Für Mya und mich war es die perfekte Nachbildung eines Puppenhauses. Von den anderen Kids, die auf der Basis wohnten, verlangten wir einen Dollar Eintritt. Dafür durften sie die unebenen Böden, die versteckte Speisekammer des Butlers und die unerwartete Dienstbotentreppe, die zu den hinteren Schlafzimmern führte, entdecken. Der Dachboden kostete einen Dollar fünfzig. Wir nannten es »Das geheimnisvolle Gartenhaus«. Mya fürchtete, dass es darin spukte. Aber ich sagte: *Was können die toten weißen Leute schon machen? Das Licht ausknipsen?* Mya bestand trotzdem darauf, dass die rosafarbene Nachtlampe über unserem Bücherstapel nachts eingeschaltet blieb. Sie stampfte deshalb sogar mit den Füßen. Also blieb das Licht jede Nacht an. Insgeheim hoffte ich darauf, dass ich in dem rosa Licht vielleicht, ganz vielleicht meine Spielsachen dabei erwischen könnte, wenn sie zum Leben erwachten.

Ich hörte ein weiteres Krachen. Hörte sich an wie eine Pfanne, die auf den Boden geworfen wurde. Ich schlich zur Tür und schloss sie leise hinter mir, um Mya nicht aufzuwecken und damit meine Puppen aufwachen und sich über die Zukunft unterhalten konnten. Auf dem oberen Absatz der gewendelten Dienstbotentreppe, die hinunter in die Küche führte, sah ich Wolf. Sie war schneeweiß und, wenn sie sich ausstreckte, von der Nase bis zum Schwanz so groß wie ich. Als ich mich näherte, stellte sie ihre schwarz gefleckten Ohren auf. Sie lief am oberen Ende der Treppe aufgeregt hin und her.

»Ich bin's, Mädchen.«

Wolf entspannte sich, als sie mich sah. Rollte sich zusammen, legte ihren riesigen Kopf auf die Vorderpfoten und seufzte müde.

Ich kraulte ihre Ohren, so wie sie es mochte. Dann ging ich, um nicht bemerkt zu werden, auf Zehenspitzen über den Treppenteppich nach unten. Ich hielt die Falten meines langen hellblauen Nachthemds mit den Armen fest. Das Licht am Ende der Treppe wurde heller, als ich nach unten schlich. Ich fand meinen perfekten Sitz, den ich schon so oft zuvor genutzt hatte: an der Grenze zwischen Dunkel und Helligkeit. Von dort konnte ich, vom Schatten des massiven Treppengeländers verborgen, einen Blick in die erleuchtete Küche werfen.

Ich verstand, warum Wolf auf dem obersten Treppenabsatz geblieben war.

Die Streitereien zwischen meinen Eltern waren im Lauf des Jahres eskaliert. Ein paarmal war die Polizei gerufen worden. Nicht von uns, niemals von uns: die Nachbarn. Der ganze Lärm. Ihr Geschrei brachte das Haus zum Wackeln. Kein Wunder, dass man die Polizei rief. Das Gepolter von Töpfen, das Zerschlagen von Porzellan. Die Polizisten, respektvoll gegenüber meinem Daddy – er war schließlich ein hochrangiger Officer beim Marine Corps –, klopften an, bevor sie reinkamen, und meine Eltern wurden still. Mein Vater legte wütend einen Finger auf die Lippen und knurrte wie Wolf, die oben zusammengerollt lag, als er die Beamten ganz langsam hereinließ.

Es sah aus, als wäre ein Sturm durch unsere Küche gefegt. Die Kühlschranktür stand offen, und Lebensmittel waren herausgezerrt worden. Salatköpfe und grüne Tomaten lagen davor. Pötte und Pfannen hingen schief von der Aufhängung in der Mitte der Decke. Der große silberne Topf, den meine Mama jedes Weihnachten wieder zum Leben erweckte, um darin Kaldaunen zuzubereiten, lag umgekippt auf der Herdplatte. Er rollte etwas vor und zurück.

Ich hörte meine Eltern, bevor ich sie sah.

»Sag bloß, du *musstest* dieses Kleid tragen. Du hast heute Abend wie eine verdammte Idiotin ausgesehen.«

Das bittere Lachen meiner Mama: »Ich bin eine schlechte Mutter, stimmt's? Dann kann ich auch eine schlechte Ehefrau sein. Lass mich in Ruhe!«

Meine Eltern stürmten wie eine chaotische Truppe durch die Küche wie ein Wirbel aus Pailletten und dem Blau der Marines auf den offenen Kühlschrank zu. Daddy trug noch seine Uniformjacke, die Ordensbänder glänzten im Küchenlicht. Mama knallte heftig mit dem Rücken gegen die Kühlschranktür, und ich sah den ängstlichen Blick in ihren Augen, als sie sich vor Schmerzen krümmte. Sie warf sich auf die Kücheninsel, um nicht zu stürzen. Daddy folgte ihr wie ein tänzelnder Boxer, der darauf wartet, zuzuschlagen, überall hinzuschlagen. Ich hielt den Atem an, ballte die Fäuste, als wäre ich sein Gegner im Ring. Ich hatte meine Eltern schon streiten gehört. Ich hatte einen leichten Schlaf und wachte oft von ihrem Schreien auf. Mein Vater fluchte, meine Mutter weinte. Aber niemals zuvor hatte ich meinen Vater meine Mutter *schlagen* sehen. Ich konnte nicht glauben, dass so ein Chaos möglich war. Die Wahrheit schockierte mich, aber ich konnte sie nicht leugnen. Sie spielte sich vor meinen Augen ab. Mein Vater war in der Lage, finstere, furchtbare Dinge zu tun. Er hatte sie geschlagen. Vielleicht war es nicht das erste Mal. Die lässige Art, in der er ihr folgte, die Boxerhaltung. Vielleicht waren meine Muskeln deshalb angespannt: Ich war bereit, die restlichen Treppen hinunterzurasen und mich vor meine Mutter zu werfen.

Aber Mama besaß Kraft. Sie rannte in ihren goldenen Pailletten vor ihm weg um die Kücheninsel herum. Mit den schnellen Reflexen eines tollwütigen Tiers griff sie nach einer Plastikflasche Heinz-Senf, die in dem Durcheinander auf dem Boden lag, und spritzte den Inhalt meinem Vater direkt ins Gesicht. Der gelbe Strahl erinnerte mich absurderweise an den Bogen eines Springseils auf dem höchsten Punkt. Der Senf glitt an Daddys perfekter Uniform hinunter. Das billige Gelb schien auf dem formalen Blau keinen Sinn zu machen. Für einen Moment dachte ich an eine Parallelwelt, in der Eltern spielerisch und scherzend ein glamouröses Abendessen mit einem späten schmierigen Hamburger beenden.

»Lass deine Hure doch Schwarz-Weiß tragen!«, schrie meine Mom.

Daddy stolperte rückwärts in den offenen Kühlschrank und brüllte wie ein verwundetes Tier, als er sich die Augen rieb. Lauter als Mama, als die gegen die Tür gefallen war, dachte ich kalt.

Mama hielt inne, stellte die Flasche ab, lief schnell zu meinem Vater und fragte: »Alles in Ordnung, Baby?«

Daddy streckte seinen Arm aus.

Ob er absichtlich zielte oder nicht, ob er aus Angst oder aus Wut zuschlug, Tatsache ist, dass seine Faust das arme linke Auge meiner Mama mit einem rechten Haken traf, der sie umwarf. Sie fiel langsam. Ihr Paillettenkleid wirkte wie Tausende glitzernder Glühwürmchen auf den sommerlichen Feldern des Südens.

Daddy ging zu dem Bündel am Boden, das meine Mama war. Wo er das Spültuch gefunden hatte, wusste ich nicht. In diesem Chaos in der Küche passierte alles so schnell. Er beugte sich zu ihr nieder, und in einem Anflug von Furcht dachte ich, dass da vielleicht Blut war, das er beseitigen wollte. Doch dann sah ich, dass er damit sein eigenes Gesicht abwischte. Er hockte, schwebte jetzt über Mama.

»Du hast diesen Jungen Joan das antun lassen«, sagte er. »Wie gesagt: schlimmer, als gar keine Mutter zu haben.« Er stieg über sie hinweg, ging aus der Küche in den dunklen Flur, der zu unserem Schuppen führte. Gelbe Kleckse tropften von seinen Schultern. Als ich ihn gehen sah, kam mir sein Rücken wie der eines Fremden vor.

Ich kauerte erstarrt in meinem Versteck. Ich weiß nicht, wie es ihr gelang, aber nach einer Minute sah ich, wie Mama auf dem Bauch robbte wie ein Marinesoldat im Training. Sie kroch bis zu der Wand, an der unser Telefon hing. Sie hob einen Arm und tastete nach der Telefonschnur. Sie erreichte sie nicht. Zögern. Erneuter Versuch. Ich litt mit ihr und hoffte, das Telefon möge ihr in die Hände fallen. Beim dritten Versuch bekam sie es zu fassen. Es gelang ihr, sich auf die Seite zu drehen, sodass sie sich auf dem Küchenboden halb aufrichten konnte. Ihr linkes Auge war angeschwollen, doch es war ihr rechtes, das mir Furcht einflößte. Es war eine Angst und Verzweiflung darin, die ich noch nie zuvor bei irgendjemand gesehen hatte, schon gar nicht bei meiner Mama. Ich konnte nicht sehen, welche Nummer sie wählte, aber ich wusste, dass es nicht der Notruf war, denn es waren mehr als drei Ziffern.

»August?«, hörte ich Mama sagen. Dann begann sie zu schluchzen.

Kapitel 7

MIRIAM

1995

Miriam musste sich anstrengen, bevor es ihr schließlich gelang, die Flasche Pappy Van Winkle von dem großen Küchenregal herunterzuholen. Ähnlich wie im Wohnzimmer befand sich in der Küche ein konischer Alkoven mit hohen Deckenbalken. Doch im Gegensatz zu der dunklen Stube war die Küche hell und cremefarben. Die Holzpaneele an den Wänden wirkten wie mit Buttermilch gestrichen. Ihr Vater hatte lila Flieder, Lavendel und Kolibris darauf gemalt. Zwischen den Blumen waren in dezenter schwarzer Kursivschrift Daten versteckt: 1. Januar 1863; 7. Dezember 1941; 14. August 1945. Und auf Augenhöhe, versteckt in einem Bouquet: 6. Juni 1943, das Heiratsdatum ihrer Eltern.

Miriams Vater hatte die Küche so gebaut, dass sie an die Gemütlichkeit eines alten italienischen Restaurants erinnerte. Über die gesamte Länge einer Wand erstreckte sich eine riesige Fleischertheke. Von der hohen Decke hingen Töpfe und Pfannen in allen Größen und Formen. Die nördliche Wand war mit Ziegeln gemauert. Dort hatte er den Ofen und den fast mannshohen Metzgerkühlschrank angebracht. Statt eines üblichen Küchentisches hatte er eine Frühstücksnische mit einer u-förmigen Sitzecke gebaut. Auf der den Tisch umlaufenden Bank lagen grüne Samtkissen. Miriam erinnerte sich an das Gefühl, auf ihnen wie auf Luft zu sitzen.

Sie ging zu der Sitzecke, wo ihre Schwester, eine Kool nach der anderen rauchend, auf einem smaragdgrünen Kissen saß. Miriam sagte nichts. Sie kannte August gut. Eine hochgezogene Augenbraue oder ein verzogener Mundwinkel genügte als Hinweis auf ihre Meinung. Aber es war weit nach Mitternacht. Die Kinder schliefen alle. Was konnte es also schon schaden?

Miriam goss zuerst August ihren Drink ein. Einen Fingerbreit Whiskey in ihr kurzes, breites Glas. Dann nahm sie ihren eigenen Drink in Augenschein. Sie maß einen Finger breit ab und fügte dann noch einen weiteren großzügigen Spritzer hinzu. »Ach, warum nicht?«, sagte sie und setzte sich ihrer Schwester gegenüber auf die Bank.

»Woher hast du diesen Whiskey?«, fragte August.

Miriam verzog das Gesicht, als sie an ihrem Glas nippte. »In der Ballnacht aus dem Offiziersklub geklaut.«

»Das hast du nicht gemacht.«

»Doch, hab ich«, erwiderte Miriam und nahm noch einen Schluck.

»Lass das nicht zur Gewohnheit werden«, sagte August.

Miriam zog eine Augenbraue hoch. »Hab ich nicht noch eine Flasche Schnaps da oben gesehen?«

August nippte an ihrem Glas und schnauzte: »Der ist zum Putzen.«

»Was?« Miriam lachte und spuckte ihren Drink aus.

»Immer wenn ich mein Leben von den Männern reinigen muss.«

Kurz bevor ein Zank zwischen den Schwestern ausbrach, sagte August gewöhnlich irgendetwas, das ihre

Schwester in einen hysterischen Lachanfall trieb, womit jegliche Chance auf einen längeren Streit ruiniert war. »Und, weißt du, um damit zu gurgeln«, fügte August hinzu.

»Mensch, wann war denn das letzte Mal ein Mann hier?«

August hielt inne, ihr Glas auf halbem Weg zum Mund. »Scheiße, nicht seit unseren Vätern.«

Miriam kicherte lange darüber. Sie hielt sich eine Hand vor den Mund, um ihr Grinsen zu verbergen. »Hast du etwas von Dereks Daddy gehört?«, fragte sie. So wie August jedem Gespräch eine lustige Wendung geben konnte, war Miriam in der Lage, jedem Moment die Ernsthaftigkeit eines Sterbenden zu verleihen.

August hätte nun fast ihren Drink ausgespuckt. »Hab ich's dir nicht erzählt? Tot, dieser Kerl. Gestorben bei einer Messerstecherei in New Chicago. Der Herr hat's gegeben, hä? Mädchen, du warst verdammt lange weg.«

»Du solltest nicht so von Gott reden. Oder von den Toten.« Miriam war klar, dass sie ihrer Schwester gegenüber nicht so kritisch sein sollte, zweifelte sie doch selbst manchmal an Gott. An seinem Urteil. An seinen irrationalen Entscheidungen. Doch sie war die ältere Schwester; kritisch zu sein gehörte zu ihr, und sei es auch nur, weil sie das Beste für August wollte, weil sie wünschte, dass deren Leben in jeder Beziehung besser als ihr eigenes sein sollte.

Miriam dachte zurück an den Moment an jenem Nachmittag, an dem sie durch die lange Einfahrt zum Haus gefahren war. Vor einem Haus gehalten hatte, das ihr vertrauter war als das Blut in ihren Venen. Sie hatte es nach Hause geschafft. Ganz allein. Abgesehen von der Gnade Gottes und, zu ihrer großen Überraschung, der Freundlichkeit eines alten weißen Mannes. Miriam wusste, dass Gott ein Trickster war. Wie er gab, so nahm er auch. Er gab ihr eine verdammt gute Mutter und nahm ihr den Vater. Er gab ihr zwei Kinder, für die sie die Sahara durchqueren würde, gab ihr dieses blaue Auge, nahm ihr den Mann und ihre Würde. Gott war ein Gespenst, ein Kobold. Er konnte jede beliebige Gestalt annehmen. Vielleicht hatte Er das damals in Sugar Tree getan.

Miriam bemerkte den Widerwillen im Gesicht ihrer Schwester.

»Wozu brauch ich Gott, wenn ich Al Green habe?«, sagte August. »Weißt du, dass er immer noch predigt? Hand Gottes. Bloß fünf Blocks von hier. Singt jetzt aber nur noch Gospel. Ist das nicht ein Miststück? Die schönste Stimme auf dieser Erde, gerade mal fünf Blocks von hier, und wir können ihn noch nicht einmal ›Belle‹ singen hören.« August nahm einen Schluck und reagierte auf Miriams kritisch hochgezogene Augenbraue mit: »Hör mal, Meer. Ich glaube gern an Schwarze, die ich wenigstens sehen kann.« Sie vollführte eine kreisende Bewegung mit ihrem Whiskeyglas. »Und ich habe seit Urzeiten keinen guten Mann gesehen.«

»Wenn wir keinen Gott haben, Aug, wen zum Teufel haben wir dann?«, fragte Miriam. Sie versuchte vergeblich, die Verärgerung in ihrer Stimme zu verbergen. Sie hasste es, dass ihre Schwester ihren Glauben nicht teilte. Miriam ging zur Messe, weil ihre Mutter das getan hatte. Es war ihr geschenkt worden, etwas Vererbtes, etwas Geerbtes, etwas, das sie mit ihrer Mutter verband, die sie alle verlassen hatte.

August lachte eine ganze Weile. Dann hielt sie ihr Glas hoch. »Wir haben dies hier. Whiskey.«

Sie stießen an.

»Du hast immer auf alles eine schlaue Antwort«, sagte Miriam und kicherte selbst. Sie entschied sich, es dabei zu belassen. Schließlich ging sie selbst auch nicht jeden Sonntag zur Messe. Sie hatte kein Recht zu predigen und schon gar nicht die Energie für eine Auseinandersetzung. Jedenfalls nicht für diese.

Das Abendessen war schwierig gewesen. Ohne darüber reden zu müssen, hatten Miriam und August sich in die Mitte der neu geschaffenen Familie gesetzt. Ihre Körper bildeten eine Barriere zwischen Derek und den Mädchen.

Als Miriam Joan ins Badezimmer gebracht hatte, war sie niedergekniet und hatte ihre Tochter mit einer Geschicklichkeit entkleidet, die allein Mütter besitzen. Sie hielt sie einfach sehr lange fest, ohne dass eine von beiden ein Wort sagte.

In der Mitte des runden Esstisches stand ein kleiner Behälter aus Kristall. Joan war während des ganzen Essens schweigsam gewesen. Miriam öffnete das Kästchen und forderte Joan mit einem Kopfnicken auf, eine der Karten zu nehmen, die darin lagen.

Joan zögerte einen Augenblick, dann nahm sie eine Karte. Ihre Augen wurden groß, als sie das Gebet las, das in goldenen Buchstaben darauf stand. »*Vergesst die Gastfreundschaft nicht; denn durch sie haben einige, ohne es zu ahnen, Engel beherbergt. Hebräer dreizehn zwei*«, las sie vor.

»Wie passend«, hatte August gesagt. »Ich glaube, ich bringe gerade mehrere Tausend Engel zum Lachen. Kann mir mal jemand den Emmy überreichen!«

Mya hatte kreischend gelacht und mit der Hand auf den Tisch gehauen, sodass die Teller tanzten, mit dem in Rotwein geschmorten Lamm, den in Butter geschwenkten, mit Petersilie bestreuten Kartoffeln und den dampfenden kandierten Yams.

»My, weißt du überhaupt, was ein Emmy ist?«, hatte Joan gefragt.

»*Du* vielleicht?«, fauchte Derek. Zum ersten Mal hatte er Joan direkt angesprochen. Wörter wie eine Waffe gewählt. Stille war ein Gewehr. Als es losging, abgefeuert wurde, versank der ganze Tisch in Schweigen.

Miriam und August sahen sich an. Dann wanderten ihre Blicke zu ihren Kindern.

Miriam beobachtete Joan, wie sie die Karte langsam und sorgfältig in die Glasbox zurücklegte und den Deckel schloss. Dann verengten sich ihre Augen zu Schlitzen. »Ich weiß mehr, als du glaubst«, sagte sie schließlich. Dann bekreuzigte sie sich dreimal und nahm ihr Steakmesser.

Miriam wurde so abrupt in die Gegenwart zurückgeholt, dass sie von ihrem weichen Kissen aufsprang. »Pistolenschüsse«, sagte August. »Du wirst das noch öfter hören. Girl, als du gegangen bist, hast du offenbar den Rest von Motown mit dir genommen.« Sie zog an ihrer Mentholzigarette, die schon bis zum Filter heruntergeraucht war. Rauch und das Echo der Schüsse hingen dick in der Luft. »Scheiße, ich habe letzte Woche ein Mädchen auf der Chelsea gesehen. Noch keine vierzehn Jahre alt. An der Ecke, Girl. *Arbeitend.* Verstehst du mich? Crack könnte auch ein Virus gewesen sein, nach allem, was es hier angerichtet hat.«

Miriam leerte das Glas mit den zwei Fingerbreit Whiskey in einem Zug und warf den Kopf in den Nacken, um die ganze Schwere des Alkohols in sich aufzunehmen. Sie wusste, dass sich ihre Wangen röteten. Die Gewehrschüsse waren ihr beängstigend nahe vorgekommen. Das letzte

Mal hatte sie Schüsse gehört, als sie in Joans Alter gewesen war. Auch damals war es eine 32er gewesen, und sie war bei ihrer Mutter.

»Bin ich eine schlechte Mutter, August, weil ich mit den Mädchen hierhergekommen bin?« Miriam biss sich auf die Lippe und spielte an dem langen goldenen Rosenkranz um ihren Hals, so wie immer, wenn sie nervös war.

August fummelte in den Falten ihres Kimonos und fand eine Packung Kools und ihr Feuerzeug. Sie nahm sich Zeit, eine neue Zigarette aus der Schachtel zu nehmen, sie zu ihren vollen Lippen zu führen, ihren Kopf der Flamme zuzuneigen, eine geübte Hand darüberzuhalten, die Zigarette anzustecken und den Rauch langsam ein- und auszuatmen.

»Du bist nur eine schlechte Mutter, wenn du ihnen nichts zu essen gibst«, sagte August durch die Rauchwolken hindurch. »Da wir gerade davon reden, willst du dir nicht eine Arbeit suchen? Die Polizeistation stellt Sekretärinnen ein.«

»Dieselbe, die meinen Daddy umgebracht hat?«, rief Miriam aus.

»Touché, Trick«, sagte August. Sie schüttelte ihr Glas schnell hin und her, um ihrer Schwester zu zeigen, dass sie mehr wollte.

Miriam verdrehte die Augen. Sie goss ihrer Schwester und dann sich selbst einen kräftigen Schluck ein. »Nee, ich werde Mama stolz machen.«

August starrte Miriam ins Gesicht. »Das wirst du *nicht*«, sagte sie einschüchternd.

»Werd ich wohl. Ich hab meine Zeugniskopien mitgebracht. Ich bin nicht blöd. Alles Wichtige habe ich mitgenommen.«

»Und du wirst bezahlt?«

»Ich habe angerufen. Die Dame in der Zulassungsstelle hat gesagt, sie tut, was sie kann.« Miriam prostete August zu.

»Na, das ist ja das Beste. Noch eine Krankenpflegerin in der Familie. Ich weiß, dass Mama stolz auf dich wäre, Meer. Sehr stolz.«

»Es wird höllisch schwer sein«, sagte Miriam, aber sie lächelte. Sorgenvoll legte sie eine Hand an die Stirn. Sie würde wieder eine Ausbildung machen – mit vierzig. Allein das Lernen würde kaum zu bewältigen sein. Bevorstehende lange Nächte in der Bibliothek. Und all die anderen Studierenden, jung, begierig und ehrgeizig. Miriam war nur begierig. Sie wusste, dass sie sich um ihre Mädchen kümmern musste. Und tief in ihrem Innern, fast animalisch instinktiv, fühlte sie, dass sie Jax' Geld nicht wollte, selbst wenn er es anböte. Sie wollte das allein schaffen.

Ihre Gedanken wanderten zu einem lang vergangenen Streit zurück, als Jax ihr eine bösartige Frage entgegengeschleudert hatte, auf die sie keine Antwort wusste. »Wo zum Teufel willst du hin, und wie weit, glaubst du, kommst du mit zwei Kindern, keinem Abschluss und deinem Schwarzen Gesicht?« Miriam bezweifelte, dass sie jetzt eine Antwort darauf hatte. Aber sie musste versuchen, eine zu finden.

Vielleicht war es der Whiskey. Plötzlich stieg eine Hitzewelle in ihr auf, als sich Joans durchnässte Hosenbeine in ihre Gedanken drängten. *Wie werden wir überleben?*, dachte sie. *Wie um alles in der Welt?* Sie wurde aus ihren Sorgen gerissen, als sie plötzlich den festen Griff ihrer Schwester auf ihrem Arm spürte.

»Muss auf jeden Fall besser sein als die Hölle, die du gerade hinter dir gelassen hast, Meer. Geht nicht anders.«

»Am besten halten wir diesen Jungen von Joan fern.« August versteifte sich auf ihrem Sitz.

»Stell dich nicht so an«, sagte Miriam. »Ich kann es genauso gut laut sagen.« Sie schwenkte den Whiskey in ihrem Glas. »Ich habe Angst, meine Joanie könnte deinen Jungen umbringen.«

Kapitel 8

MIRIAM

1988

Sie war wieder schwanger. Dieses Mal war es Frühherbst, und die Nächte in Memphis waren herrlich. Die meisten Bäume hatten eine kupferne Farbe angenommen – die Sonne verfing sich in ihren goldenen Medaillonblättern. Sie und August saßen auf der vorderen Veranda, tranken süßen Tee, und Miriam genoss die kühle Nachtluft. Eine Brise bewegte die Sonnenblumen, die ihre Mutter Jahre zuvor gepflanzt hatte. Irgendwie hatten sie den ersten Frost in Memphis überlebt und waren hoch wie Titanen gewachsen. Hätte der Tod ihrer Mutter ihre Schwanger-schaft nicht überschattet, wäre ihr dieses Baby leichter, einfacher erschienen. Miriam war es leid, zu trauern, ihre tote Mutter überall in dem Haus in Memphis zu sehen. Sie sah sie, als wäre sie leibhaftig. Sie stand in der Küche über einen Topf gebeugt am Herd und kochte etwas. Oder einmal dachte Miriam, jemand wäre im Hinterhof, und sie hätte schwören können, ihre Mutter dort bei den Tomaten zu sehen, mit ihrem Strohhut und allem.

Als Miriam mit Joan schwanger gewesen war, hatte sie endlich verstanden, warum ihre Mutter manchmal die Uniformen ihres Vaters aus dem Schrank nahm, bügelte, auf dem Bett ausbreitete und leise daneben weinte, bis sie einschlief. Als Hazel starb, blieb Miriam nichts als die Trauer um sie. Deshalb sah sie sie immer überall. Auch im Kreißsaal. Sechsundzwanzig Stunden lang hatte Miriam geschwitzt und gestöhnt und ihr erstes Kind aus sich herausgepresst. Die ganze Zeit über hatte sie geschrien: »Mama, es tut so weh!«

Das Baby war ein Mädchen gewesen.

Joan, hatte Miriam ihre erste Tochter getauft.

»Und sie sah Dinge, die andere nicht sehen konnten«, hatte sie schlicht zu Jax gesagt, als alles vorüber war.

Jetzt war Miriam zurück nach Memphis gekommen, um ihr zweites Kind auf die Welt zu bringen. Jax war beim jährlichen Trainingsaufenthalt für höhere Offiziere des Marine Corps. Er würde die Geburt ihres Kindes verpassen, aber Miriam hatte unerbittlich darauf bestanden, dass auch ihre zweite Tochter in Memphis geboren wurde.

Obwohl sie ihren Mann vermisste, war Miriam froh, bei ihrer Schwester und ihrem jungen Neffen zurück zu Hause zu sein. Joan liebte das Haus auch. Wie ein Kaliko-Kätzchen erkundete sie es mit ihrem kleinen Körper und versteckte sich ständig in den Nischen der antiken Einrichtung. August war acht Jahre zuvor Mutter des ersten Sohnes in der North-Familie seit Generationen geworden. Sie sprach wenig über seinen Vater, und Miriam, die ihre Schwester nicht verstimmen wollte, stellte keine Fragen.

Von ihrem Platz auf der Veranda blickten die Schwestern auf einen Hickorybaum auf der gegenüberliegenden Straßenseite, der sich im Garten des Nachbarn sanft im Wind wiegte. Sie nippten an ihren Drinks. Augusts süßer Tee enthielt einen Schuss Whiskey. Sie war in einen neuen seidenen Kimono eingehüllt, den Miriam ihr mitgebracht hatte.

»Wie fühlst du dich?«, fragte August.

Miriam antwortete nicht. So wie ihre Schwester fragte, der Ton in ihrer Stimme – als näherte sie sich einem schwachen, verletzten wilden Tier – erinnerte sie an den Abend ihrer Heirat.

Die damals fast fünfzehnjährige August hatte hinter ihr gestanden, um Miriams lange Locken fest auf rosafarbene Rollen zu wickeln. Miriam trug ein langes seidenes Nachthemd mit smaragdfarbenen Pailletten, bedruckt mit Tausenden weißer Kraniche.

Ihre Mutter saß im Zimmer der Mädchen auf dem Rand des mit einem Quilt bedeckten Betts und sah ihnen zu. Vom Plattenspieler schmachtete Al Green: *Don't look so sad. I know it's over.* »Wie fühlst du dich?«, hatte Hazel gefragt. Sorge lag auf ihrem Gesicht wie ein Make-up.

»Mama«, sagte Miriam seufzend und hätte vor Verzweiflung fast die Augen verdreht.

»Du weißt doch, dass sie verliebt ist, Mama, auch wenn der Himmel weiß, warum«, sagte August.

»Ich liebe euch zwei verrückten Mädchen. Das weiß Gott!«, hatte ihre Mutter mit einem schüchternen Lächeln geantwortet. Nach einer Weile verflüchtigte sich das Lächeln. Die Sorge war zurück. »Meer, ihr zwei kennt euch doch kaum.«

»Ich weiß, dass ich ihn will«, sagte Miriam.

»Die Frau eines Marines zu sein, ist sehr, sehr schwer.«

»Allein zu sein auch.« Ihre Mutter schwieg.

Miriam betrachtete den großen Saphir an ihrem linken Ringfinger.

»Damit ertrinkst du mit Sicherheit«, sagte August lachend.

»August!«, zischte Miriam. »Wenn irgendetwas passiert, komm ich nach Hause, Mama.«

All ya gotta do is, all ya gotta do is make believe you love me one more time, sang Al Green.

»Meine wunderbaren, schönen Töchter, ihr könnt beide immer, immer nach Hause kommen«, hatte ihre Mutter gesagt und sich die Tränen aus den Augen gewischt.

Jetzt, in der Verandaschaukel, spürte Miriam, wie ihre Augenwinkel feucht wurden, und blickte auf ihren schwangeren Bauch. Sie fragte sich, ob dieses Haus für immer ihr Zuhause bleiben würde. Für sie und für ihre Kinder. Ihre Schwester saß neben ihr und wippte leicht mit den Füßen, um die Schaukel in Bewegung zu halten.

»Ich wüsste gerne, ob man die Pekannüsse schon pflücken kann«, sagte August. Ein paar waren im Wind gefallen und auf die Wurzeln des knorrigen Nachbarbaums geprallt, bevor sie im dunklen Dickicht des Rasens liegen geblieben waren.

»Wie läuft's im College?« August war im Frühjahr zuvor am Southwestern – jetzt Rhodes – angenommen worden und hatte sich in ihre Studien gestürzt.

»Ich habe das Gefühl, ich lese und schreibe nur noch. Ich kann einen ganzen Roman lesen, bis wir diese Flasche geleert haben.« August trank.

»Du redest immer noch nicht mit Gott?«, fragte Miriam. Warum war sie so? So kritisch mit ihrer wunderbaren, genialen Schwester? Die Einzige in der Familie, die nicht gläubig war.

»Worüber denn?«, fragte August und spuckte die Wörter in einem bitteren Stakkato aus.

»Aber es ist doch nicht Seine Schuld, dass Mama gestorben ist.«

August schüttelte das Eis in ihrem Glas, starrte darauf, nahm einen Schluck.

»Wessen Schuld zum Teufel ist es dann?«

Ein Knall – die massive gelbe Eingangstür hatte sich geöffnet. Der Wind schleuderte sie gegen die Wand des Hauses und wieder zurück.

»Was um Himmels willen?«, rief August aus. »Derek sollte schon seit Stunden im Bett sein.« Sie verstummte so abrupt, wie sich die Tür geöffnet hatte.

Miriam musste sich verrenken, weil August so viel größer war, doch dann sah sie Joan. Sie war bis zur Taille hinauf nackt. Das Oberteil ihres Kermit-der-Frosch-Schlafanzugs war verzogen und hatte sich teilweise in ihren Locken verfangen. Dünne Blutspuren rannen an ihren braunen dünnen Babybeinen herunter. Mit weit geöffneten, fast untellergroßen, aber trockenen Augen starrte sie durch das Zwielicht in den Herbstwind.

»Mein Gott«, flüsterte August. Das Glas, das sie fallen ließ, verfing sich in den Falten ihres Kimonos, und sein Inhalt durchnässte die Kissen auf der Verandaschaukel.

Miriam erinnerte sich nicht daran, wie sie aufgestanden war, aber es musste wie ein Blitz gewesen sein. Von einer Sekunde auf die andere kniete sie auf der Veranda vor ihrer Tochter, hielt Joan in den Armen und versuchte, ihren Körper in ihren eigenen aufzunehmen. Sie flüsterte: »O mein Liebling, o mein Liebling, o mein Liebling«, als wäre es eine Zauberformel, die alles wiedergutmachen könnte. Ununterbrochen dachte sie: *Sie ist drei. Sie ist doch erst drei Jahre alt.*

August fand den Drahtkleiderbügel in Dereks Zimmer. Das eine Ende verdreht, blutverschmiert.

Eine Woche später saßen Miriam und Jax im Büro eines

Kinderarztes im Zentrum von Memphis. Sie trug ein rosafarbenes Kostüm mit einer langen Reihe großer schwarzer Knöpfe, Spitzenhandschuhe und hochgesteckte Haare. Sie hatte so ehrwürdig wie möglich aussehen wollen. In dem Chaos der vergangenen Woche hatte das Jugendamt das Haus besucht, Derek zur Befragung zu einer staatlich verordneten monatelangen Therapie mitgenommen. Was wäre, wenn sie das auch mit Joan machen würden? Der Gedanke war zu furchtbar zu ertragen. Also zog sie ihre beste Sonntagskleidung an und achtete darauf, dass Jax das auch machte. Er erlaubte ihr am frühen Morgen nicht, seine Krawatte zurechtzurücken. Schob ohne ein Wort ihre Hand weg. Miriam bemerkte die Schweißperlen, die von seinen dicken kurz geschorenen Haaren tropften. Als wäre er vom Flugzeug bis hierhin gerannt. Wahrscheinlich war er das.

Er hatte sofort Urlaub vom Offizierstraining genommen, als Miriam anrief. Nahm einen Militärflug mit einem Hubschrauber von einer diskreten Armee-Einrichtung und landete einen Tag später in Millington. Kam zu dem alten Backsteinhaus in Memphis, stieß die breite gelbe Tür auf und nahm seine Tochter in die Arme. Sprach tagelang mit niemand außer ihr. Streichelte ihr immer wieder sanft über die dichten Locken. Flüsterte in ihre Haare, *meine Joanie. Meine Joan of Arc. Mein tapferes Joanie-Mädchen*.

Sie kamen zehn Minuten zu früh zu dem Termin. Miriam wollte sichergehen. Sagte, August solle im Wagen warten. Vielleicht mit Joanie ein Eis essen gehen. Oder Eier, weil es noch so früh war. Es sollte nicht länger als eine Stunde dauern.

Bei ihren Worten hatte Miriam einen Funken des Verstehens in den dunkelbraunen Augen ihrer Schwester gesehen. Sie sahen wie glänzender Bernstein aus. Miriam musste nicht mehr sagen. Sie hatte durch das Wagenfenster gefasst und beruhigend die Hand ihrer Schwester auf dem Lenkrad des Cadillacs getätschelt. Dann folgte sie Jax in das Krankenhaus. Sie brauchte sich nicht umzudrehen oder ihre Ängste in Worte zu fassen. *Was, wenn man sie mir wegnimmt? Wenn sie sagen, ich wäre eine ungeeignete Mutter, und meine Tochter mitnehmen? Schaff sie hier raus. Bring sie verdammt noch mal hier weg.* Ihre Schwester hatte verstanden: Der Bernsteinglanz in ihren Augen flackerte wieder auf, als sie mit Joan, die auf dem Rücksitz angeschnallt war, davonbrauste.

Dr. Seth Cobb war ein kleiner Mann mit langen, schlanken Fingern und einer großen Stirn, die von einer Brille mit breitem schwarzem Rand betont wurde. Sein Büro war auf der Kinderstation im sechsten Stock des Mount Zion Baptist Hospital in Memphis, in dem sowohl Miriam als auch Joan geboren worden waren und wo Miriams Mutter Hazel als die erste Schwarze Krankenpflegerin gearbeitet hatte. Der Doktor saß in einem eleganten weichen Ledersessel. An der Wand hinter ihm hing eine Reihe eingerahmter Diplome wie zum Angebot. Er hatte Joan früher am Tag und zuvor in der Nacht der Vergewaltigung untersucht. Jetzt saßen Miriam und Jax dem Mann gegenüber. Während er sprach, hielt er sein schmales Kinn hoch, als würde er auf sie herabblicken.

Miriam fingerte an ihrem goldenen Rosenkranz, während Jax völlig unbewegt neben ihr saß. Er war nicht in Uniform, sondern trug ein weißes Oxfordhemd und frisch gebügelte Hosen.

Miriam brachte die Zähne auseinander und platzte heraus: »Was sind die nächsten Schritte?«

»Ihr Jungfernhäutchen ist gerissen. Sie hat ein paar Wunden, aber die werden heilen. Ich gebe Ihnen ein Antibiotikum mit.«

Mein Gott. Mein Baby, dachte Miriam. »Sie ist allergisch gegen Penicillin.«

Der Arzt streckte sein Kinn noch weiter vor, als er nach einigen Notizen vor ihm griff. »Was passiert, wenn sie Penicillin nimmt?«

Miriam gefiel sein Ton nicht. Zweifel schwang darin mit. Als würde er ihr nicht glauben. Aber sie wusste verdammt gut, wogegen ihre Erstgeborene allergisch war und wogegen nicht.

»Sie bekommt Nesselsucht.« Miriams Stimme war angespannt. Sie sprach langsam, versuchte, höflich zu sein, freundlich.

»Ah ja. Es gibt andere. Keine Sorge.«

»Ich mache mir Sorgen um mein Kind, Herr Doktor. Wegen des Traumas durch all das. Wird sie sich daran erinnern? Den Rest ihres Lebens? Wird sie *das* mit sich herumtragen müssen? Wir wollen …« Miriam nahm sich einen Moment für die Formulierung ihres Satzes. »Wir wollen das Beste für unsere Tochter. Wir sind gute Eltern.«

Dr. Cobb zuckte mit den Schultern. »Sie wird sich nicht daran erinnern«, sagte er tonlos.

Sie konnte es nicht glauben. »Und warum denken Sie das?«, fragte Miriam. Sie hatte ihre Freundlichkeit aufgegeben und machte keinen Versuch, die Verachtung in ihrer Stimme zu verbergen.

»Weil das Girl erst drei Jahre alt ist«, sagte er unverblümt und nüchtern.

Miriam zuckte zusammen. Wie er »Girl« gesagt hatte.

»Hören Sie.« Dr. Cobb faltete seine Hände sorgsam auf dem massiven Schreibtisch vor ihm. »Ich habe viele solcher Fälle. Zu viele, tatsächlich. Verlassene Kinder. Schlechtes Zuhause.«

Es kostete Miriam viel, in diesem Moment nicht aufzustehen. Aber sie konnte beim besten Willen nicht anders, als ihre Hand mit dem Spitzenhandschuh zu heben. »Mein Vater war Myron North, der erste Schwarze Kommissar der Mordkommission in dieser Stadt. Mein Mann ist Captain des United States Marine Corps. *Passt* das?« Miriam fasste sich an den Kragen. »Vintage Chanel. Diesem *Girl* fehlt es an nichts. Nichts.« Miriams Hand zitterte vor Wut.

»Nun, ich sage nicht, dass das hier der Fall ist«, redete er tonlos weiter, als hätte sie nichts gesagt, als hätte er kein Wort von Miriams leidenschaftlicher Proklamation der Menschlichkeit ihrer Familie gehört. »Ich rede im Allgemeinen, verstehen Sie.«

Miriam erkannte mit Erleichterung und Horror, dass ihre größte Angst – man könnte ihr Joan wegnehmen – nichts als Fantasie war. Sie bezweifelte, dass dieser Mann jemals einen Dreck für das Leben eines Schwarzen Kindes geben würde.

Er redete nonchalant, anscheinend unbeeindruckt in seinem trockenen Tonfall weiter. »Und sie ist jung.« Er winkte ab. »Es wird ihr nichts ausmachen. Wenigstens nicht mental. Sie wird ein paar Tage wund sein. Ich empfehle warme Bäder. Haferbäder. Natürlich wird es einige Beschwerden geben. Wasserlassen könnte schmerzhaft sein, aber da werden die Medikamente helfen. Aufgrund ihres Alters verschreibe ich nur eine sehr kleine Dosis Schmerzmittel. Stellen Sie sie wieder vor, wenn die Schmerzen schlimmer werden sollten oder wenn Sie Blut

im Urin sehen. Aber dass eine Dreijährige ihre eigene Vergewaltigung erinnert, ist weniger wahrscheinlich, als dass
der Halleysche Komet dreimal pro Saison erscheint«,
sagte er.

Steh mir bei, Gott, dachte Miriam. *Lass mich diesen weißen Mann nicht umbringen. Reiß dich zusammen. Komm
zur Sache. Frag ihn nach einer Beratung.*

Gerade als sie den Mund aufmachen wollte, stand
Dr. Cobb auf und sagte: »Habt ein wunderschönes
Wochenende, Leute«, und dann öffnete er die Tür, um sie
hinauszulassen.

Kapitel 9

AUGUST

1988

Sie konnte fast die Stimme ihrer Mutter sagen hören: »Würg jetzt bloß nicht wieder den Motor ab, August. Sei vorsichtig mit dem Wagen. Er ist mein letztes Geschenk von Myron.« Der 1950er-Cadillac Coupe de Ville war feuerrot, und August fragte sich, ob er heute nicht eher an einen Streitwagen oder eine Bombe erinnerte.

Sie bog leicht rechts in den East Parkway in Richtung des Kinderkrankenhauses Mount Zion Baptist ab und nahm das helle Novembersonnenlicht wahr. Im Rückspiegel überprüfte sie, ob die Kurve Joan gestört hatte. Sie schlief nicht. Während der ganzen Fahrt hatte sie keinen Laut von sich gegeben, aber ihre Augen waren weit geöffnet. Sie blickte aus dem Fenster und betrachtete die nähere Umgebung. Ihr Kopf lehnte an der Seite des Kindersitzes.

August hatte Miriams Anweisung nur halb befolgt. Statt auf ein Eis war sie mit dem Mädchen zu dem nahe gelegenen Rhodes College gefahren. War mit ihr am Rasen des Campus entlanggelaufen, hatte ihr die großen Eichen gezeigt und das Efeu, das die Alabastersteine des Gebäudes bedeckte. August war noch nicht einmal klar gewesen, wohin sie fuhr, bis sie schon auf dem Parkplatz des Colleges war. Sie hatte das Gefühl, von einer Kraft in ihrem

Unterbewusstsein getrieben zu werden, etwas, das sie daran erinnerte, dass es nicht nur um Joans oder Dereks Zukunft ging, sondern auch um ihre Zukunft. Um ihr Ziel, dem Beispiel ihrer Mutter zu folgen.

Als August mit ihrer Nichte an der Hand über den Rasen ging, dachte sie darüber nach, dass der malerische Novembertag in keiner Weise zu der beschämenden Situation passte. Das Efeu, das sich an den hohen Gebäuden hinaufrankte, sah aus wie Goldmünzen. Die orangefarbenen Blätter der Bäume glitzerten im leichten Wind und leuchteten wie Wunderkerzen. Der Tag machte auf August den Eindruck einer gottverdammten Feier.

Gott hatte offensichtlich Sinn für Humor.

Auf der Rückfahrt hielt August im Gegenlicht Ausschau nach ihrer Schwester und ihrem Schwager. Das Geringste, das sie hatte tun können, war, sie abzusetzen, während des Termins auf Joan aufzupassen und die beiden wieder abzuholen. Sie waren nicht in der Lage, selbst zu fahren. Seit Derek nicht mehr da war, herrschte Totenstille im Haus, und sie kümmerte sich um Joan.

»Ich brauche einen verdammten Scheißarzt, der mir in die Augen schaut und mir sagt, dass meine Tochter wieder ganz gesund wird«, hatte Miriam am Morgen mit müden Augen und halb bewusstlos in der Frühstücksnische gesagt. August hatte ihre Schwester noch nie fluchen hören. Niemals zuvor diese Monotonie in ihrer Stimme gehört. Leblos. Joan hatte die ganze Zeit wie eine Zecke an der Hüfte ihrer Mutter gehangen.

August hielt den Caddy mit laufendem Motor vor dem Eingang an. Ihre Augen wanderten zum Horizont. Eine Gruppe Hickorybäume schmückte in einer sauberen Reihe die Westfront des Krankenhauses.

Sie erblickte ihre Schwester, die aus einer kleineren Seitentür westlich des Haupteingangs kam. Sie war nicht zu übersehen – Miriam war kurz vor der Niederkunft. Sie folgte Jax auf dem Gehweg bis zum Straßenrand. August blinkte nach rechts. Sie schaltete in den ersten Gang und fuhr über den Parkplatz.

In dem Moment kehrte Jax um, doch nicht in Augusts Richtung – er hatte ihr Auto noch nicht gesehen –, sondern zurück zu Miriam. Sie hatte ihn schon fast erreicht. Er sagte etwas, das August nicht verstehen konnte. Sie blinzelte ins Morgenlicht und verfluchte sich, weil sie ihre Sonnenbrille auf dem verdammten Küchentisch zu Hause gelassen hatte. Die Sonne blendete und reflektierte den goldenen Glanz der Bäume.

Sie schaltete in den zweiten Gang und drückte leicht aufs Gas. Sie hatte den verdammten Yankee nie besonders gemocht, und jetzt gefiel ihr nicht, wie er gestikulierend vor ihrer Schwester stand.

Sie war fast dort. Dann – eine schnelle Bewegung. Und Joan stieß einen schrecklichen, verzweifelten Schrei aus. Augusts Fuß rutschte von der Kupplung, und sie würgte den Motor ab.

Jax' rechter Arm war ausgestreckt, als würde er nach der olympischen Fackel greifen. Doch seine Hand umklammerte den Hals ihrer Schwester. Und er drückte zu. August sah, dass ihre Schwester mit den Füßen zuckte. Der Kerl hob sie hoch.

»Gott ist …«, und August stieß denselben Fluch aus, wie als sie ihre Mutter tot im Garten gefunden hatte, »… ein Arschloch!« Sie versuchte, den Wagen wieder zu starten, aber weil Gott ein zorniger war, sprang der Motor schon wieder nicht an. »Scheiße!«, schrie August.

Jax würgte ihre Schwester immer noch.

»Scheiß drauf«, sagte August und löste den Sicherheits-gurt. Sie ließ die Fahrertür weit offen, den Schlüssel in der Zündung stecken und rannte zu den beiden. Sie sah, dass Miriam versuchte, Jax' Finger von ihrem Hals zu lö-sen.

Kurz bevor sie die beiden erreichte, wurde ihr klar, dass sie zwar fast so groß wie Jax war, aber nicht annä-hernd stark genug, um diesen Mann ins Gesicht zu boxen. Mehr als einen Klaps würde er nicht spüren. Aber Jax hatte ihr den Rücken zugewandt. Sie könnte ihn ansprin-gen, das Gewicht ihres Anlaufs nutzen und sich wie ein menschlicher Basketball auf ihn werfen.

Und genau das tat sie. Mit allem, was sie hatte, warf sie ihren Körper in Jax' Rücken.

Jax fiel.

Miriam auch.

Aber August war da, um sie aufzufangen, ihren Fall ab-zumildern. Sie ließ sich selbst fallen, und ihre Schwester fiel auf sie. Deren Körpermitte schützte sie mit den Hän-den, als das volle Gewicht von Miriam und dem Baby auf sie fiel.

Wie sie es geschafft hatte, Jax zu überwältigen und gleichzeitig ihre Schwester zu retten, würde August nie ganz verstehen. Aber Gott würde sie nicht dafür danken. Keine Chance. Er hatte all dies geschehen lassen, dachte August, als sie auf dem kühlen Asphalt unter ihrer Schwes-ter lag, die schwer atmend nach Luft rang. Denn was ist das für ein Gott, der gestattet, dass eine Tante ihre schrei-ende Nichte in einem Auto zurücklässt?

Was ist das für ein Gott, der eine Schwarze Frau eine solche Entscheidung treffen lässt?

Was ist das für ein Gott, der ihrer Schwester erlaubt hatte, bei so einem Mann zu bleiben?

Später am Abend erklärte Miriam August in aller Ruhe, dass Jax ihr Ehemann war. Dass er so etwas noch nie zuvor getan hatte. Dass es ihm wieder besser gehen würde. Ihnen allen. Der Arzt hatte gesagt, Joan würde sich nicht an ihre Vergewaltigung erinnern. Vielleicht würde sie sich nicht einmal an Derek erinnern. An diesen Besuch. Sie würden sich alle davon erholen. Jax war nicht er selbst gewesen. Der ganze Stress. Der Schock. Die Schande. »Männer, weißt du?«

August hörte und wusste nichts von alldem. Sie wusste nur, dass Gott ein zorniger war. Und dass alle Männer, die sie kannte, so waren. August hatte genug von dem ganzen Mist.

Später in der Nacht, in der einsamen Stille des dunklen Hauses, nachdem alle anderen schlafen gegangen waren, hörte August immer noch Joans Schreie, die durch die offene Fahrertür des Coupe de Ville über den Parkplatz gehallt waren.

Diese Joan. August wollte, dass der weiße Arzt recht hatte – vielleicht würde Joan sich nicht daran erinnern. An nichts von allem. Vielleicht würde sie sich nicht einmal daran erinnern, im Auto zurückgelassen worden zu sein.

Joans Schreie hallten in Augusts Erinnerung nach. Sie holte die Flasche Whiskey aus dem Küchenregal und trank, bis sie nichts mehr außer ihrem Versprechen an sich selbst hören konnte. *Wenn dieses Mädchen dich jemals um irgendetwas bittet, egal, was es ist, du wirst es ihr geben.*

Kapitel 10

JOAN

1995

Am ersten Tag in unserem Haus in Memphis brachte Mama Mya und mich nach dem Abendessen in das Quilt-Zimmer. Der hintere Teil des Hauses hatte zwei Flügel. Der östliche und der westliche waren durch einen langen Flur verbunden. In seiner Mitte lag das Badezimmer, in dem mich Mama früher am Tag sauber gemacht hatte. Der dunkle Flur kam mir irgendwie bekannt vor. Ich schaute nach links und schwor mir, dass ich auf keinen Fall weiter als bis zu diesem verbindenden Badezimmer gehen würde. Nie würde ich Dereks Teil des Hauses betreten.

Mama führte uns in den Flur, von dem zwei Räume abgingen – das Zimmer, in dem meine Mutter schlafen sollte, auf der rechten und das Quilt-Zimmer auf der linken Seite. Als Mama die Tür öffnete, sah ich an den blau tapezierten Wänden Quilts hängen, die so groß waren, dass sie unsere Einzelbetten zweimal bedecken konnten. Der Raum war voll davon. Tiefer drinnen sah ich einen kleinen Vorraum mit einem Vorhang, der eine massive bronzene Singer-Nähmaschine mit Fußpedalen halb verbarg.

Mya lief zu dem Bett unter einem riesigen dotterblumengelben Quilt mit einem blauen Diamantenauge in der

Mitte. Mir blieb das Bett vor dem Erkerfenster unter dem smaragdgrünen Quilt mit dem Lebensbaum-Muster. Es stellte unseren Familienstammbaum dar. Auf den schönen Blättern an seinen ausladenden Zweigen waren Namen aufgestickt. Ich las »Hazel«, »Della«, »Myron« und Namen, die ich nicht kannte, wie »Sarah«, »Clyde« und »Arletha«.

Mama hielt meine Hand und zeigte damit auf den Lebensbaum-Quilt. »Siehst du deinen zweiten Namen, Joan? Du hast ihn von deiner Urgroßmutter Della, die diese Decke gemacht hat.«

Mya war auf ihr Bett geklettert und probierte aus, wie gut sie darauf hüpfen konnte. »Mir gefällt es hier«, rief sie zwischen ihren Sprüngen.

»Deine Großmama Hazel hat auch einige von ihnen gemacht«, sagte Mama. »Diesen gelben dort über My. Sie wollte keine Nähmaschine. Sie hat alle von Hand gemacht und immer gesagt: ›Welche versklavte Frau hatte eine Maschine?‹ Und dann nähte sie weiter.«

Wie immer, wenn sie von ihrer Mutter sprach, war Mamas Stimme belegt.

»Dank.« Mya hüpfte. »Euch.« Hüpfer. »Vorfahren.« Noch ein Hüpfer. »Fürs Baumwolle-Ernten.« Hüpf. »Damit wir das nicht mehr machen müssen!«

»My, ich lasse dich gleich etwas ganz anderes ernten, wenn du nicht endlich von dem Bett herunterkommst.«

Wir wussten beide, dass diese Drohung ein Scherz war. Mama schlug uns nie, selbst dann nicht, wenn es berechtigt gewesen wäre – zum Beispiel, als wir bei unserem Soldatenspiel ihre Jade-Elefanten zerbrochen hatten. Ihre großen Augen wurden nur feucht und traurig, sodass Mya und ich uns sofort entschuldigten. Vielleicht wusste sie, dass wir all die Streitereien mit Daddy gehört hatten.

Vielleicht war ihr klar, dass es so vieles gab, mit dem kleine Mädchen nicht zurechtkommen konnten.

Ein Quilt aus bezaubernden geometrischen blassblauen Quadraten hing über einer Kommode aus Kastanienholz. Mama zeigte darauf. »Sie hat das für dich gemacht, Joan. Sie fing damit an, als ich sie angerufen und ihr gesagt habe, dass ich schwanger war. My – ich schwöre. Du hörst jetzt besser damit auf, auf diesem Bett herumzuhüpfen!«

Zugedeckt mit Stapeln von Quilts und Decken hörten Mya und ich später in dieser Nacht die gedämpften Stimmen von Mama und Auntie August. Ihr Lachen erklang in Wellen. Dann Pausen langen Schweigens. Ein Schrei. Eine Flasche knallte auf eine Arbeitsplatte. Mehr Lachen. Jemand schluchzte leise.

Obwohl das Zimmer zwei Betten hatte, war Mya aus ihrem geklettert, um sich zu mir zu kuscheln. Das tat sie immer, wenn sie vor etwas Angst hatte, das aber nicht sagen wollte. Wolf war zu groß für das Bett, das Mya und ich uns schon teilten – auch wenn der Hund es weiß Gott versucht hatte. Eine fünfunddreißig Kilo schwere Decke aus Fell hatte sich auf uns gelegt und angefangen, Myas Gesicht abzulecken.

»Wolf, lass das«, sagte Mya und schob den massiven Kopf von ihrem Gesicht weg.

»Wolf, runter«, befahl ich.

Der Hund winselte als Antwort, aber gehorchte. Sie rollte sich auf dem Boden zusammen und schlief so nahe wie möglich bei unserem Bett.

»Deine Stirn ist so groß«, sagte Mya. Sie tippte mir mit dem Zeigefinger auf die Stirn, als würde sie Morsezeichen senden. »Eine richtig große Birne.«

Ich knuffte sie, so fest ich konnte. »Sei ruhig und schlaf jetzt.«

»Sie ist genau wie Daddys Stirn.«

Ich trat nicht allzu fest unter den Decken nach ihr. »Schlaf jetzt endlich«, sagte ich beruhigend.

»Du siehst aus wie Daddy, aber ich wie Mom, deshalb bin ich die Hübsche.« Ich zog die Augenbrauen hoch und lachte. »Tatsächlich?«, fragte ich.

»Ja.«

»Das ist okay für mich. Ich bin die Kluge.«

Mya drehte sich um und nahm dabei fast alle Decken mit. »Manchmal ...«, sie machte eine Pause, »... bist du *ziemlich* schlau.« Sie nahm sich genüsslich Zeit, bis sie »ziemlich« sagte.

»Lieber Gott, ich will einen Bruder.«

»Glaubst du, wir werden ihn wiedersehen?«

»Wen?«, fragte ich.

»Ich dachte, du wärst die Kluge!«, sang Myas Stimme spöttisch.

Ich wollte nicht an Daddy denken. Daddy: der gewalttätige Bösewicht. Und doch vermisste ich ihn wie einen Teil von mir. Vermisste sogar den Geruch seiner Hände. Schuhcreme, mit der er seine Militärstiefel jeden Abend polierte, und Zigaretten. Diese Kools.

»Wir sollten morgen auf Entdeckungsreise gehen«, sagte ich, um das Thema zu wechseln.

Ein plötzlicher Knall erschreckte uns alle. Wolf war in weniger als einer Sekunde auf allen vieren. Ihr Fell war vom Nacken bis zum Schwanz gesträubt. Sie knurrte leise.

Mya ergriff meinen Arm, grub ihre Nägel hinein und schüttelte ihn. »Was war das?«, zischte sie. Sie hatte schon immer Angst vor Stürmen gehabt. Beim Heulen des

Windes flüchtete sie auf Mamas Schoß oder hielt sich an Wolfs Mähne fest.

Die Stimmen von Mama und Auntie August verstummten für einen Moment. Dann sprachen sie weiter.

»Pst, das ist kein Sturm«, beruhigte ich Wolf.

»Mir gefällt es hier nicht mehr«, sagte Mya. »Ich hab meine Meinung geändert.« Und dann: »Was hat der Junge mit dir gemacht?«

»Nichts.«

»Willst du's mir nicht sagen?«

»Nein.«

»Wirst du aber.« Eine Pause. Wolf legte sich wieder neben uns hin. »Ich bring ihn um, wenn du willst.«

»My!«, sagte ich.

»Ich kann das. Ich schleiche in sein Zimmer, wenn er schläft. Hau ihn mit einem Topf auf den Kopf.«

Ich lachte. Mya kicherte. Stieß mich mit dem Ellbogen hart in die Rippen. Ich knuffte sie sanft zurück.

Für einen Moment lagen wir still da. Ich drehte mich zu ihr und sagte: »Geh niemals in das Zimmer dieses Jungen. Hast du mich verstanden? Nicht um alles in der Welt.« Ich versuchte, so streng und ernsthaft wie möglich zu klingen. Mya sollte wissen, dass sie niemals aus gar keinem Grund mit diesem Jungen allein sein durfte.

Myas Augen erinnerten mich an die der Rehe, die wir auf unserer Fahrt bei der Rast gesehen hatten: groß und fragend.

»Hast du mich gehört«, fragte ich. »My. Das ist wichtig.«

»Ja«, sagte sie und machte meinen ernsthaften Ton nach.

»Gut. Jetzt rück rüber. Ich kann nicht schlafen, wenn du so schwitzend auf mir liegst.«

»Und *ich* kann nicht schlafen wegen deiner glänzenden Stirn«, neckte Mya mich. »Sie ist hell wie der Mond.«

»Denk einfach, es wäre das verdammte Nachtlicht, nach dem du so verrückt bist«, sagte ich. »Du solltest mir wirklich dankbar sein.«

Am Morgen roch die Küche nach zu Hause – nach Mehl und Butter und gebratenem Speck. Mya und ich beobachteten unsere Mom und unsere Tante bei der Zubereitung des Frühstücks. Es war unheimlich. Sie bewegten sich auf die gleiche Art. Die Bewegung ihrer Hände, ihrer Hüften – sie drehten sogar in derselben Weise das Handgelenk, wenn sie eine Tomatenscheibe in den Teig warfen. Auntie August war nur eine größere und dunklere Version Mamas. Das Ganze war etwas irritierend.

Ich war immer die Dunkle gewesen. Mya war ein richtiger Klon von Mama. Eine Haut in der Schattierung von Butter-Pekannuss-Eiscreme. Beide waren hell. Ihre Haare gehorchten dem Glätteisen, dem heißen Kamm oder dem Haartrockner. Meine nicht. Mein Haar war ein dichter Wald widerspenstiger Locken. Es hörte weder auf einen Kamm noch auf meine Gebete zu Gott. Mya und Mama waren klein und zierlich. Ich war drei Jahre älter und größer als Mya. Aber wahrscheinlich würde ich immer größer sein. Alles an mir war lang: meine Beine, meine Arme. Wenn Mya böse auf mich war, nannte sie mich die Vogelscheuche aus dem *Zauberer von Oz*. Und meine dunkle Haut. Mama behandelte mich deswegen nie anders als Mya, Gott sei Dank. Aber das musste sie auch nicht. Das besorgten schon die Nachbarn. Meine Lehrerinnen und Lehrer. Mädchen, Schwarze und weiße, auf der Basis. Die Leute, die im Lebensmittelladen arbeiteten. Die

Eltern, die mir an Halloween etwas weniger Süßigkeiten gaben. All diese irritierenden Blicke, das unverhohlene Anstarren. Nach der langen Betrachtung kam das Mitleid. Dann die Abscheu.

Als ich jetzt meine Tante beobachtete, wie sie grüne Tomaten in das siedend heiße Fett fallen ließ, wurde mir plötzlich ganz klar, dass ich nach ihr kam. Und sie war sehenswert. Ihre Haut hatte die Farbe des späten Abends. Ich stellte mir vor, sie zu malen. Ich wollte ihre langen Arme und Beine ganz genau darstellen, ihre hohen Wangenknochen. Ich wollte sie zu Papier bringen. Sie darauf leben lassen. Ein Beweis Schwarzer Schönheit. Ich wollte, dass die Welt das sah und sich schämte.

Über den heißen Herd gebeugt, begann sie zu summen. Selbst bei so einer sanften Melodie klang ihre Stimme wie das Läuten von Kirchenglocken. Meine Mom wusste nichts davon, aber Mya und ich waren einmal spät aufgeblieben und hatten uns *Die Farbe Lila* angeschaut. Wenn Auntie August nicht Shug Avery höchst persönlich war ...

Ich wusste nicht, wo sich Derek befand, und ich fragte auch nicht. Wahrscheinlich schlief er noch.

Beim Essen sagte Mama: »Wenn ihr fertig seid, könnt ihr Mädchen diese Torte zu Stanley's bringen. Das ist da unten an der Straße. Ihr könnt es nicht verfehlen.« Sie trug eine mehlbestäubte Schürze über ihrem Hauskleid, und ihr Haar war noch auf Lockenwicklern aufgerollt. Sie stellte eine Zitronenbaisertorte vor uns hin. Ich musste mich ziemlich zusammenreißen, um nicht einen Finger mitten hineinzustecken, um die Süße zu schmecken.

»Nehmt Wolf mit«, sagte sie weiter. »Sie braucht Auslauf. Und sagt Mr. Koplo, dass die Torte von mir ist.«

»Girl, Stanley ist schon lange tot«, sagte Auntie August.

Meine Tante stand am Herd und schwenkte den Rest der gebratenen grünen Tomaten in dem Speckfett hin und her, ihre Augen fest auf die Pfanne gerichtet.

»Nein!« Mama bekreuzigte sich und drückte dann das Kreuz an ihrem goldenen Rosenkranz an ihre Lippen.

»Im selben Monat wie Mama«, sagte Auntie August. »Ist das nicht verrückt? Aber sein Sohn führt jetzt den Laden. Guter Nachfolger. Sieht genauso aus wie er.« Sie warf eine weitere grüne Tomate in die Pfanne.

»Warum hast du mir das nicht gesagt!«, rief Mama.

»Girl, du warst im achten Monat schwanger. Mama war gerade gestorben. War das nicht schon Hölle genug?«

Mama seufzte und wendete sich an uns: »Na gut, bringt den Kuchen einfach zu Stanley's und sagt, er ist von der North-Familie. Und hoffentlich weiß sein Sohn, warum«, fügte sie hinzu.

»Ich will den selber essen«, sagte Mya.

August lachte.

»Für uns hab ich eine eigene Torte gemacht«, beruhigte Mama sie.

Auf der Basis waren Mamas Backwerke berühmt gewesen. Sie verteilte sie als Weihnachtsgeschenke an alle Nachbarn, unsere Lehrerinnen und Lehrer und den Postboten. An Feiertagen, meinem oder Myas Geburtstag war unsere Küchentheke voll von Mehl, Baisers und Brombeerzweigen für den Obstbelag.

»Warum?«, fragte ich.

»Warum sie für uns eine Torte gemacht hat? Bist du blöd? Sie sind köstlich«, sagte Mya und klopfte mir auf die Schulter.

»Nein«, sagte ich, »warum müssen wir einen Kuchen *ausliefern*?«

Mama seufzte. Mir war klar, dass sie uns aus der Küche haben wollte.

»Weil diese Familie dem Daddy eurer Mama einmal sehr geholfen hat«, erklärte August.

»Was meinst du mit ›Daddy eurer *Mama*‹?«, fragte ich.

»Wenn ihr jetzt nicht aus dieser Küche verschwindet ...«, sagte Mama.

Mya rutschte aus der Essecke und versuchte, den Kuchen auf ihrem Kopf zu balancieren.

»August, schaff meine Kinder hier raus, bevor ich es mache.«

Meine Tante wendete sich vom Herd ab, um Myas Balanceakt zu beobachten. »Nun, wenigstens hat die Ältere etwas Verstand«, sagte sie und konzentrierte sich dann wieder aufs Kochen.

»Mya, wenn du diese Torte, an der ich den ganzen Morgen gearbeitet habe, fallen lässt ...«, warnte Mama und bugsierte uns aus der Küche. Ihrer Stimme war anzuhören, dass sie versuchte, ein Lächeln zu unterdrücken. Wolf war schon an der Tür. Ihr Schwanz klopfte auf den Perserteppich.

»Mama, beruhig dich. Du hast uns schon richtig erzogen«, sagte Mya in einem überraschend akkuraten britischen Akzent, während sie die Torte immer noch auf dem Kopf balancierte.

Mama öffnete uns kopfschüttelnd die Haustür.

Wolf stürzte in Richtung der beiden Katzen, die auf der Veranda hockten.

»Brennt mir bloß meine Stadt nicht nieder«, rief Mama uns nach, als wir auf dem Gehweg waren.

»Das ist jetzt *unsere* Stadt«, rief Mya wieder mit diesem britischen Akzent zurück.

»Wo zum Teufel hast du das gelernt?«, flüsterte ich und bekreuzigte mich. Ich war davon überzeugt, dass ein Bekreuzigen nach jedem Fluch mich von allen Sünden reinwaschen würde.

Mya drehte sich abrupt um und ließ beinahe die Torte fallen. »*Mary Poppins!* Wie kannst du bloß ...? Erinnerst du dich nicht? Du hast doch neben mir gesessen, als wir das angeschaut haben, Kind!«

Ich verdrehte die Augen. Meine Mom hatte recht gehabt; vom Gehweg vor unserem Haus aus konnten wir den Metzgerladen an der Ecke der nächsten Kreuzung sehen. Wenn wir nach rechts gingen, würden wir in ein paar Minuten dort und wieder zurück sein. Aber wir liefen nach links ...

Mya und ich tauschten wissende Blicke. »Also dann, alter Junge, halt mal«, sagte Mya, als sie mir den Kuchen reichte. Sie pfiff – etwas, das ich nie gelernt habe –, und Wolf ließ von den Katzen ab, die sie auf einen Nussbaum gejagt hatte, und kam zu uns.

»Wir müssen das aber noch abgeben«, sagte ich.

»Ja, ja, pst, pst, alter Knabe«, sagte Mya und nahm Wolf an die Leine.

Unsere Straße war eine Sackgasse. In entgegengesetzter Richtung zu Stanley's endete sie vor einem Brombeerbusch. Dort stand ein altes rosafarbenes Haus. Es war das größte hier, sogar größer als unser Zuhause in Camp Lejeune, und das weitaus älteste. Das marode Südstaatenanwesen lehnte sich schwer auf sein Fundament wie eine vom Tag des Baumwollpflückens erschöpfte Schwarze Frau. Das Haus war rosa – oder war es gewesen, als es gebaut worden war, wahrscheinlich vor Hunderten von Jahren. Jetzt war das Rosa zu einem matten Lila verblasst und wies am Fuß jeder Säule der Veranda, die das Haus umgab, Risse und Blasen auf. Die Farbe des Vorbaus, der einmal weiß gestrichen worden war, war ebenso verblasst und abgeblättert. Auf einem Fenstersims im Obergeschoss hatten Habichte ihr Nest gebaut.

Als wir näher kamen, pfiff Mya vor Erstaunen. Ich fühlte mich wie in irgendeiner alten Südstaatenszene, in der jeden Moment ein geisterhafter General der Konföderierten Zigarre rauchend auf den Stufen der Veranda auftauchen und erklären würde, dass die verdammten Ni...-liebenden Yankees bis Weihnachten erledigt wären.

Stattdessen saß eine Frau von der Farbe der schlammigen Flussufer des Mississippi auf den Stufen der Veranda. Ihre langen Locs waren hochgebunden und in ein kunstvolles Kente-Tuch gewickelt. Sie trug ein fließendes blaues Kleid, dessen Farbe so verblasst war wie das Haus. Auf den Stufen vor ihr standen zwei Weidenkörbe. Ich sah, dass die Körbe voller Grünzeug waren. Die Frau schnippte die Enden von langstieligem Gemüse ab und warf die Stücke mit einer schnellen Bewegung in den passenden Korb.

Als ich ihre Hände sah, war mir klar, dass ich sie zeichnen musste. Sie waren etwas Besonderes. Die langen dunkelbraunen Finger, die mit fließenden Bewegungen die grünen Bohnen sortierten, zogen mich in ihren Bann. Ich konnte das Alter der Frau nicht schätzen. Sie sah jung und gleichzeitig uralt aus. Doch ihre dunkle Haut, die das Morgenlicht reflektierte, zeigte mir, dass sie schön war. *Vielleicht ist Memphis doch nicht so schlecht*, dachte ich. *All diese dunkelhäutigen Frauen um mich herum. So viel zu zeichnen. In so vielen Farben zu malen.*

Wir blieben an den Stufen stehen, und Wolf setzte sich. Selbst im Sitzen war sie fast so groß wie Mya. Hände sind am schwersten zu zeichnen. Aber die Hände dieser Frau mit ihren uralten Venen und verhärteten Knöcheln würden meine *Mona Lisa*, Cezannes *Orangen*, Monets *Wasserlilien* sein, wenn es mir gelang, es richtig zu machen.

»Ihr zwei seid Miriams Mädchen?« Ihre Stimme war ganz so wie Memphis. Sie klang wie der Schuss, den wir in der Nacht zuvor gehört hatten – scharf und doch langsam hatte er in der Dunkelheit widergehallt.

»Woher weißt du, wer wir sind?«, fragte Mya.

Die Frau schien überrascht. »Ihr North-Leute seht alle gleich aus. Hat euch das noch niemand gesagt?«

»Ich gebe Ihnen diese Torte, wenn ich wiederkommen darf, um Sie zu zeichnen«, sagte ich, ohne nachzudenken.

»Joanie!«, rief Mya aus. Sie zog mich am Arm, und ich ließ das Zitronenbaiser fast fallen.

»Pst«, flüsterte ich.

Die Frau kicherte und warf eine weitere Brechbohne in ihren Korb. »Das ist nicht nötig. Warum pflückt ihr nicht einfach ein paar Brombeeren von dahinten und bringt mir einen Obstauflauf als Nachtisch? Dann kannst du mich zeichnen, solange du willst.«

»Sind das Ihre Brombeerbüsche?«, fragte ich und zeigte mit dem Kopf nach links, dorthin, wo die Straße endete.

»Ich denk schon«, sagte sie, »und jetzt auch eure, wenn ihr mir einen Cobbler von eurer Mama bringt.« Sie hielt inne, warf eine Bohne in den Korb und fragte: »Warum willst du mich überhaupt malen?«

»Mir gefallen Ihre Hände.«

»Meine Hände?« Die Frau gestikulierte mit der Rechten, in der sie eine lange grüne Bohne hielt. »Diese Dinger? Nun, ich glaube, sie *sind* ziemlich magisch.«

»Wenn du mit den Fingern schnippst, kannst du dann meine Spielsachen zum Tanzen bringen?«, fragte Mya.

»Was meinst du, Süße?«

»Mary Poppins macht das. Und die kann *wirklich* zaubern«, sagte Mya.

Ich kniff Mya in den Arm. »Sei nicht so unhöflich«, sagte ich und drehte ihr Kinn zu mir.

»Nein, deine Schwester hat recht. Muss meine Magie beweisen«, sagte die Frau.

»Kannst du uns einen Zauberteppich rufen, mit dem wir fliegen können? Oder kannst du machen, dass es jetzt Nacht wird?« Mya wich vor meinem Zwicken zurück und hüpfte in freudiger Erwartung der Wunder, die sie jetzt erleben sollte, auf und ab.

Die Frau stand von den Verandastufen auf und schüttelte die restlichen Bohnen aus ihrem Kleid.

Mya, ich und selbst Wolf wichen ein wenig zurück. Ich stellte mir vor, dass die Frau jetzt die Arme weit öffnete, den Kopf zurückwarf und irgendeinen Unsinn sang, der den Himmel sofort verdunkeln würde. Stattdessen blieb sie auf der Treppe stehen und starrte mich lange an. Ich hatte das Gefühl, eine Sonnenfinsternis zu erleben, und wusste, ich sollte nicht direkt hineinsehen. Doch ich wollte das Phänomen durchschauen.

»Begrab etwas, das dem Jungen gehört«, sagte sie.

Mein Magen drehte sich um. Keine Frage, sie meinte Derek. Aber *was* wusste sie und woher?

»Am besten wirken Haare. Ein Kamm. Vergrab ihn tief in roter Erde. Tu das um Mitternacht. Erzähl es niemand.«

»Und dann?«, fragte ich und versuchte, tapfer zu klingen. »Was passiert dann?«

Die alte Frau lächelte. »Dann lernst du die *wirkliche* Magie von Miss Dawn kennen.«

Zwei Jahre nachdem ich Dereks schwarzen Kamm aus unserem gemeinsamen Badezimmer gestohlen und ihn tief im Hinterhof vergraben hatte, während Mya über mir die Taschenlampe hielt und das Ave-Maria sang, zwei Jahre, auf den Tag genau, nachdem meine Hände mit dem fruchtbaren Lehmboden von Memphis bedeckt gewesen waren, saß dieser Junge im Gefängnis.

Kapitel 11

AUGUST

1995

Augusts Laden war voll an jenem Freitag. An dem einen
Ende der zwei Ebenen des Hauses befand sich hinter
der Küche eine Tür, die über drei kleine Stufen zu Augusts
Frisiersalon im Untergeschoss führte. Sie hatte die Wände
mit alten Schallplattenhüllen dekoriert. Darauf waren
die Gesichter von Diana Ross, der Jackson Five, Stevie
Wonder, Earth Wind & Fire. An der westlichen Mauer,
vor einem großen Becken zum Haarewaschen, standen
vier schwarze Ledersessel mit verstellbaren Rücklehnen.
Diese Sitze waren zu jeder Zeit besetzt. Miriam konnte
backen, aber August war Stylistin. Schneiden, Locken
wickeln, festigen, Flechtfrisuren – dafür hatte sie eine
Begabung. Sie schaffte es, dass die zerzausteste, asch-
fahlste Frau in North Memphis wie die leibhaftige Miss
Diana Ross aus ihrem Laden ging. Ein an das Untergeschoss angrenzender abgeschirmter Innenhof diente
als Wartezimmer des Salons. Dort saßen Frauen unter
Trockenhauben, die gigantischen Astronautenhelmen
glichen. Die hintere Fliegengittertür diente als Eingang,
damit die Frauen nicht durch das Haupthaus kommen
mussten, um in den Laden zu gelangen. Auf einem Schild
stand mit schwarzer Schrift AUGUST'S und darunter:

KEINE KINDER, KEINE MÄNNER & WIR ESSEN HIER WEISSE LEUTE.

Verdammt, dachte August, während ihre Hände die feuchten Haare einer Kundin sanft kneteten. *Soll ich das Schild ändern?* Mya huschte rein und raus, beobachtete August aus den Augenwinkeln. Sie waren erst vor zwei Wochen angekommen, aber das Mädchen hatte, als sie zum ersten Mal den Laden betrat, herausgefunden, wie die Musiktruhe in der Ecke funktionierte. August hörte die unverwechselbaren Eingangsakkorde von Arethas »Respect«.

Wenigstens hat das Kind Geschmack, dachte sie. *Wie zum Teufel wir mit meinem Verdienst von dem Laden über-leben sollen, weiß der Himmel. Mya isst wie ein Mann. Scheiße, ich hoffe, Meer verdient etwas, und zwar sehr bald.*

Zwei Frauen saßen unter den Trockenhauben, während sie eine dritte schamponierte. Jade wartete auf das übli-che Glätten und Locken auf dem Sofa; und sie wusste, Miss Dawn würde jeden Moment kommen. Das Geld, das der Salon abwarf, reichte für August und Derek, doch es hatte auch Monate gegeben, in denen sie die Rechnungen erst spät bezahlen konnte oder der Strom abgestellt wurde. Sie hätte Lebensmittelmarken beantragen können, doch das lehnte sie ab. Stolz. Jetzt musste sie fast laut la-chen. An einem einzigen Morgen hatte sich ihr Haushalt um drei Menschen und eine Hündin vergrößert.

»Das tut gut.«

Die Frau unter ihren Händen brachte August zurück in die Realität. Sie lächelte. Sie wusste, dass ihr Laden ein Segen war. Die Frauen von North Memphis wussten das auch und kamen in Scharen in den Salon. Augusts einziger freier Tag war der Sonntag. An Samstagen kam sie weit

nach Mitternacht in die Küche, sank auf eines der Plüsch-
kissen auf der Bank und schlief dort ein. Sie schaffte es
nicht einmal über den Flur ins Schlafzimmer.

Doch August musste immer wieder an das denken, was
sie aufgegeben hatte. Ihren Traum, aufs College zu gehen,
vielleicht sogar, den Traum ihrer Mutter zu verwirklichen,
eine Ärztin in der Familie zu haben. Sicher, sie war früh
schwanger geworden – wie die meisten Mädchen in Memphis. Aber sie hätte es geschafft, das wusste sie. Nach Rhodes zu gehen, den Abschluss zu machen. Ihr Diplom zu
bekommen. Zu leben. Für sich und ihren Sohn zu sorgen.

Ihr Sohn – zwei Jahre zuvor hatte er Augusts College-
Pläne abrupt beendet. Gleich in der Nacht von Joans Vergewaltigung war das Jugendamt zu dem Haus in Locust
gekommen. Ein Beamter hatte ihr Derek aus den Armen
gerissen, während sie verzweifelt um sich biss. Ihr Sohn,
den sie inzwischen schon zweimal verloren hatte – zunächst nach Joans Vergewaltigung für einen Monat und
dann, zwei Jahre später, als er einer Klassenkameradin
den Arm gebrochen hatte. Nach sechs Monaten hatte er
wieder nach Hause gedurft, weil August das College ab-
gebrochen und dem Jugendamt hatte beweisen können,
dass sie mit ihrem Haarsalon den ganzen Tag zu Hause
war und auf ihren Jungen aufpassen konnte.

»*What you want, Baby, I got it*«, schmetterte Mya.

Plötzlich wurde August bewusst, dass Mya mit ihren
sieben Jahren auf die Jukebox im Laden geklettert war,
als wäre es eines dieser mechanischen Penny-Pferde vor
Piggly Wiggly, und zu Aretha mitsang. Mit einem Kamm in
der Hand imitierte sie ein Mikrofon.

»Joa-nie«, rief August lauter als Arethas Stimme, »hol
deine Schwester!«

»Just a little bit. Just a little bit. Just a little bit«, sang Mya, und ihr Gesicht glühte vor Leidenschaft.

Zwar waren sie arm – mitten beim Abendessen aus Steckrüben und Schweinshaxen konnte das Licht ausgehen; Miriams Mädchen auf der Suche nach Kerzen wie Küchenschaben durch die Dunkelheit kriechen –, aber sie waren North-Frauen. Sie lachten lange und laut, wann immer sie konnten. Sie lachten oft. In Augusts Laden hatten sie ihren Spaß.

Miriam und ihre Mädchen. Weggelaufen von einem gebrochenen Mann, der Miriam schlug, um sich besser zu fühlen. Ja, August war erleichtert, dass ihre Schwester Jax endlich verlassen hatte, bevor er sie umbrachte. Doch was nun? Seit dem ersten Abendessen weigerte sich Joan, mit Derek zu sprechen; nahm meist noch nicht einmal seine Anwesenheit zur Kenntnis. Das sorgte für unangenehme, manchmal schweigsame Familienessen. Doch dann platzte Mya mit irgendetwas Lustigem heraus – »Zisch-Bumm-Bäh! Macht ein Schaf, wenn es explodiert!« –, und selbst Joan hielt sich eine Hand vors Gesicht oder auf den Bauch, um nicht zu kichern. Mindestens Lachen. *Wenigstens das,* dachte August.

August massierte Conditioner in das Haar der Frau, wickelte ihr gekonnt ein Handtuch um den Kopf und bat sie, sich für zwanzig Minuten unter einen der Trockner auf der Veranda zu setzen.

»Mein Kopf ist ein Hornissennest, liebes Kind, mach etwas damit.«

Während August sich die Hände abtrocknete, hörte sie Miss Dawn, bevor sie sie sah. Die Musik, jetzt James Browns *»Please, Please, Please«*, musste die kleine Klingel an der Tür übertönt haben.

Miss Dawn war Augusts Lieblingskundin. Sie wohnte weiter unten in der Straße in einem Haus, das Joan und Mya »Jumanji« getauft hatten. Eine riesige Weide wuchs mitten darin und wurzelte im Fundament.

Miss Dawn kam jeden Freitagmittag pünktlich um eins, bevor die meisten Schwarzen Frauen in den Laden einfielen. Sie ließ sich die Haare aufdrehen und verließ den Salon mit einer eleganten Wasserwelle. Im Gehen rief sie Miriams Mädchen zu: »Hoffentlich habt ihr einen Boyfriend, wenn ich euch das nächste Mal sehe.« Woraufhin Joan und Mya rot wurden und in ein unkontrollierbares Freudengeschrei ausbrachen.

»Ach, Miss Dawn«, sagte August und umarmte die ältere Frau. »Du bist früh dran heute.«

»Ich habe mich gelangweilt in dem Haus, Kind, zu Tode gelangweilt«, antwortete Miss Dawn und küsste August leicht auf die Wange.

»Da bin ich lieber hergekommen, um zu sehen, was ihr alle so treibt ...« Sie machte eine Pause.

Mya war von der Jukebox heruntergeklettert und benutzte jetzt einen Besen, um James Browns hüftschwingende Bewegungen auf der Bühne des Apollo nachzuahmen. Sie schmetterte seinen beliebten Blockbuster-Hit, während Joan eine der Begleitstimmen mimte und so tat, als fächelte sie ihrer Schwester Luft zu.

»Und diese Mädchen ...«, fuhr Miss Dawn mit hochgezogenen Brauen fort.

August zuckte mit den Schultern und schüttelte den Kopf. »Leben«, sagte sie.

»Leben«, stimmte Miss Dawn zu.

Plötzlich stand Joan vor ihnen. Ihre aufmerksamen braunen Augen strahlten, als sie in Miss Dawns alte blickte. Zur Freude der anderen Frauen im Laden imitierte Mya immer noch James Brown. Miss Jade fächelte ihr nun Luft zu, mit einem alten Kirchenprogramm.

»Ich würde Ihnen so gerne meine neuesten Zeichnungen zeigen«, sagte Joan und machte einen Knicks.

»Mädchen, glaubst du, Miss Dawn ist eine Königin oder so was?«, fragte August überrascht und amüsiert.

»Ja«, sagte Joan ernsthaft, ohne Scham oder Verlegenheit in der Stimme. »Ja, Auntie, das glaube ich.«

Miss Dawns Arme waren wie die Äste des Baums, der in der Mitte ihres Hauses wuchs – stark und sehnig, alt und elegant, lang und braun. Sie legte ihren Arm um Joans Schultern und beugte sich zu ihr hinunter, sodass ihre Stirnen sich ruhig und zärtlich berührten.

»Ach zum Teufel«, sagte August, »ich kenne dich schon mein ganzes Leben. So sagen wir doch nicht Guten Morgen.«

»Du bist still. Dieses Mädchen und ich haben etwas vor. Hol mir diese Zeichnungen, Kind. Ich möchte sie sehen«, sagte Miss Dawn.

Miss Jade, die andere treue Kundin, die in einem verblichenen Stuhl aus den 1950er-Jahren auf ihre Seidenhaarglättung wartete, kicherte über das Gespräch. Jade kam seit der Eröffnung des Ladens zu August. Sie war eine Freundin ihrer Mutter gewesen, der sie geholfen hatte, Miriam großzuziehen. Sie hatte einen Glücksspielsalon in der Nachbarschaft geführt, offenbar seit es so etwas wie eine Nachbarschaft gab. Sie trug immer einen hellen Nerzmantel und in der Handtasche eine kleine Pistole mit Perlmuttgriff. Miss Jade sah aus wie die typische besorgte Tante oder penetrante Großmutter. Sie wollte immer eine Haarglättung und Locken, oder sie ließ sich die Haare nachlegen. Davon wich sie niemals ab. Doch August hatte es abgelehnt, Miss Jades Haare chemisch zu glätten. Das war klug gewesen. Das Haar der Frau war um ganze dreißig Zentimeter gewachsen, seit August mit ihrer magischen Kunst begonnen hatte.

Eine Woche zuvor, als sie betrunken am Küchentisch gesessen hatten, hatte August versucht, Miriam zu überzeugen, ein Glücksspiel in Miss Jades Salon zu spielen.

»Bist du verrückt?« Miriam riss die Augen auf. »Wir sind pleite.«

August hatte gelacht und mit der Hand auf den Tisch geschlagen. Sie konnte kaum noch atmen vor Lachen. Dann stieß sie hervor: »Meer, du bist Katholikin, aber immer noch Schwarz.«

»Zeit, schlafen zu gehen, Schwester.«

»Hm, Entschuldigung, Miss August«, sagte die helle Stimme einer Frau von der hinteren Veranda. »Ich warte schon dreißig Minuten hier draußen. Wissen Sie, ich habe eine Verabredung heute Abend.«

Mika war Augusts unbeliebteste Kundin. Aber Geld war Geld. Und August war nicht in der glücklichen Lage, das Geld von Mika ablehnen zu können. Scheiße, sie brauchte es sogar mehr denn je. Mika war ein junges Ding, nicht älter als dreißig. Gewöhnlich stolzierte sie mit einem Seidenschal von Gucci um den Kopf in den Laden. Ihre hohen Absätze klangen auf dem Fliesenboden so wie ihre langen Acrylfingernägel auf dem Linoleum des Tresens. Und der Klang ihrer Stimme. Mein Gott! August kannte keine Schwarze Frau, die so sehr wie eine weiße klingen konnte.

Ja, weiß Gott, August brauchte das Geld von Mikas Dauerwellentermin. Aber es kostete sie alle Kraft, nicht durch die Fliegengittertür auf die Veranda hinauszugehen und diese Heulsuse zu schütteln. Stattdessen fragte sie laut: »Ach ja? Doch nicht etwa mit einem weißen Mann?« Der Laden brüllte, applaudierte und brach in langes Lachen aus. August musste an *Showtime at the Apollo* denken.

»Gib's ihr, August«, rief eine Frau mittleren Alters unter einer Trockenhaube hervor und schwenkte zur Betonung ein rosa Taschentuch durch die Luft.

»Gott steh uns bei«, sagte Miss Jade.

»Ich war mal mit einem weißen Mann zusammen«, sagte Miss Dawn zum Erstaunen aller.

»O ja, Kind, ich sag's dir. Hab ihn vor vielen Jahren umgebracht.«

Wenn der Salon zuvor schon in Lachen ausgebrochen war wie ein Vulkan, dann war dies das große Nachbeben. Jede Frau in dem Laden schlug sich prustend auf die Schenkel. Selbst Mika rang sich ein gequältes Lächeln ab.

Vom Sofa aus sagte Jade: »Ihr seid doch alle nicht ganz richtig im Kopf.«

In diesem Moment kam Joan mit ihrem Zeichenblock zurückgerannt. August hätte schwören können, das Mädchen eigentlich niemals ohne ihr Skizzenbuch zu sehen.

»Nein, nein, ich komm schon, Mika. Eine Sekunde, ja?«, rief August in dem ganzen Aufruhr.

Aber der Laden war noch nicht fertig mit Mika.

»Wenn er sein winziges Sauerkraut enthüllt, willst du es dann nicht einfach abbeißen?«, fragte kopfschüttelnd eine große helle Frau, die auf ihre Haarwäsche wartete.

Selbst die eingerahmten Plattenhüllen an den Wänden schüttelten sich vor Lachen. Lachen, das an und für sich Schwarz war. Lachen, das Glas zerspringen lassen konnte. Lachen, das eine Familie aufrichten konnte. Eine Kakofonie Schwarzer weiblicher Freude in einer Sprache, die nur ihnen gehörte.

Joan ließ sich auf dem Sitz neben Miss Dawn nieder und öffnete ihren Zeichenblock.

August tätschelte Miss Dawns Schulter. »Ich überlasse euch zwei Ladys euch selbst. Die Arbeit ruft«, flüsterte sie und verdrehte die Augen in Mikas Richtung.

In dem Sekundenbruchteil, in dem sich August Mika zuwandte, konnte sie aus den Augenwinkeln sich selbst sehen: Ihr Gesicht war in filigranen Bleistiftlinien in Joans Skizzenbuch festgehalten.

Sie war von ihrem Ebenbild überrascht, davon, dass eine Zehnjährige es so lebensnah gezeichnet hatte. *Sie hat Talent*, dachte August. So, wie sie selbst eine Begabung zum Singen hatte. *Wenn das nichts ist. Wie vielfältig Begabung sich äußert.*

August liebte dies alles. Das Chaos. Mya, die auf ein Möbelstück sprang, als wäre es ein Pferd, das sie reiten wollte. Selbst die Armut, die Ungewissheit. Über das, was zwischen Derek und Joan passiert war und vielleicht noch geschehen könnte, würde sie sich an einem anderen Tag sorgen.

Das Lachen hatte fast aufgehört. Ab und zu wurde vor unterdrückter Freude noch etwas gekichert wie bei einer allmählich leiser werdenden Symphonie. Schließlich legte sich eine sanfte Stille über den Salon. Die Frauen wendeten sich wieder der Lektüre von *Essence*, *Jet* oder ihren Romanen zu. Miss Jade sah nach der Zeit auf ihrer Armbanduhr. Selbst die Mädchen beruhigten sich und hatten endlich genug von der Jukebox, von der Joan ihrer Schwester herunterhalf, nachdem sie ihren Zeichenblock zur Seite gelegt hatte.

August begann zu summen, langsam und tief, passend zu der Tonlage des Lachens, das immer noch in ihren Ohren klang. Ihre Stimme wurde lauter, Silben formten Wörter zu einem Lied, das den Frauen in dem kleinen Laden so vertraut war wie Töchter ihren Müttern, Schwestern ihren Schwestern. Ohne dass man es ihr sagen musste, stellte Mya die Jukebox ab. Ebenso wie Miss Jade fiel sie in den Gesang ein. Miss Dawn, Joan, alle Frauen im Salon. August kannte den Text besser als manchmal sich selbst. Und als sie den hohen Ton, das hohe C traf, nickte selbst Mika mit dem Kopf voller Lockenwickler und sang mit.

Vielleicht lag es daran, dass sie jetzt wieder alle zusammen waren – die North-Frauen unter einem Dach. Vielleicht lag es an der Liebe und dem Wunsch zu beschützen, die in ihr aufflammten, als sie Joans Zeichnung gesehen hatte. Die Hoffnung, dass Joan immer ihre Begabung pflegen möge, ließ sie ihre eigene ehren. August konnte es sich nicht so ganz erklären, aber sie dachte, dass ihre Mutter sehr stolz auf sie wäre. Vielleicht also sang sie für Hazel.

How sweet the sound that saved a wretch like me.

Teil II

Kapitel 12

JOAN

1997

Das Hupen eines Autos in der Einfahrt ließ uns alle auf-
schrecken. Auntie August sprang auf und verschüttete
dabei Kaffee aus ihrer Tasse. Mya war dabei, Maisgrütze
mit Käse zu essen, hielt aber mit dem Löffel auf halbem
Weg zum Mund inne. Ich saß, mit meinem Zeichenblock
auf dem Schoß, neben ihr, und mein Bleistift rutschte auf
dem Blatt aus. Derek hatte eine Hand an der Kühlschranktür und hielt in der anderen eine Flasche Buttermilch.

Zwei Jahre. Zwei Jahre waren vergangen, seit meine
Mom, Mya, Wolf und ich in unseren weißen Chevy-Astro-
Kastenwagen geklettert waren, in dem sich alles befand,
was wir hatten – uns selbst. Erschöpft und hungrig, mit
einer kaputten Klimaanlage und mit ungekämmten Haa-
ren kamen wir beim Haus meiner Großmutter Hazel an.
Mit uns die Erinnerung an jede Sünde, die ein Schwarzer
Mann an uns begangen hatte.

Meine Mom war noch im Bad. Von meinem Platz in der
Küchennische konnte ich das Wasser laufen hören. Bald
würde sie ihren Tag beginnen und mit einem halben Bröt-
chen im Mund zu ihrem Kurs eilen. Sie war am Rhodes
College zugelassen worden, derselben Einrichtung und
dem gleichen Krankenpflegeprogramm, an dem schon

ihre Mutter teilgenommen hatte. An Sonntagabenden saßen Mya, Mom und ich am Küchentisch und erledigten
unsere jeweiligen Hausaufgaben. Mama hatte sogar einen
Teilzeitjob in der College-Bibliothek ergattert. Weit über
die Schließungszeiten der Bücherei hinaus sortierte sie
Zeitschriften und Mikrofiches ein. Das war wenigstens etwas. Ich hatte meine Mom noch nie so beschäftigt und so
zufrieden erlebt.

Der Morgen war wie jeder andere. Ich hatte die Vase
mit Blumen, die auf dem Küchentisch stand, gezeichnet,
aber meine Gedanken waren anderswo. Wir hatten
Sommerferien, und ich wollte meine wann immer möglich
mit Malen verbringen. In den zwei Jahren seit unserem
Umzug nach Memphis hatte selbst mein Hass auf Derek
mich nicht blind für die Schönheit meiner neuen Stadt,
meines neuen Zuhauses machen können. Ich hatte noch
nie zuvor so üppige grüne Sommer erlebt und noch niemals eine solche Hitze. In Camp Lejeune hatte es immer
die frische Brise vom Atlantik gegeben, die selbst am Mittag um unsere Stirn wehte und den Schweiß kühlte. Die
Frauen hier in Douglass verließen das Haus nicht ohne
einen Papierfächer, der auf der Rückseite mit einem Kirchenprogramm bedruckt war. Wir kletterten auf Bäume,
um der Hitze zu entgehen – ich, Mya und die Katzen. Der
Steinboden der Veranda war zu heiß. So waren die Katzen
auf den Magnolienbaum davor und den Pflaumenbaum an
der Seite umgezogen und lungerten schläfrig auf den Äs-
ten. Wir machten es ihnen nach.

Ich wollte das alles malen. Die Kirchenfächer in allen
Farben des Regenbogens. Die Frauen aller Schattierun-
gen, die in Auntie Augusts Laden gekommen waren, nicht
um sich wie gewöhnlich die Haare glätten zu lassen, son-

dern um sich mit Cornrows, Bantu Knots und Box Braids verschönern zu lassen. Ich wollte Mya und die Katzen in den grünen Bäumen zeichnen.

Jetzt in den Ferien, in denen Mama mich nicht zu meinen Mathe-Hausaufgaben drängen musste, hatte ich mir für den Sommer zum Ziel gesetzt, eine Reihe Sketches von lieb gewonnenen Frauen aus der Nachbarschaft anzufertigen. Durch meine wöchentlichen Sitzungen mit Miss Dawn auf ihrer Veranda waren meine künstlerischen Fähigkeiten besser geworden. Ich hatte unzählige Seiten von Entwürfen ihrer Hände in verschiedenen Bewegungen angefertigt. Wenn die Hitze nicht so erdrückend wäre, würde ich die ganze Staffelei mitnehmen und stundenlang mit ihr dort sitzen. Offenbar konnten wir sogar Wolf die Ohren zuquatschen. Oft legte sie ihren riesigen Kopf in meinen Schoß und schlief so ein.

Zeichnen war meine Zuflucht. Ich konnte in meinen Block fliehen. Von Derek sah ich nicht viel, weil ich das nicht wollte. Ja, er war da und lebte in demselben Haus mit mir. Aber ich verhielt mich so, als sei er eine der Hauskatzen, die ich nicht besonders leiden konnte und die auch mich nicht mochte. Wenn er einen Raum betrat, ging ich hinaus. Wenn er mich ansprach – selten genug –, zischte ich zurück. Es gab mehr als genug Konfrontationen in unserer Küche, die in einem Patt endeten. Immer geräuschlos. Die einzige gemeinsame Mahlzeit von uns fünf, das Abendessen, verlief angespannt und war unangenehm. Mein Magen drehte sich um, und ich verlor den Appetit. Meist bat ich darum, aufstehen zu dürfen, und zog mich mit meinem Teller auf die Veranda zurück. Es war höllisch, die Katzen, die Fliegen, die Bienen und die Vögel zu verscheuchen, die alle etwas von meinem Essen haben wollten: Kartoffelpüree mit Bratensoße, Kohlrabi, Süßkartoffeln, Nackensteaks in scharfer Soße. Ich verjagte die Tiere und aß hastig, während ich mit meinem Zeichenblock auf den Knien meiner Lieblingsbeschäftigung nachging. Wenn ich mich auf die Skizze, an der ich gerade arbeitete, konzentrierte, verblasste Derek im Hintergrund meines Lebens.

Der Wagen in unserer Einfahrt hupte wieder, dieses Mal länger.

»Mensch, verschwinde!«, rief ich.

»Hört, hört«, sagte Mya. Ihr britischer Tonfall wurde von der Maisgrütze in ihrem Mund leicht gedämpft, ihr Humor von einem eiskalten Blick überschattet. In der ersten Nacht nach unserer Ankunft hatte sie mich gefragt, was zwischen Derek und mir vorgefallen war. Seitdem nie wieder. Sie musste die Einzelheiten nicht kennen, um zu wissen, auf wessen Seite sie stand. Mya brachte mich oft auf eine Art und Weise zur Weißglut, wie es nur jüngere Schwestern können. Ihre ständigen Witze. Immer betastete sie meine Stirn. Die Art, wie sie mir über die Schulter blickte, wenn ich meine Geometrie-Hausaufgaben machte, und wie sie dann die richtige Antwort in ihrer Mary-Poppins-Stimme herausschrie, bevor ich auch nur die Frage zur Hälfte verstanden hatte. Aber sie hätte mit ihren kleinen geballten Fäusten gegen Satan für mich gekämpft.

»Joan«, sagte Auntie August seufzend. Sie klang müde. Der verschüttete Kaffee hatte ihr Kleid befleckt, und sie griff nach einem Papiertuch.

Derek nahm einen großen Schluck aus der Buttermilchflasche, stellte sie zurück und schloss die Kühlschranktür.

»Verdammt, Derek, geh nicht«, sagte Auntie August.

Während des Schuljahrs waren jeden Morgen pünktlich um halb acht Jungs mit Pistolen in den Bünden ihrer Jeans vor unserer Tür aufgetaucht, um mich, Mya und ihren jungen Rekruten Derek zur Douglass Highschool zu begleiten. Die Sekundärschule und die Grundschule waren nur einen Block voneinander entfernt. Das war die gefährlichste Gegend in North Memphis geworden. Vor zwei Jahren, am Abend bevor wir zum ersten Mal zu unserer neuen Schule gingen, hatte sich Auntie August mit mir und Mya hingesetzt, während Mama in der Dusche war. Sie erzählte uns offen, dass, seitdem Mama mit unserem Yankee-Vater von hier weggegangen war, die Douglass Park 92 Bishops die Kontrolle über unser Viertel und die angrenzenden Wohnbezirke von North Memphis übernommen hatten; Douglass, Chelsea, New Chicago. Ich hatte das Gefühl, dass Auntie August ihrer Bezeichnung unseres Daddys »nichtsnutzig« hinzufügen wollte, doch sie machte nur eine kurze Pause. Sie zog an ihrer Kool und erklärte uns ruhig, dass wir niemals die Farben Rot oder Blau tragen sollten. Kleidet euch neutral. Immer. Die Douglass Park Bishops waren eine Unterorganisation der Bloods und trugen rote Bandanas, die an ihren Gesäßtaschen hingen oder um ihre noch nicht allzu kräftigen Oberarme gebunden waren. Sie haben Menschen erschossen, sagte sie. In ihren Betten schlafende Kinder.

Mama sagte manchmal, Memphis habe sich verändert, seit sie zum letzten Mal hier gewesen war. Es gab jetzt genauso viele verlassene Grundstücke, Kredithaie und Schnapsläden wie Kirchen. Sie breiteten sich in der Stadt aus, dort, wo einst Monumente der Schwarzen gestanden hatten – Clayborn Temple, Sun Records, das Lorraine Motel. Ich hörte, wie Auntie August Mama erzählte, dass in der ersten Hälfte des Jahrzehnts die meisten weißen Leute ins Umland geflohen waren, zu den Baumwollfeldern von Shelby County und seinen Schulen nur für Weiße. Manchmal dachte ich, die Gangs seien auch auf eine gewisse Art ein Segen. Machten Memphis Schwarz. Ganz und gar. Schwarze Männer und Frauen liefen auf diesen Straßen, ohne eine weiße Person weit und breit – eine Befreiung. Wäre Memphis lebendig, dann wären die Gangs sowohl seine roten als auch seine weißen Blutkörperchen – töten, heilen und wiederherstellen.

Im Frühjahr hatte sich die Kings Gate Mafia, eine Untergruppe der Crips, nach Norden ausgedehnt und sich an Dereks neuen Boss Slim herangemacht. Alle in der Nachbarschaft wussten, dass Slim der Hohepriester der Douglass Park Bishops war, doch selbst er konnte den Kugeln nicht ausweichen. Slims Haus lag unserem gegenüber. Im Mai war ein schwarzer Lincoln dort langsam vorgefahren, und drei Männer, fast noch Jungen, hingen mit ihren AK-47 aus den Fenstern. Sie erschossen alles, was in dem einstöckigen Südstaatenhaus aus der Mitte des Jahrhunderts lebte: Slim, seine Mama, seine Großmama und die Schäferhündin, die sechs Jahre lang die Familie und den Block beschützt hatte. Wolf hatte mit ihr gespielt.

Nachdem wir sicher waren, dass die Schießerei aufgehört hatte, gingen wir alle in unseren Schlafanzügen auf die Veranda. Es war spät am Abend, doch selbst im Mondlicht sahen wir, dass der Pekannussbaum in Slims Vorgarten vom Kugelhagel zerfetzt war. Wir waren unzählige Male auf ihn geklettert und hatten uns an seinen Nüssen satt gegessen. Auntie August rauchte eine Kool und zog ihren Kimono fester um sich, als eine Brise aufkam. Mamas Haare steckten unter einer rosafarbenen Seidenhaube.

Sie drehte den goldenen Rosenkranz zwischen ihren Fingern. Mya rieb sich mit dem Ärmel ihres Nachthemds den Schlaf aus den Augen. Derek trug einen langen Schlafanzug aus Flanell und murmelte Flüche. Schließlich hörten wir Sirenen. Sahen, wie die in weiße Tücher eingehüllten Körper in den Rettungswagen getragen wurden. Die Polizei- und Krankenwagen erleuchteten unsere Straße mit einem unheimlichen roten Schein. Ich kann mich nicht erinnern, dass irgendjemand von uns etwas gesagt hätte, bis ich schließlich alles gesehen hatte – und Mama meine Tante um eine Zigarette bat.

Draußen hupte es wieder, dann mehrmals in rascher Folge.

»Mensch, hau endlich ab«, sagte ich. Ich wusste, der Wagen da draußen, ein hellbrauner Chevy, gehörte Pumpkin. Wusste, dass Derek wahrscheinlich mit ihm in Memphis herumrannte und Dinge tat, die selbst Gott nur raten konnte.

Derek küsste seine Mutter leicht auf die Wange, ging raus, nicht ohne vom Wohnzimmer aus zurückzurufen: »Du hast ein freches Mundwerk, Girl.«

»Ich habe auch einen guten linken Haken«, rief ich zurück.

»Joan!«, sagte Auntie August wieder.

Ich blickte auf meine Zeichnung hinunter. Die Vase mit den lila Veilchen sah plötzlich verrottet und pathetisch aus wie eine zerschrammte Urne. Zerstörtes Leben, das aus dem Tod hervorquillt. Gegen meinen Willen spürte ich heiße Tränen aufsteigen, eine brennende Wut, entstanden aus Machtlosigkeit. Ich klappte meinen Zeichenblock zu und stand auf. Unser Küchentisch war für meine Kunst nicht brauchbar.

Ich zuckte mit den Schultern. »Was soll er mir antun? Sorry, was soll er mir *noch* antun?«

»Warum will mir niemand sagen, was er getan hat?«, fragte Mya und knallte ihre Gabel hart auf den Tisch.

»Iss deine Grütze«, antwortete Auntie August.

»Ich gehe zu Miss Dawn«, sagte ich. Als ich Dereks Weg durch das Wohnzimmer und nach draußen ins Morgenlicht folgte, dachte ich an Flüche und Kämme.

Kapitel 13

HAZEL

1937

Hazel machte sich mit vorsichtigen Schritten auf den Weg zu Stanley's. Der Laden war nur einen Block entfernt, aber der Boden war wie Treibsand. In den zu großen Arbeitsschuhen ihres Vaters fiel es ihr besonders schwer, das Gleichgewicht zu halten. Sie war erst fünfzehn, aber malte sich aus, dass ihr die Stiefel auch mit fünfzig noch nicht passen würden.

Die Flut in jenem Winter hatte den größten Teil von Memphis weggespült. Die alten Leute in der Nachbarschaft sagten, sie sei so zerstörend, so tödlich gewesen wie das Erdbeben, das die Stadt in der Deltaregion 1865 dem Erdboden gleichgemacht hatte. Der Mississippi war durch heftige Regenfälle angeschwollen, und bei einem letzten schweren Gewitter brach er schließlich über die Ufer und überflutete die umliegenden Nebenflüsse. Das Ausmaß war unvorstellbar, und niemand war darauf vorbereitet gewesen. Ganze Wohnbezirke wurden mitsamt den Menschen, die dort lebten, von den steigenden braunen Fluten weggeschwemmt. Innerhalb weniger Stunden. Es war eine Urgewalt. Das Ende der Tage. Familien drängten sich auf ihren Dächern und hielten Schilder hoch, auf denen RETTET UNS stand. Und einige wurden gerettet.

Boote, die sonst zum Fischen im Wolf Creek unterwegs waren, wurden ausgerüstet, um möglichst viele von den Tausenden Schwarzer Menschen aus North Memphis, die sich auf ihren Hausdächern drängten, zu retten.

Hazels Vater war mit einem dieser Boote hinausgefahren und nie zurückgekommen. Eine der Familien, die er gerettet hatte, hatte sie und ihre Mutter später ausfindig gemacht und ihnen händeringend erzählt, wie er auf ihr Dach geklettert war. Er hatte geholfen, die vielen kleinen Kinder an die wartenden Hände in seinem Fischerboot weiterzureichen, während um ihn die Flut anstieg. Bis über seinen Kopf.

Zwei Monate nach dem Tod ihres Vaters war der Boden immer noch größtenteils schlammig. Er gab nach, die Leute rutschten aus und schlitterten, Autos blieben in dem Morast stecken. Die Menschen nannten es den Memphis-Schlamm. Hazel hatte erst gar nicht in das Chaos hinausgehen wollen, aber ihre Mutter verlangte an jenem Abend nach Fleisch – Flut hin oder her. Und wenn Della Thomas etwas wollte, bekam sie es.

Della war die beste Näherin in Memphis, ob es um Schwarze oder weiße Frauen ging. Von überallher kamen die Kundinnen und warteten in Dellas Wohnzimmer, um sich Kleider anpassen zu lassen, die den Verkehr auf der Beale Street zum Erliegen brachten, Männer ihre Eheringe für eine Nacht abstreifen und Frauen sich wie Göttinnen fühlen ließen. Umgeben von Tüllballen und meterweise aufwendigen Spitzen notierte Hazel die Termine ihrer Mutter in einem großen Rechnungsbuch. Überall im Raum gab es mit Steck- und Nähnadeln gespickte tomatengroße Nadelkissen. In einer Ecke des Zimmers thronte eine Singer-Maschine mit Pedalen, so groß wie ein Klavier, und sogar ein Spinnrad aus der Zeit der Jahrhundertwende, auf dem ihre Mutter gelernt hatte, Garn herzustellen. Della hatte ein Faible für Antiquitäten. Sie konnte vielleicht nicht lesen, aber mit nur einem Blick die Größe des Korsetts einer Frau schätzen. Mit ihrem Maßband war sie eine wahre Zauberin. Dabei musste sie sich die Zahlen noch nicht einmal merken.

Hazel war damit groß geworden, ihrer Mutter in der Nähstube zu helfen. Sie nahm Zahlungen entgegen und hielt die Kleiderbestellungen der Kundinnen fest. Sie konnte Della stundenlang dabei beobachten, wie sie ein Korsett um eine Taille festzog oder einen Quilt zusammennähte. Hazel betrachtete ihre Mutter nicht als arbeitend. Sie sah einer Künstlerin bei ihren Kreationen zu. Sie beobachtete, mit welchem Stolz Della all diese winzigen Stiche machte, aus denen ein Kleid entstand, das getragen, geliebt und erinnert wurde. Nach den morgendlichen Terminen lieferte Hazel mit einem schnellen Knicks und ohne viele Worte die fertigen Gewänder bei den großen Villen entlang der Poplar-Straße ab und die bescheidenen bedruckten Kleider bei den Müttern an der Chelsea. Am besten gefielen Hazel die Brauttermine am späten Nachmittag. Die Braut stand kaum still bei der Anpassung. Sie wirbelte in der Seide herum, bewunderte sich im Spiegel und lächelte aus keinem oder aus jedem Grund. Hazel saß still in der Nähe und brachte Blumenapplikationen aus Spitze am Brautschleier an. Die weißen Bräute bemerkten sie schließlich überrascht und sagten: *Ach, ich wusste gar nicht, dass es hier ein kleines Schwarzes Kind gibt.* Aber die Schwarzen Kundinnen gurrten *Kleine braune Kirchenmaus* auf eine Weise, die ihr das Gefühl gab dazuzugehören. Nicht dass Hazel scheu war, sie beobachtete nur gerne. Sie zog es vor, ihrer Mutter zuzusehen und dabei still zu lernen, anstatt Gespräche zu unterbrechen und sich bemerkbar zu machen.

Weil die Fähigkeiten ihrer Mutter so begehrt waren, hatte Hazel immer schöne Dinge, vor allem Bekleidung. Es hätte wenig Sinn gehabt, sie wie einen Fremdkörper in der Nähstube sitzen zu lassen, und außerdem sah sie in schöner Kleidung erwachsener aus. Sie war an Spitzenschürzen, Seidenstrümpfe und -hosen gewöhnt, nicht an die Männer-Gummiarbeitsstiefel, die ihre Mutter an jenem Nachmittag für sie aus dem Schrank geholt hatte.

»Die gehörten deinem Vater«, hatte sie gesagt und sie hochgehalten wie einen preisgekrönten Wels. »Er pflückte darin die Baumwolle eines ganzen Lebens.« Della ächzte, während sie Hazels Fuß in einen Stiefel bugsierte. »Komm schon, Mädchen, schlüpf rein. Feste drücken. So ist's gut. Lass dich anschauen.«

Hazel war im November zuvor fünfzehn geworden. Sie schämte sich etwas für ihren fraulicher werdenden Körper und war zugleich stolz auf ihn. Sie stieß sich an Möbeln, zwischen denen sie bisher leicht hindurchschlüpfen konnte. Ihre breiter werdenden Hüften hatten schon manche unschuldige Lampe umgestoßen. Ihre Augen – Rehaugen wie die ihrer Mutter – waren von einem dunklen Braun, das in bestimmtem Licht, in gewissen euphorischen Stimmungen smaragdfarben werden konnte. Sie glühte an der Schwelle zum Frausein. Die dunklen Augen kontrastierten mit der schönen pekannussbraunen Farbe ihrer Haut.

»Du siehst wie dein Daddy aus«, hatte ihre Mutter mit etwas erstickter Stimme gesagt.

»Wirklich?«, fragte Hazel.

Ihre Mutter blickte zur Seite. »So, wo ist die Liste, die du geschrieben hast?«

»Hier in meiner Tasche.« Hazel hielt ein Stück Papier hoch.

»Hol alles, was da draufsteht, jedes Teil. Hörst du? Und komm schnell zurück«, hatte Della gesagt und Hazel mit einem sanften Schubs und dem üblichen Kuss auf die Stirn aus der Tür gedrängt.

Auf dem Weg zu Stanley's musste Hazel den vielen Wasserlachen ausweichen. Der im Familienbesitz befindliche Feinkostladen lag in einem zweistöckigen roten Backsteingebäude an der Ecke Chelsea Avenue und Pope Street im Wohnbezirk Douglass, wo Dellas Familie seit der Abschaffung der Sklaverei gelebt hatte.

Stanley's war ein kleines Warenhaus in der Nachbarschaft. Die Leute bezeichneten es als »Deli«, als Feinkostladen, aber sie konnten dort fast alles kaufen: frische Okra, Angelhaken und lebende Köder, Eisbecher und eiskalte Coca-Cola. In einer langen Kühltheke aus Glas, die sich über die Länge einer Wand erstreckte, waren Hähnchenschenkel und Rinderwürste ausgelegt. In der Ecke spielte ein vergoldeter Victrola ununterbrochen das sanfte Stöhnen von Blind Boy Fuller, Bessie Smith und Memphis Minnie. Die Regale waren gefüllt mit Salzwasser-Toffees, Dosen mit Ölsardinen, Flaschen mit Melasse. In einem kleinen Garten hinter dem Haus wuchsen Tomaten, Okras, Muskattrauben und Zuckermais. Wenn Stanley nicht hinter der Theke stand, dann vor seinem Schild, auf dem mit Kreide geprahlt wurde, bei ihm gebe es die besten Melonen meilenweit.

Stanley war weiß, Ausländer und jüdisch, aber er war beliebt in der Schwarzen Community. Alle mochten ihn.

Sein Deli hatte einen Bereich nur für Schwarze, aber das Schild war nur zur Dekoration da. Der Laden war zu klein, um ihn abzuteilen, und da der größte Teil seiner Kundschaft Schwarz war, machte Stanley nie ein Aufheben davon.

Selbst die alten Baptisten-Ladys vergaben ihm, dass er jüdisch war, weil sie seinen Rinderrippchen nicht widerstehen konnten. Niemand wusste, warum er sich Memphis ausgesucht oder ob er im weit entfernten Deutschland davon gehört hatte, doch nun war er schon zehn Jahre hier. Manchmal sprach er von einem Sturm, der sich in seiner Heimat zusammenbraute. Er konnte vielleicht den Tod riechen, weil er ein Metzger war.

Stanleys Delikatessengeschäft ging während des Börsenkrachs von 1929 nicht bankrott. Diese finanzielle Realität brachte das weiße Memphis zur Weißglut. Man konnte nicht verstehen, dass eine kluge Planung und die einfache Tatsache, dass Menschen immer Brot brauchen, der Grund für Stanley's Überleben waren. Es spielte keine Rolle. Der Klan nahm sich der Sache an. Setzte eines Nachts das Gebäude in Brand. Am nächsten Tag kamen all die Schwarzen Hände von Douglass, um Stanley beim Wiederaufbau zu helfen, Stein auf Stein. Hazel, damals erst acht Jahre alt, hatte die Asche von den Grundmauern gefegt.

Wenn Stanley am Freitagabend das Geschäft für *seinen* Sabbat schloss, wurde in der Nachbarschaft stattdessen Fisch in den Vorgärten gebraten. Und als er sich weigerte, Schweinefleisch zu verkaufen, verstand man seine Gründe zwar nicht, aber niemand stellte es infrage. Sie liefen für Schweinefüße, Haxen und gepökeltes Schweinefleisch ohne Murren einen etwas längeren Weg zu einem anderen Metzger auf der Chelsea.

»Ah, die stille Rose ist hier«, sagte Stanley, als Hazel die Tür zum Laden aufstieß. Groß und schlank stand er mit einer blutbefleckten Schürze hinter der Glastheke, in der er die Mägen der frisch geschlachteten Hühnchen auslegte.

Als Hazel in ihre Tasche nach der Einkaufsliste griff, hörte sie Musik. Memphis Minnies Stimme klang aus der Victrola.

I works on the levee mama both night and day
I ain't got nobody, keep the water away.

Sie schüttelte den Kopf. *Wie passend*, dachte sie und streifte ihre Stiefel an der Fußmatte ab. Als sie zum Tresen ging und Stanley die Liste ihrer Mutter entgegenstreckte, hielt sie plötzlich inne. Eine Stimme, Alto, voller Vibrato, sang zur Musik. Es war das Schönste, was Hazel jemals gehört hatte. Es klang, als hätte ein Mann eine Nachtigall verschluckt.

Ein großer unbekannter Junge stand an der Victrola. Nachdem sie jahrelang geschneiderte Kleider bei zahllosen Haushalten in North Memphis abgeliefert hatte, kannte Hazel fast jedes Gesicht in Douglass. Dieser Junge war neu, fremd. Die Hände in den Taschen stand er mit dem Rücken zu Hazel, wippte mit dem Fuß zur Musik und sang auf eine Weise, die Hazel sich für einen Moment vergessen ließ. Weder dachte sie an ihre Einkaufsliste noch an die vielen Termine im Geschäft ihrer Mutter. Sie wollte nur schauen und zuhören.

Stanley musste die Veränderung in Hazel bemerkt haben. Er lächelte verstehend und zeigte mit dem Kopf auf den Jungen. »Geh schon, sag Hallo.« Stanleys dicker deutscher Akzent ließ seine Worte mehr wie einen Befehl als eine freundliche Ermunterung klingen.

Hazels Augen weiteten sich, und sie schnappte nach Luft. Biss sich auf die Lippe und griff nach ihrem langen goldenen Rosenkranz.

»Geh schon«, sagte Stanley freundlich und nahm Hazel ihre Liste aus der Hand. »Ich hol diese Sachen für dich.« Hazel beobachtete Stanley, der sich anschickte, auf die Leiter an seinen hohen Regalen zu klettern, um einen Sack Mehl herunterzuholen. Es kam ihr so langsam vor wie Ahornsaft, der an einem Baum heruntertropft.

Genauso langsam wandte sie sich dem Jungen zu und konnte ihn jetzt ganz sehen. Er hatte die Farbe von Indigo. Hazel hatte noch niemals jemanden so mitternachtsdunkel gesehen. Sie musterte ihn von Kopf bis Fuß. Sie betastete ihren Rosenkranz, während sie seine anmutige Kopfform und seine breiten geraden Schultern bewunderte. Als er seinen Kopf in ihre Richtung drehte, erhaschte sie einen Blick auf sein Gesicht und wie er mit geschlossenen Augen weitersang. Für einen Moment sah sie dicke Lippen, hohe Wangenknochen und Pfirsichflaum auf seinem gemeißelten Kinn. Es fiel schwer, nicht auf der Stelle dahinzuschmelzen. Hazel nahm den Anblick in sich auf wie ein großes Glas Limonade an einem heißen Augusttag.

Hazel atmete aus, nahm sich zusammen. Näherte sich. Überlegte es sich anders. Zog sich zurück, Schritt für Schritt.

Plötzlich sträubten sich ihre Haare. Mit dem Rücken war sie an etwas, an jemanden gestoßen. Das war unerwartet. Das Geschäft war klein, und sie hatte sicher niemand nach ihr hereinkommen gesehen – doch wer weiß? Der dunkle Junge. Nur sein Anblick hatte sie hypnotisiert.

Sie war von seiner Anziehungskraft gefangen, hatte ihre übliche besonnene Wachsamkeit vergessen. Sie hatte überhört, wie die kleine Glocke über der Eingangstür einen neuen Besucher ankündigte. Sie hatte den Polizisten – weiß wie eine Muschel, breit wie ein Zaun – nicht bemerkt, als er die Tür zum Laden aufgestoßen hatte. Hatte nicht gesehen, wie er seine Mütze zurückgeschoben und seinen Kopf vorgestreckt hatte beim Anblick der zwei Schwarzen Kids im weißen Teil eines Geschäfts in den Südstaaten.

Aber sie hörte ihn – und zuckte zusammen –, als seine tiefe Stimme die von Memphis Minnie übertönte: »Girl, hast du deinen Verstand verloren?«

Girl. Hazel spannte sich an. Es war instinktiv. Sie wusste, ohne sich umdrehen zu müssen, dass der Mann weiß war. Das war im Süden ein Synonym für ein Todesurteil.

Blitzschnell hatte sich der Junge auf dem Absatz herumgedreht und war bei ihr. Er griff nach ihrem Ärmel, zog sie zu sich und fort von dem Polizisten.

Seine Augen, groß und dunkel, schienen sie zu bitten: *Komm zu mir,* sagten sie. *Komm sofort zu mir.*

»Stanley, du lässt hier Ni... tanzen?«

Zunächst hatte Hazel sich von dem Jungen wegziehen lassen. Das Ziehen an ihrem Ärmel war entschlossen, und sie spürte, dass er sie aus der Gefahrenzone führte. Hazel wusste, sie sollte weitergehen, sich in die Arme dieses neuen, dunklen, gut aussehenden Jungen begeben. Er bedeutete Sicherheit. Dieser Junge würde ihr Segen, ihre Rettung sein. Noch vor einer Minute hätte sie alles dafür gegeben, damit er sich umdrehen und sie seine ganze Schönheit sehen lassen würde.

Doch etwas in Hazel strebte von ihrer Zuflucht fort, ließ sie zögern. Es war dieselbe Kraft, die Lots Weib sich umwenden ließ, dasselbe Verlangen, dasselbe nagende Begehren wie das von Anna Karenina, als sie atemlos und trotzig den Zug sich nähern sah. Was immer es war, Hazel gab ihm nach.

Sie tat etwas, wovon man damals in Memphis noch nichts gehört hatte – und auch nirgendwo sonst im Süden, ohne dass der Tod wie ein Schatten folgte. Hazel sah den weißen Mann an. Geradewegs. Sie drehte den Kopf und richtete ihre Augen direkt auf den großen weißen Mann hinter ihr. Hielt seinem Blick stand, ohne die Augen niederzuschlagen oder den Kopf zu beugen oder zu blinzeln.

Er war in der Tat groß. Seine Uniform saß ihm fast zum Zerreißen gespannt um die Körpermitte. Das Gesicht glatt rasiert. Ein Büschel lockiger schwarzer Haare quoll unter seiner Mütze hervor.

Hazels offener Blick hatte den Mann wohl überrascht. Er trat einen Schritt zurück. Griff sich an die Seite, um seinen Schlagstock aus dem Holster zu nehmen.

»Girl, ich frag dich noch mal, ob du das bisschen Ni...- Verstand verloren hast, das Gott dir gegeben hat.« Der Polizist begann, seinen Schlagstock in lockeren, bedrohlichen Kreisen zu schwingen.

Da war es wieder. *Girl*.

Ni... machte Hazel nicht so viel aus. Vielleicht weil sie das Wort manchmal selbst benutzte, allerdings herzlich und nur mit ihren engsten Freundinnen, ohne das scharfe harte R, das der Polizist benutzt hatte. Aber *Girl* hatte sie immer in eine stille Wut versetzt. Seit sie schon in sehr frühem Alter bemerkt hatte, dass weiße Leute es gebrauchten, um ihre Mutter anzusprechen. *Girl, du hast ein Wunder mit diesen Spitzen vollbracht.* Oder: *Girl, ist meine Wäsche fertig?* Della, eine erwachsene, resolute und brillante Frau, reduziert auf *das farbige Girl in North Memphis, das diese schönen Kleider näht.*

Der Junge zog fester an ihrem Ärmel, und Hazel spürte die Dringlichkeit. Doch sie blieb standhaft. Es kostete sie alles, nicht die Zähne zu zeigen, den Polizisten anzuzischen. Ihm ins Gesicht zu spucken.

Aus den Augenwinkeln sah sie, wie Stanley beide Füße auf die Schenkel der Leiter stellte und flink in einer einzigen Sekunde herunterrutschte – die ganzen drei Meter. Am Boden angekommen, nahm er im Vorbeigehen einen Besen, der an einem Regal lehnte, und kam langsam näher.

»Kümmern Sie sich nicht um sie«, sagte Stanley leicht außer Atem in seinem starken Akzent.

Mit einem Ruck zog der Junge Hazel zu sich heran. Ihre Augen waren noch immer auf den Polizisten gerichtet, aber sie spürte, wie ihr Kampfgeist sie ebenso unerwartet verließ, wie er gekommen war. Der Geruch des Jungen war überwältigend. Er roch nach Leder und Orangenschalen.

»Ich hab dich«, flüsterte der Junge in Hazels Ohr. »Ich hab dich.«

Vielleicht hätte nichts anderes Hazel den Blick senken lassen, doch unter seiner dunklen, weichen Stimme schmolz sie dahin. Sie lehnte sich an ihn und blickte ihm in die Augen, die sie beschworen. Sie sagten: *Wir müssen hier weg.*

»Stanley, warum um alles in der Welt lässt du hier Ni… tanzen? Du lässt sogar Ni…-Musik laufen. Und ich dachte, hier wäre die Flut das Ende der Welt.«

»Sie sind doch bloß Kinder«, sagte Stanley.

Mit dem Besen in der Hand ging er ein paar Schritte auf den Polizisten zu und fügte hinzu: »Ihr Daddy ist in der Flut umgekommen.«

»Gehen wir«, flüsterte der Junge. Seine Augen baten flehentlich.

Hazel gab nach und nickte zustimmend.

Der Junge nahm ihre Hand und führte sie zur Tür. Mit behutsamen Schritten manövrierte er sie um den Tisch und die Stühle im Geschäft herum und legte dabei so viel Abstand wie möglich zwischen sie und den weißen Mann.

»Was zum Teufel hat ein ertrunkener Ni... mit einem Sack Reis in China zu tun«, sagte der Polizist jetzt mit lauter Stimme. »Und wohin zum Teufel glaubt ihr, dass ihr geht?«

Der Junge ging mit langen festen Schritten weiter zur Tür. Er hielt auch nicht inne, als sie das unvergessliche Geräusch eines Besenstiels, der auf einen Knochen trifft, hörten. Sie erreichten die Tür in dem Moment, als der Polizist mit Fassungslosigkeit und Verachtung in der Stimme sagte: »Und was zur Hölle glaubst du, machst *du*?«

Die Glocke über der Tür klingelte, als der Junge sie weit öffnete und Hazel hinausschubste. »Lauf!«, rief er.

Sie rannte. Hazel gehorchte nur, weil sie die Schritte des Jungen hinter sich hörte.

Sie stolperte in den Stiefeln ihres Vaters, als sie scharf rechts auf die Chelsea abbog. Doch sie lief weiter, immer den Pfützen, groß wie kleine Teiche, ausweichend. Sie hörte die tiefen Atemzüge des Jungen hinter sich, hörte, wie das schlammige Wasser unter seinen Füßen spritzte. Hazel rannte weiter.

Sie erreichten die Sackgasse der Locust Street. Sie war dunkelgrün und dicht mit dem Laub des Südens bewachsen. Büsche und Brombeersträucher, jahrhundertealte Weiden und Magnolien wuchsen in einem Dickicht aus wildem Gestrüpp. Pekannussbäume säumten beide Seiten der Straße.

Hazel stützte die Hände auf die Knie und atmete schwer. »Ich liebe dieses Haus«, sagte sie, als ihre Stimme zurückkam.

Ein Koloss lag vor ihnen. Blassrosa. Der Regen, das Wetter und die Zeit hatten die ursprünglich leuchtende Farbe verwaschen. Doch in seiner Geisterhaftigkeit war es immer noch elegant. Es war wohl lange vor dem Bürgerkrieg erbaut worden und neigte sich jetzt leicht auf seinem Fundament. Weiße baumhohe Säulen stützten eine umlaufende Veranda. Frisch erblühte Brombeerbüsche schmückten die Nordseite des Hauses.

»Bist du verrückt?« Der Junge beugte sich nach vorn, immer noch nach Atem ringend. »Du hättest von einem Baum hängend enden können.«

Hazel stand aufrecht. Sie sah Schweißperlen von der Stirn des Jungen in eine dunkle Falte an seinem Hals rinnen. »Girl«, sagte sie.

»Was?« Er schützte seine Augen mit der Hand vor der Sonne und blinzelte.

»Er hat mich *Girl* genannt«, sagte Hazel. »Ich mag das nicht.«

Der Junge bekam große Augen. Sie erinnerten Hazel an sich öffnende Prunkwinden. »*Deshalb?*« Sein Ton war ungläubig. »*Deshalb* sind wir fast gestorben? Er hätte schießen können, Stanley ist wahrscheinlich schon tot.«

»Sag das nicht.«

»Warum nicht? Mein Gott, ich habe gehört, dass die Frauen in Memphis verrückt sind, aber das übertrifft alles. Das war ein *Polizeibeamter* dort. Er hätte uns töten können. Und alles nur, weil du nicht gerne ›Girl‹ genannt wirst? Herrgott noch mal.«

Hazel verschränkte die Arme und runzelte die Stirn. »Du hast damit angefangen«, sagte sie.

Der Junge schüttelte den Kopf. »Jetzt wird's aber total verrückt.«

»Mit deinem Tanzen.«

Er richtete sich auf, stemmte die Hände in die Hüften und starrte sie an. Er schien immer größer zu werden.

»Es war niemand sonst da«, sagte er schulterzuckend. »Und ich mag Musik.«

»Du magst Musik? Wer nicht? Wir sind in Memphis.«

»Solche Musik haben wir nicht in Georgia.«

»Da bist du her?«

Der Junge nickte. »Wir sind kurz vor der Flut hierhergekommen. Verdammt guter Zeitpunkt für einen Umzug, oder?« Er blickte auf seine Füße. »Tut mir leid wegen deinem Daddy«, sagte er zu seinen Schuhen.

Hazel sah auf ihre eigenen Stiefel hinunter. Ihre Augen wurden heiß.

»Hab gehört, was er getan hat«, sagte der Junge weiter. »All diese Familien gerettet, als die Feuerwehr nur gelacht hat. Nahm sein Fischerboot – nur ein Ruderboot, wie die Leute sagen – und fuhr hinaus. Ertrank, als er Ertrinkende rettete. Das ist mehr, als Gott an dem Tag getan hat. Du musst stolz sein.«

»Hm.« Hazel war entschlossen, vor diesem Jungen nicht zu weinen.

Er sah sie überrascht an. »Du bist ein stilles Gi…«

Bevor er seinen Satz beenden konnte, kniff Hazel ihn fest in die Schulter – den einzigen Teil von ihm, den sie erreichen konnte.

»Au!« Er rieb sich die Stelle, an der sie ihn getroffen hatte. »Stimmt schon. Die Frauen in Memphis sind verrückt. Vielleicht bist du ja gefährlicher als jede Flut.« Er lächelte, und Hazel hätte nicht wegsehen können, wenn sie es gewollt hätte. Aber sie wollte gar nicht.

Der Junge streckte mit derselben freundlichen Geste seine Hand aus wie bei Stanley's. Sie nahm die Linien in seinen Handflächen wahr. Wie lang und verzweigt sie waren. Sie wollte mit dem Finger darüberfahren und herausfinden, wohin sie führten.

»Vielleicht sollten wir es mal richtig versuchen. Hi, ich bin Myron. Myron North. Es ist mir eine große Freude, dich kennenzulernen«, sagte er.

Hazel blinzelte. Sie betrachtete eine Weile seine Hand. Die Hand, die ihr Rettungsfloß, ihr Kompass gewesen war. Zum dritten Mal an diesem Tag stieg ein instinktives Gefühl in ihr auf. Sie wusste, wenn sie diese Hand nahm, öffnete sie das erste Kapitel eines lebenumspannenden Buches.

Ihre Brust hob und senkte sich mit einem tiefen Atemzug. Sie beruhigte sich. Hob den Kopf, sah ihm in die Augen. »Ich bin Hazel«, sagte sie und legte ihre Hand in seine.

Plötzlich öffnete sich ein Fenster im zweiten Stock des rosa Hauses. Eine junge Frau, etwa zwanzig – mit den schönsten braunen Armen, die Hazel jemals gesehen hatte –, hatte es aufgestoßen. Sie trug ein seidenes Nachthemd in der Farbe von Nektarinen, und ihr Kopf war ein Nest von kurzen wilden Locken.

»Wenn ihr da nicht weitermacht, heiratet und von meinem Grundstück verschwindet, möge Gott mir helfen«,
schrie die Frau. Dann mehr zu sich selbst als zu sonst
jemand: »Aber es hört ja niemand auf Miss Dawn.«

Kapitel 14

HAZEL

1943

Hazels runde Hornbrille rutschte ihr ständig über die Nase. Der fast fertige Quilt auf ihrem Schoß erforderte ihre ganze Aufmerksamkeit. Genau genommen nähte sie noch. Das Quilten würde zuletzt kommen, nachdem sie dicke Baumwolle in die Mitte gestopft und eine passende Farbe für die Rückseite ihres Quilts gewählt hatte. Jetzt nähte sie die Vorderseite der Patchworkdecke in einer Farbauswahl aus Vogeleierblau und Meerschaumgrün zusammen.

Sie biss sich auf die Unterlippe, während sie arbeitete, und verschmierte dabei ihren roten Lippenstift auf den Zähnen. Auf der anderen Seite des Zimmers bediente ihre Mutter eine Kundin. Auf den Knien, mit Nadeln im Mund, passte Della einen knielangen Spitzensaum an Mrs. Finleys weißes Leinenkleid an – eine Rarität. Seit der Krieg vor zwei Dezembern ausgebrochen war, gab es kaum noch irgendwo Spitzen zu kaufen, und wenn, dann immer teurer. Nur die reichen weißen Kundinnen trugen jetzt noch Seidenstrümpfe. Auch die Bestellungen für neue Kleider waren zurückgegangen. Aus den Auslieferungen neuer Seiden und Chiffons war die Zustellung dampfgebügelter Taschentücher geworden. Wenn Hazel jetzt das

Telefon beantwortete, um Termine zu vereinbaren, ging es meist nur noch um das Ausbessern von Kleidern, die ihre Mutter in der Saison zuvor gefertigt hatte.

»Genau hier, keinen Zentimeter höher«, sagte Mrs. Finley scharf.

»Mhm«, antworte Della, wie Hazel wusste mit zusammengepressten Zähnen.

Die große breitschultrige Blondine war eine der anspruchsvollsten und treuesten Kundinnen von Hazels Mutter. In dem Schwarzen Wohnbezirk war Mrs. Finley als eine direkte Nachkommin von Nathan Bedford Forrest bekannt. Es gab Gerüchte, dass sie eigenhändig die Klan-Robe ihres Mannes nähte, weil sie es nicht wagte, damit zu irgendeiner Näherin zu gehen. Dennoch hatte sie den gesamten Frauenausschuss des Botanischen Gartens von Memphis davon überzeugt, in Dellas Laden zu kommen. Einzig und allein diese Tatsache hatte Dellas Geschäft gerettet, als die anderen während der Depression schließen mussten. Und als Hazels Vater gestorben war, hatte diese weiße Frau immerhin für ihre monatliche Rechnung ganze fünf Dollar zu viel bezahlt. Deshalb wusste Hazel, dass sie sich von ihrer besten Seite zeigen musste, wann immer Mrs. Melanie Finley den Laden für eine Anprobe betrat. Hazels Mutter, die immer eine stolze Frau war, musste immer häufiger daran erinnert werden.

»Mama, wir haben diesen Zwei-Uhr-Termin mit deiner Lieblingskundin«, hatte Hazel an jenem Morgen beim Frühstück gesagt.

»Wann ist diese Remington zum letzten Mal gereinigt worden?«, fragte ihre Mutter, während sie Maisgrütze in Hazels Schale füllte.

»Mama!«

»Du hast recht. Ihr Tod sollte sehr langsam vonstatten-
gehen.«

Hazel lachte und schüttelte den Kopf.

Seit Hazel achtzehn geworden war, zahlte ihre Mutter
ihr ein kleines Gehalt für die Buchführung und die Auslieferungen. Hazel hatte nicht einen Cent davon ausgege-
ben. Sie steckte jeden Dollar, den ihre Mutter ihr gab, in
eine blau gestreifte Hutschachtel, die ganz oben in ihrem
Schrank stand. Jetzt war sie einundzwanzig und die
Schachtel schon fast voll.

Sie sparte für Myron. Für sich und ihn.

In den vergangenen sechs Jahren, seit jenem Tag bei
Stanley's, hatten sich Hazel und Myron jeden Freitag vor
dem Deli getroffen, zwei Portionen Butter-Pekannuss-Eis
bestellt und waren Hand in Hand die Chelsea hinunter-
spaziert. Sie gingen bis zur Locust und der uralten verblichenen Villa am begrünten Ende der Sackgasse. Miss
Dawn, die geheimnisvolle neue Besitzerin des schiefen
Hauses, ließ sie widerwillig auf ihrer breiten Verandaschaukel sitzen. Oft öffnete sie ein Fenster oder eine Tür
und rief ihnen zu, sie sollten endlich heiraten und ihr
eigenes verdammtes Haus zum Leben und zum Lieben
finden.

»Vielleicht hat sie recht«, hatte Myron eines Freitags
gegen Ende ihres letzten Jahres auf der Douglass Highschool gesagt.

Da waren sie drei Jahre zusammen gewesen. Hazels
Kopf lag auf seinem Schoß, so wie meist, wenn sie auf
Miss Dawns Schaukel saßen. Myron hielt einen Hecken-
kirschenzweig über sie. Es war das Jahr 1940, und all-
mählich hielten die Gespräche über den Krieg in Europa
Einzug in den abendlichen Klatsch, der auf den Veranden

ausgetauscht wurde. Die köstlichen Heckenkirschen standen in voller Blüte. Er brach eine Blüte vom Stamm und ließ mit sanftem Druck ein Tröpfchen Nektar in Hazels offenen Mund laufen.

»Womit?«, fragte sie, nachdem sie den Saft geschluckt hatte.

»Dass wir unser eigenes Haus haben sollten.«

Hazel stützte sich auf die Ellenbogen. »Du willst ein Haus kaufen?«, fragte sie.

»Nein«, sagte Myron.

Sie entspannte sich und sank in ihre bequeme Lage zurück. Schloss die Augen. Fühlte die Hitze dieses Tages in Memphis auf ihren Wangen. Sie waren beide erst achtzehn. Hazel wusste, dass ihre Mutter sie nicht irgendeinen Jungen aus der Nachbarschaft heiraten lassen würde, der keinen Cent in der Tasche hatte, ganz gleich, wie verliebt sie war.

»Ich will dir ein Haus *bauen*«, sagte Myron.

Hazel blinzelte.

»Du hast gehört, was ich gesagt hab, Gi…«

Sie packte Myrons Hand mit dem Heckenkirschenzweig. Biss ihn. Nicht zu fest, aber so, dass man den Abdruck ihrer Zähne sehen konnte.

Er zog seine Hand zurück.

»Frau!«, rief Myron aus, doch Hazel wusste, dass er ihre liebevollen Bisse mochte. Selbst als sie schon verheiratet waren, verhielten sie sich nicht so wie die meisten Eheleute, die Hazel kannte. Oft jagte Myron sie durch das Haus, das er für sie gebaut hatte. Hazels Lachen erfüllte dann ihr Zuhause, bis er sie auf dem Bett mit den vier Pfosten gepackt hatte. Manchmal blieb Hazel auf und wartete, bis er von seiner Schicht kam. Dann setzten sie sich mit Zigaretten und Kaffee in die Küchennische und sprachen über die Zukunft.

»Meinst du das ernst, Myron?«

»So ernst, wie du mich verhaust.«

Hazel verdrehte die Augen.

»Nee, es ist mein Ernst. Warum nicht?«

Hazel war still. Ein Kolibri flatterte um die blühenden Magnolien. »Woher weißt du es?«, fragte sie.

»Weiß ich was?«

»Dass ich die Frau für dich bin. Dass du der Mann für mich bist.«

»Setz dich auf«, sagte Myron in plötzlich ernstem Ton. Er knuffte sie mit dem Knie.

»Nein, ich find es bequem so.«

»Hazel Rose, du siehst mich jetzt an«, befahl Myron und hob mit dem Zeigefinger Hazels Kinn. »Erinnerst du dich an das Allererste, was ich dir gesagt habe?«

»Du bist ja total verrückt.«

Myron lachte kurz. »Nein, es war: ›Ich hab dich.‹ Ich meinte das ernst. Hörst du mich? Ich meinte, was ich sagte.«

Eine Weile waren nur der Kolibri und die sanfte Brise, die durch die Magnolienblätter wehte, zu hören. Dann sagte Hazel: »Ich habe dir nie erzählt, was ich an dem Tag noch gemacht habe.«

Myron drehte seinen Kopf und sah sie lange an. »Ich habe Angst, dich das zu fragen«, sagte er.

»Ich bin zu dem Deli zurückgegangen.«

»Du hast was gemacht?« Myrons Ton wurde scharf.

»Ich bin zurückgegangen. Später an dem Abend. Ich habe bis Mitternacht gewartet. Mich aus dem Haus geschlichen. Ein Licht hat gebrannt, und ich wusste, dass

Stanley da war. Ich klopfte leise wie ein Vögelchen, aber er hörte es. Kam aus dem hinteren Teil und hielt sich eine gefrorene Lammkeule auf die eine Gesichtshälfte. Er hat die Tür geöffnet und mich hereingelassen.«

»Was ist dann passiert?«

»Ich hab ihm eine meiner Zitronenbaisertorten gegeben«, sagte Hazel.

Doch sie hatte an jenem Tag damals, 1937, noch etwas getan, für das sie in den Südstaaten hätte getötet werden können: Sie gab Stanley einen Kuss. Platzierte den zärtlichsten aller Küsse auf die linke Seite seines zerschrammten und violett wie eine Melone angelaufenen Gesichts.

Unter der Heckenkirsche über Miss Dawns Verandaschaukel trafen Myron und Hazel eine Entscheidung. Sie wollten anfangen, für ihr künftiges Haus zu sparen.

Einen Monat später machten sie ihren Schulabschluss, und Myron wurde Pullman Porter, was er jetzt schon seit drei Jahren war. Sein kräftiger Körperbau half ihm, das schwere Gepäck weißer Leute an der Union Station im Zentrum zu schleppen. Er arbeitete in der Nachtschicht, weil die besser bezahlt wurde. Neckte Hazel damit, dass es ihm nichts ausmachte, wenn man ihn »Boy« nannte. Er wusste, er war ihr Mann.

Verwirrung legte sich schwer wie eine Daunendecke auf Hazel, als sie von ihrem Quilten aufsah und Myron atemlos vor sich stehen sah. Er war durch die Ladentür hereingeplatzt, ohne anzuklopfen oder zu klingeln – was er noch nie zuvor getan hatte. Er war auch noch nie zu spät zur Arbeit gekommen. Doch hier war er jetzt – groß, dunkel und blendend aussehend in seiner Uniform.

»Aber ...«, begann Hazel, doch Myron unterbrach sie mit einer Handbewegung.

»Bei Gott, ich weiß, du kommst nicht einfach in mein Haus, um einer erwachsenen Frau das Wort zu verbieten«, sagte ihre Mutter. Sie kniete immer noch vor Mrs. Finley, hatte aber aufgehört, den Spitzensaum an deren Kleid zu heften.

Mrs. Finleys Mund schien in der Form eines O eingefroren.

»Myron, was ist los?«, fragte Hazel, legte ihren Quilt zur Seite und stand auf.

»Was um Himmels willen macht dieser Boy hier?«, sagte Mrs. Finley aus ihrer Starrheit erwachend.

Della seufzte. »Das ist Hazels Freund. Wir kennen ihn, Mrs. Finley.«

»Aber ich nicht. Und ich will ihn hier nicht.« Mrs. Finley hielt die Arme vor die Brust, als wäre sie Eva im Garten Eden und sich plötzlich ihrer Nacktheit bewusst geworden. »Schick ihn weg. Ich will ihn nicht in diesem Laden.«

Della zog die Augenbrauen hoch. Hazel bewunderte, wie ihre Mutter, wenn auch zurückhaltend, Verachtung zum Ausdruck bringen konnte, sogar von ihrer niedrigen Stellung aus, kniend auf dem Boden. Sie neigte den Kopf zu der weißen Frau. »Wie bitte?«, fragte sie.

»Mama«, sagte Hazel warnend.

»Wie bitte?«, wiederholte ihre Mutter jetzt lauter, stand auf und sah Mrs. Finley direkt in die Augen.

»Wir gehen raus auf die Veranda«, sagte Hazel und wollte zur Tür gehen.

»Nein!« Alle drei Frauen waren von der Dringlichkeit in Myrons Stimme überrascht.

»Tut mir leid, aber deine Mama sollte dies hören«, sagte er.

Hazels Herz rutschte ihr in den Magen. Sie griff nach Myron. »Was ist los, Schatz?«

»Dieser Boy darf nicht hier drin sein«, schrie Mrs. Finley hysterisch. Dellas Reaktion schien sie verwirrt zu haben. Die Umkehr der Machtverhältnisse in dem Raum, den sie so oft besucht hatte, irritierte sie. »Ich will ihn nicht hier drin haben«, wiederholte sie.

Für einen Moment war der Laden erstarrt. Dellas und Mrs. Finleys Augen waren aufeinander fixiert. Hazel hielt den Atem an. Niemand bewegte sich.

Dann ließ Myron sich auf ein Knie fallen.

Mrs. Finley schrie.

»Herr im Himmel«, rief Della und bedeutete ihr mit der Hand zu schweigen. »Sehen Sie denn nicht, dass er ihr einen Antrag macht? Tun weiße Leute so etwas nicht?«

Hazel sah hinunter zu Myron und bemerkte benommen, dass er seit seinem Eintritt die rechte Hand hinter dem Rücken gehalten hatte. Jetzt brachte er eine winzige purpurrot lackierte Schachtel hervor und hielt sie ihr entgegen.

Der Nebel, der Hazel überwältigt hatte, als sie Myron zum ersten Mal in Stanleys Laden getroffen hatte, umhüllte sie wieder wie ein schwerer Quilt. Obwohl sie keinen Plattenspieler besaßen, hätte sie schwören können, dass sie die unverwechselbare Stimme von Memphis Minnie hören konnte.

Sie ignorierte alles andere. Ignorierte Mrs. Finley, die irgendwo am Rand etwas schrie und ihre Perlenkette umklammerte. Hazel ignorierte selbst ihre Mutter. Diese warf mit wütender Endgültigkeit Spitzenbänder in einen Korb und befahl Mrs. Finley, zum Teufel noch mal, ihr Geschäft zu verlassen, wenn sie sich so vor Schwarzer Liebe fürchtete.

Wegen der Musik, die in ihrem Kopf spielte, konnte Hazel Myrons Worte nicht hören. Aber das war auch nicht nötig. Sie sah, wie sein Mund sich leidenschaftlich bewegte. Er schien eine Lawine von Wörtern zu sprechen. Sie hörte nicht eins.

Die rote Schachtel lag leicht wie ein kleiner Vogel in ihren Händen. Hazel hielt sie einen Moment fest, während sie auf Myrons Lippen sah. Die Eingangstür wurde zugeschlagen. Mrs. Finley musste gegangen sein. Hazel reichte ihrer Mutter das Kästchen, ohne den Blick von Myrons Gesicht abzuwenden. Sie fühlte sich erleichtert, als sie es nicht mehr in den Händen hielt. Sie hatte es nicht einmal geöffnet und hineingeschaut. Hatte den birnenförmigen Saphir darin nicht gesehen. Das kam später. Stattdessen wischte sie die Stofffasern von ihrem Rock, fiel im Wohnzimmer ihrer Mutter auf die Knie und nahm Myrons Gesicht in die Hände. Sie unterdrückte ein Schluchzen und schimpfte mit ihm, hielt ihm eine Standpauke. Sagte Myron, er sei ein verdammter Idiot, so viel Geld für einen Ring auszugeben. Wusste der Mann nicht, dass sie ihm gehörte? Wusste er nicht, dass er ihr gehörte? War ihm nicht wenigstens das bewusst?

Ich hab dich, erinnerst du dich? Erinnerst du dich? So ein blöder Kerl, das ganze Geld zu verschwenden. Eine Schande, das alles. Dabei sollte er für ein Haus sparen. Warum, um Himmels willen, gehörte sie so einem verdammten Spinner?

Erst später an diesem Nachmittag fand Hazel heraus – in der Küche beim Brombeer-Cobbler ihrer Mutter, die für den Tag alle Termine abgesagt hatte –, dass Myron, als er

dort kniete, in der Innentasche seines Jacketts seinen Einberufungsbescheid verbarg.

Schon am nächsten Wochenende waren die beiden verheiratet. Am darauffolgenden war Myron auf dem Weg
zur Front.

Kapitel 15

AUGUST

1997

Der Morgen war eine Herausforderung gewesen. Sie hatte zu wenig geschlafen, war übermüdet und brauchte eine Zigarette. Sie wollte an die vielen Termine, die sie an diesem Tag hatte, noch nicht denken. August liebte es, Haare zu machen. Sie war stolz, ihr eigenes Geschäft zu besitzen und Schwarze Frauen glücklich zu machen. Aber an jenem Tag hatte sie wenig Lust zum Frisieren. Tief in ihrem Inneren verspürte sie den Drang, zurück ins Bett zu gehen und zu schlafen.

Völlig erschöpft hatte sie für alle das Frühstück zubereitet: Maisgrütze mit kräftigem Cheddarkäse, scharf angebratenes gesalzenes Schweinefleisch. Sie hörte das laufende Wasser im gemeinsamen Badezimmer in der Mitte des Hauses und schloss daraus, dass Miriam wach war und sich für ihre Sommerkurse der Krankenpflegeschule fertig machte. Im Spülbecken türmte sich das Geschirr, und August machte sich daran, es abzuwaschen.

Es war ein Samstag im Sommer. Das bedeutete, dass Augusts Laden fast jeden Tag voll war. Es war heiß – eine feuchte, klebrige, nasse Hitze, die an das Innere eines gebackenen Maisbrötchens erinnerte. Ende Juli siedete und brodelte der Asphalt. Man hätte sich ein Ei auf der Straße braten können. Am Horizont erschienen schimmernde Luftspiegelungen. Die vom nahen Mississippi ausgehende Luftfeuchtigkeit wurde zum Feind der meisten Frauen in Memphis. Ihre Haaransätze und Locken bedurften in dieser unbeschreiblichen sengenden Hitze viel öfter der Pflege.

Der Streit, der zwischen Joan, Mya und Derek ausgebrochen war, beschäftigte August immer noch, während sie das Geschirr abwusch. Joan war zu Miss Dawn weggelaufen. Wut war ihr ins Gesicht gezeichnet wie auf einem ihrer Bilder. Es ist nur ein kurzer Weg, hatte sich August beruhigt. Die Schießerei aus dem fahrenden Auto im Frühjahr zuvor und die Anspannung in Douglass schienen die ohnehin schon schwere Luft zu verdicken. Kinder spielten nicht mehr wie einst den ganzen Tag bis in den späten Abend auf der Straße. Bei Sonnenuntergang wurden sie von ihren Müttern laut auf abgeschirmte Veranden gerufen, eine ganze Stunde bevor die Straßenbeleuchtung anging.

August war klar, dass dieser Sommer Blutvergießen bedeutete. Die Schule war aus. Die Hitze machte die Leute verrückt. In Douglass waren zu jeder Stunde des Tages Pistolenschüsse zu hören. Spät am Abend zuvor hatte das Telefon geklingelt. Sie nahm Dereks quietschende Schritte auf dem alten Holzboden wahr und dass der Hörer mit dem Perlmuttgriff von dem Drehscheibentelefon im Flur abgehoben wurde. Sie hörte nur die eine Seite des Gesprächs, und die war stark gedämpft. Aber sie hatte genug verstanden.

Worte wie *Vergeltung* und *Hackmesser* und *Kofferraum* und *Körper*.

Beschwörungen wie *Wir können diese Scheiße nicht einfach so stehen lassen, Mann, unkontrolliert* und *Wir*

schlagen bald zurück, Mann, bald und mit all unseren
Niggas und Mist, Mann vor meinem eigenen verdammten
Haus. Das ist eine Warnung.

August hörte die abschließende Erklärung. *Lasst uns*
Orange Mound zeigen, wie richtige Niggas leben.

Hörte, wie der antike Telefonhörer auf die Gabel ge-
knallt wurde.

Als Derek an jenem Morgen in die Küche kam, spürte
August einen Schmerz unter ihren Rippen auf der linken
Seite, da, wo ihr Herz war.

Tag für Tag sah Derek seinem Vater ähnlicher. Er war
groß, dunkel und grüblerisch. Und wie sein Vater rutschte
er Tag für Tag tiefer in die Kriminalität.

Am Anfang waren es Kleinigkeiten. August erinnerte
sich an Stanleys nachsichtige Anrufe, mit denen er ihr
mitteilte, dass Derek ein Honigbrötchen, eine Dose Coca-
Cola oder einmal eine Packung Kools geklaut hatte. Seit
Derek 1988 Joan überfallen hatte, war es die reinste Hölle.
Keine zwei Jahre später brach er einem Mädchen ohne
irgendeinen Grund den Arm. Brach ihn wie einen dünnen
Zweig, mitten im Zimmer seiner fünften Klasse.

Danach steckten ihn die Behörden ein zweites Mal in
eine Anstalt. Die weißen Leute von der Jugendfürsorge
machten deutlich, dass eine dritte Unterbringung dauerhaft
sein würde. Ein Beratungsprogramm wurde angeordnet.
Eine ganze Reihe von Therapeut*innen, Psychiater*innen
und Sozialarbeiter*innen stuften das Kind als »problema-
tisch« und »aggressiv« ein. Ein Berater ging sogar so weit,
auf einem von Dereks unzähligen Beurteilungsformularen
»dissoziative Persönlichkeitsstörung« zu vermerken.

August wusste nicht, was sie von alldem halten sollte,
nur, was sie tun musste. Die Behörden hatten klargemacht,

dass Derek eine vierundzwanzigstündige »Aufsicht« brauchte, eine ständige, konsequente Überwachung und Betreuung. Monatliche unangekündigte Besuche von staatlichen Gutachtern.

Sie erklärte sich mit den strikten Bedingungen einverstanden. Welche Wahl hatte sie denn? Sollte sie ihren Sohn von Fremden und abgehobenem weißem medizinischem Personal erziehen lassen?

In jener Nacht packte sie ihre College-Bücher ein – und mit ihnen auch den Traum, wie ihre Mutter vor ihr in Rhodes zu studieren und vielleicht sogar Ärztin zu werden. Sie verstaute alles wie Winterpullover im Kleiderschrank ihrer verstorbenen Mutter. Ging an das Küchenregal, dessen oberstes Brett Meer nicht ohne Anstrengung erreichen konnte, und nahm die nächstbeste Flasche. Dann saß sie mit dem Whiskey, ihren Gedanken und ihren Tränen die ganze Nacht in der Küche. Doch als die Morgensonne durch das Küchenfenster schien, hatte sie einen Plan.

Haare – die Idee überfiel sie wie ein betrunkener Ehemann. Sie wusste, dass Singen kein realistischer Plan war. Zwar hatte sie eine Stimme, die die meisten Engel neidisch gemacht hätte, aber keine klassische Gesangsausbildung. Eine einzige Sitzung mit Al Green, als sie gerade mal sechs gewesen war, machte noch keine Nina Simone aus ihr. Und Scheiße, sie war nicht bereit, für eine Begabung, die sie meist bloß ärgerte, zu hungern. Sie dachte an das Nähen und daran, das Haus in das Zuhause von Hazels Kindheit zu verwandeln. Doch der Gedanke, für weiße Frauen Kleider zu nähen, ließ sie fast ihren Drink ausspucken. Nein, wenn sie schon jemanden bedienen und für ihr Brot hart arbeiten musste, dann sollte es verdammt noch mal für ihre eigenen Leute sein.

Jahrelanges Klavierspielen hatte ihre Finger beweglich und stark gemacht. Sie war die Friseurin ihrer Familie gewesen. Hatte jeden Sonntagabend gewissenhaft die Locken ihrer Mutter geglättet und frisiert. Hatte Meer so gestylt, dass sie wie Diana Ross aussah. Haar sollte es sein. Ein Geschäft im eigenen Haus. Das Untergeschoss im hinteren Teil war der perfekte Ort. Hinter der Küche und kaum benutzt. Sie konnte einfach einen separaten Zugang schaffen. Ein paar Platten verlegen und den Rest des kleinen Erbes ihrer Mutter für den Kauf der Stühle und Trockner nutzen.

Ja, dachte August mit der Klarheit, die Trunkenheit mit sich bringt. *Ja, ich kann das. Scheiße, ich muss es machen.*

Als der Morgen heraufdämmerte und sie ihren Kimono angezogen hatte, ging August noch schwankend vom Whiskey in den hinteren Garten, in dem ihre Mutter gestorben war, und suchte nach Steinen für den neuen Weg zu ihrem Laden. Am späten Vormittag schlief sie an derselben Stelle ein, an der sie fünf Jahre zuvor ihre Mutter gefunden hatte.

Sechs Monate später hatte Derek endgültig nach Hause gedurft. Obwohl die Gewalt unter seiner Haut zu brodeln schien, war die Kinderschutzbehörde nicht mehr gerufen worden. Innerhalb eines Jahres war August die begehrteste, ausgebuchte und beste Haar-Stylistin in ganz North Memphis geworden. Sie hoffte mehr als alles andere, dass ihre Mutter, wo immer sie sein mochte, stolz auf sie war.

In ihre Gedanken versunken, bemerkte August schließlich, dass sie denselben Topf schon viermal gespült hatte. Doch sie konnte die Ereignisse des Morgens nicht verdrängen. Pumpkin, der ein paar Minuten nachdem Derek in der

Küche erschienen war, hupte. Er war gekommen, um seinen neuen Schützling abzuholen. Sie kannte Pumpkin gut. Er war wie Derek siebzehn Jahre alt, klein, etwas pummelig und hatte eine goldbraune Hautfarbe. Sein Spitzname war an ihm hängen geblieben. Er kam jetzt immer zu ihrem Haus, um Derek und die Mädchen nach Douglass zu begleiten. Sie ließ es zu. Welche Wahl hatte sie? Sie erinnerte sich an die heftige Auseinandersetzung mit Miriam. Es war ihre erste seit Jahren. August dachte daran, wie sie sich angeschrien hatten. »Ich will von Gott verdammt sein, wenn ich meine Mädchen da reinziehen lasse«, hatte Miriam gesagt und mit der Faust auf den Tisch geschlagen.

August war überrascht. Ihre Schwester fluchte selten, und wenn, dann war sie nicht sie selbst.

Aber August schlug verbal zurück. »Dein Gott ist tot, Meer. Wo zum Teufel glaubst du, leben wir? Wir sind hier im Getto. Unser Haus steht mittendrin. Hier gibt es einen Bandenkrieg. Sie schießen jetzt auf Kinder, die zur Schule gehen.« August hatte den letzten Satz kaum herausgebracht. Die Wörter blieben ihr fast im Hals stecken, und sie kämpfte mit den Tränen. »Und keiner kümmert sich auch nur einen Dreck darum. Niemand. Auch die Polizei nicht. Niemand. Sie schießen auf die Kinder, weil sie die falsche gottverdammte Farbe tragen, Meer. Denk darüber nach. Stell dir vor, wie absolut beschissen das ist.«

»Und? Machen wir den Wahnsinn mit?«, hatte Miriam geschrien. »Lassen wir unsere Kinder Hand in Hand mit Gangstern zur Schule gehen? Nicht meine Mädchen.«

»Mein Kind ist ein Monster, Miriam!« Augusts natürliche Altstimme hätte selbst die Dachsparren erschüttern können. Sie hatte ihre Schwester bei ihrem vollen Namen, nicht ihrem Kosenamen, genannt. Sie konnte sich nicht daran erinnern, das je zuvor getan zu haben. »Sie *leben* doch schon mit einem Gangster!«

Als sie den Topf ein weiteres Mal abspülte, dachte August an den Kuss, mit dem Derek ihre Wange berührt hatte, bevor er hinausrannte, um Pumpkin zu treffen. Keines der Mädchen hatte gehört, wie er »Mama, ich liebe dich« in ihr Ohr flüsterte.

»Nigga, geh!«, hatte Joan gesagt.

August spürte Dereks Kuss noch lange, nachdem er gegangen war. Wie den eines jeden Mannes, den sie gekannt hatte. Sie legte den Topf zurück in das Spülwasser und schrubbte ihn noch einmal, besorgt um alle um sie herum, die sie liebte.

Kapitel 16

HAZEL

1955

Hazel stand in der Küche an der Spüle und schrubbte die Schuppen von einem Wels. Sie hatte schon fünf Fische ausgenommen, gesäubert und filetiert und sie links auf die Arbeitsplatte gelegt. Aus den Köpfen starrten die glasigen Augen.

Sie wischte sich die Stirn mit dem Unterarm und verlagerte ihr Gewicht. In ein paar Minuten wollte sie sich hinsetzen und ausruhen. Myron hielt sie immer dazu an. *Nur du kommst auf die Idee, Fisch zu braten, wenn es draußen heißer als in der Hölle ist*, hatte er an jenem Morgen gesagt und sie auf die Stirn geküsst. *Stur wie sonst noch etwas. Im neunten Monat schwanger im August in Memphis. Stur wie die Hölle.*

Sie lächelte, als sie den nächsten Fisch in die Hand nahm. Silberne Fischschuppen glänzten im Licht, reflektierten die farbenfroh bemalten Wände und verwandelten Hazels Spülbecken in einen Regenbogen. Sie erinnerte sich, wie Myron zuletzt blühende Blumen auf den warmen cremefarbenen Hintergrund gemalt hatte. Wenige wussten, dass er dieses Talent besaß. Er hatte es auch vor ihr geheim gehalten, bis sie eines Tages beim Wäschesortieren Münzen aus seinen Hosentaschen holte. Dabei hatte sie ein Taschentuch entdeckt, auf dem sich das Abbild ihres schlafenden Gesichts befand.

Wie Myron den Krieg überlebt hatte, konnte sie nur vermuten. Er war Soldat beim Marine Corps gewesen, und Hazel erhielt wöchentlich Briefe von ihm, aus denen sie auf seinen Standort schließen konnte: Die Normandie, die Ardennen, Buchenwald. Die Gräuel an jedem dieser Orte, Einzelheiten über das Blutvergießen erwähnte Myron nie. Nur die Liebe zu seiner jungen Frau, sein Verlangen, sie zu berühren.

Sie hatten gewartet. Darauf hatte Hazel über die Jahre hinweg bestanden und Myrons Küsse immer an einem bestimmten Punkt unterbrochen. In ihrer Hochzeitsnacht wartete der Junge, der zu einem Mann herangewachsen war, auf sie. Hazel wusste nur noch, dass er ihr das Spitzenhemd ausgezogen und sie auf einen Quilt, den ihre Mutter für die beiden gemacht hatte, gelegt hatte. Und dass ein Mann und eine Frau, die sich lieben, sie an Butter-Pekannuss-Eiscreme erinnerten.

Als Myron 45 aus dem Krieg nach Hause gekommen war, hatte er sofort mit der Arbeit an seinem lang erwarteten Hochzeitsgeschenk begonnen. Hazel hatte Wort gehalten und ihre Hutschachtel bis zum Rand mit ihren Ersparnissen gefüllt. Sie erinnerte sich daran, wie er auf einer kleinen Leiter in ihrer neuen Küche stand und Flieder und Lavendel auf die Wände malte, in deren Bouquets er Daten versteckte: Geburtstage und ihren Hochzeitstag.

Hazel verfiel in Träumerei, während sie die Fische schuppte und an ihre Heirat dachte. Die ganze Eile. Eine andere Art von Muss-Ehe. Ihre Mutter hatte alle Termine für die ganze Woche abgesagt. Della hatte die Spitzen von Mrs. Finleys bestelltem Kleid gerissen und ihre Nächte damit verbracht, sie an Hazels Hochzeitskleid zu nähen. Schlief die ganze Woche kaum und murmelte, dass ihr Baby an *ihrem* Tag nur das Beste haben sollte.

Miss Dawn. Die Nachricht von Myrons Antrag und seinem Einberufungsbescheid hatte sich wie ein Lauffeuer verbreitet und auch sie erreicht. Am nächsten Tag erwachte Douglass zum Klang der Muscheln in ihren langen Zöpfen, die durch die Morgenluft von Memphis schwangen. Sie trug ein langes bedrucktes Kleid aus einem Stoff, den noch niemand hier gesehen hatte – westafrikanische Batik in der Farbe des Meeres. Sie ging direkt in Dellas Haus, ohne zu klingeln. Ein einziges Schütteln ihrer langen mit Muscheln und Taubenfedern geschmückten Haare genügte als Ankündigung. Als sie den Laden betrat, erklärte sie in ihrer rauen Stimme, die nicht zu ihren etwa dreißig Jahren zu passen schien, dass die Hochzeit in ihrem Hof stattfinden würde. Auf keinen Fall wollte sie etwas davon hören, dass außer ihr irgendjemand auch nur einen Cent dafür bezahlte.

Aber nicht einmal Miss Dawn hätte voraussehen können, dass ihr Geld am Ende nicht erforderlich war. Ganz Douglass packte mit an. Die Männer räucherten tagelang Schweine und schleppten Bottiche mit Rippchen und Krüge eingelegter Schweinshaxen heran. Die Frauen brachten warmes Maisbrot, Pfannen voll mit kandierten Yams und Erdbeeren groß wie Rubine in riesigen Torten.

Hazel erinnerte sich, dass sie eine Hand vor den offenen Mund gehalten hatte, als sie Miss Dawns Hof betrat. Sie war zu erstaunt, um zu fragen, wo die ganzen Felder von Schleierkraut herkamen, doch der weiße Flaum bedeckte fast alles. Es wirkte, als wäre an einem besonderen Ort im Süden Anfang Juni Schnee gefallen. Eine alte zerbrochene Gartenlaube wurde zum Altar. Umgedrehte Lattenkisten, bedeckt mit Quilts aus dem Wohnzimmer ihrer Mutter, dienten als Sitzgelegenheiten.

Stanley gab ihr alles umsonst. Am Morgen nach Myrons Antrag machte sich Hazel mit entschlossenen Schritten auf den Weg zu seinem Laden. Sie drängte sich an der Schlange der Frauen vorbei, die darauf warteten, ihre dünn geschnittenen Truthahnscheiben, ihre handgeschlagene Butter und ihr frisches, warmes Sauerteigbrot zu kaufen. »Entschuldigung, Ma'am« oder »Verzeihung«, sagte Hazel ein ums andere Mal, bis sie bei Stanley ankam. Er hatte eine Dose eingelegter Rüben in der einen Hand und hielt mit der anderen mehrere Flussforellen hoch.

»Miss Thomas«, sagte Stanley überrascht.

»Bald Mrs. North«, antwortete Hazel atemlos und strahlend. Sie streckte ihre linke Hand in die Luft. Niemand konnte den Saphir an ihrem Ringfinger übersehen.

Sie hörte die Frauen hinter sich rufen:

»Mädchen, siehst du nicht, dass das hier eine Schlange ist?«

»Gott segne das Kind. Vielleicht ist sie verrückt.«

Stanleys Augen trübten sich. Er wirkte, als hätte er Mühe, sich zu fassen. »Na, wenn das keine guten Nachrichten sind«, sagte er, packte eine Forelle ein und gab sie einer der wartenden Frauen. Nahm die Einkaufsliste der nächsten in der Reihe, aber sah die ganze Zeit über Hazel an. »Gute Nachrichten«, wiederholte er.

»Mr. Koplo.« Hazels Unterlippe zitterte. Sie griff nach ihrem Rosenkranz, drehte ihn und biss fest auf ihre Lippe, damit sie sich nicht mehr unkontrolliert bewegte.

Sie wollte ihm von Myrons Einberufungspapieren erzählen. Dass er in Stanleys Heimatland geschickt wurde, um in einem Krieg zu kämpfen ... Nein. Ein Blick in Stanleys Gesicht hielt sie davon ab. So wie auch der schreckliche Gedanke an Krieg. Nein, beschloss sie, nicht heute. Sie würde an den Krieg denken, wenn sie verheiratet war. Heute, an diesem Morgen, war sie eine angehende Braut.

»Mr. Koplo, würden Sie mein Brautführer sein?«

Dellas Idee, dass Hazel Stanley fragen sollte, war genau richtig gewesen. Als Hazel von dem Deli nach Hause kam, war ihre Mutter im Wohnzimmer. »Der einzige weiße Mann auf dieser Erde, dem ich vertraue«, sagte sie und wendete sich wieder dem Muster für das Brautkleid zu.

Hazel nahm noch einen Wels aus. In den zehn Jahren seit Kriegsende hatte ihrem und Myrons Leben nur eins gefehlt: ein Baby. Sie hatten ihre Arbeit. Hazel hatte inzwischen ihre eigene treue Kundschaft. Myron war auf der Polizeischule. Doch sie sehnten sich verzweifelt nach Kindern, hatten Kinderzimmer für zwei oder drei eingerichtet, aber jeden Monat kam das Blut zuverlässig wie eine Flut. Manchmal war Hazel hoffnungslos und hatte das Gefühl, versagt zu haben. Doch Myron wollte nicht, dass sie sich die Schuld gab. »Es ist einfach noch nicht unsere Zeit«, sagte er immer wieder. »Eines ist jedoch sicher, unser Baby ist so stur wie seine Mutter. Sie lässt uns warten, bis sie bereit ist, und wenn sie es ist, werden wir auch für sie bereit sein.« Er bewahrte sich den Glauben daran für sie beide und arbeitete immer an irgendeinem Projekt im Haus, während Hazel alles Mögliche nähte: Quilts, Vorhänge, Tischdecken, Kissenhüllen. Irgendwie war in diesen zehn Jahren das Haus zu ihrem Kind geworden. Bis Hazel Anfang dieses Jahres zum zweiten Mal hintereinander ihre Periode nicht bekam.

Mit einem kalten Filet in der Hand hielt Hazel inne und seufzte lange. Zunächst hatte sie gedacht, es läge an der Trauer. Della war kurz zuvor in jenem Winter gestorben. Unerwartet. Hazel schauderte, als sie sich daran erinnerte, wie sie ihre Mutter mitten bei der Arbeit über ihre Nähmaschine gebeugt gefunden hatte. Sie war dabei gewesen, Hosen für Myron auszubessern. Ein Herzanfall hatte ihr Leben beendet. Sie starb, bevor Hazel ihr sagen konnte, dass sie schwanger war.

Hazel schüttelte den Kopf, um die Gedanken daran zu verdrängen. *Kein weiterer Tod mehr, hörst du? Keiner mehr*, schalt sie sich selbst. Sie spürte einen Schmerz im Unterleib. Das Verlangen nach gebratenem Fisch überwältigte sie. Sie krümmte sich bei dem Gefühl der Hungerattacke und beeilte sich mit ihrer Arbeit, vertiefte sich darin. Sie wollte diesen Fisch säubern und braten und dann einen großen Teller davon essen. Dann würde sie den Rest zu Myron, ihrer großen Liebe, bringen. Myron, der gerade Detective bei der Mordkommission geworden war. Der erste Schwarze Mann in Memphis auf so einem Posten. Sie würde ihm seinen Lunch bringen. In einer Woche sein Baby bekommen. Gott sei ihr Zeuge. Während sie so in der Küche stand und Fische ausnahm, wollte Hazel einfach und verständlicherweise nicht mehr darüber nachdenken, dass sie eine Waise war. Ihre einzigen Verwandten auf der Welt waren Myron und das Baby in ihr.

Kapitel *17*

AUGUST

1978

Am Abend bevor Miriam und Jax heirateten, beschloss August, ihrer Schwester zur Hochzeit ein Lied zu schenken. Jax war vor Kurzem zum First Lieutenant ernannt worden und sollte mit seiner Frau zum Herbstbeginn nach North Carolina versetzt werden. Die zwei Schwestern saßen mit Lockenwicklern in den Haaren in ihrem Schlafzimmer, als Miriam sagte: »Sing bitte morgen für mich.«

Ihre Stimme klang gedämpft, und August konnte die Verzweiflung in den Augen ihrer älteren Schwester sehen. In all den gemeinsamen Jahren war dies das einzige Mal, dass Miriam August um einen Gefallen bat.

August war sich der Kraft ihrer Stimme bewusst. Sie brachte Männer zum Weinen und erschreckte Frauen. Sie konnte damit große, kleine und selbst wilde Tiere beruhigen. Sie spielte lieber Klavier. Wenn sie sang, kamen fast alle, die streunenden Katzen in Memphis, die Obdachlosen und die Bauarbeiter, die sich um die Stromleitung am Ende des Blocks kümmerten. Sie versammelten sich auf dem Hof ihrer Familie und konnten dort stundenlang dösen. August hasste es, in der Kirche zu singen. Das Weinen, das Sprechen mit Gott in Trance oder Ekstase, erwachsene Männer, die auf die Knie fallen, das machte ihr Angst.

Nur weil sie das hohe C perfekt getroffen hatte? *Die Leute sind lächerlich*, dachte August. Sie hielt Gott eher für einen Dämon, mehr Trickster als Vater, der ausgerechnet sie mit diesem Talent ausgestattet hatte.

»Gut«, sagte August. »Aber kein Kirchenlied.«

Miriam lachte. »Ganz gleich, was du singst. Die Kirche ist in dir. Diese Stimme.«

Am nächsten Morgen stand August in der Nähe von Jax am Altar. Beide blickten erwartungsvoll auf die Kirchentür. Jax trug seine weiße Uniform. August gab es nur ungern zu, aber der Fremde sah scharf aus. An seiner Jacke glänzten die Bronzeknöpfe mit dem Emblem des Marine Corps: ein Adler auf einer Weltkugel mit einem Anker. Die weiße Uniform passte ihm wie angegossen. Er schien nervös zu sein und war endlich einmal still, was August recht war. Seine Augen huschten ständig durch die ganze Kirche, bis sich schließlich die Türen öffneten und Miriam und Hazel erschienen.

Miriam sah himmlisch aus in ihrem stufig geschnittenen, viktorianisch aussehenden Tüllkleid. Sie hatte sich bei Hazel eingehakt und wurde von ihr durch das Kirchenschiff geführt.

Stanley war dazu nicht in der Lage gewesen. Er war nach seinem Schlaganfall schwach und an den Rollstuhl gefesselt. Doch er war anwesend. Kurz vor der Trauung rollte er hinüber zu August und zog sie am Ärmel. Er konnte kaum noch sprechen, aber sein deutscher Akzent hatte ihn in all den Jahren nicht verlassen.

»*Umwerfend*«, sagte er auf Deutsch.

August küsste ihn auf die Wange.

Die alten Spitzen von Miriams Kleid machten ein liebliches Geräusch, als sie über den Kirchenboden wischten.

Als Miriam und Hazel an den Bänken entlanggingen, sang August fast flüsternd die ersten Takte von »Do Right Woman, Do Right Man«. August wusste, dass ihre Schwester unter dem Schleier ein Lachen zurückhielt. Wahrscheinlich dachte sie: *Dieses Mädchen, dieses total verrückte Mädchen.*

Augusts Stimme wurde stärker. *She's not just a plaything.* Dann das Vibrato, das Halten bestimmter Töne, die Überleitung zu anderen. *She is flesh and blood just like her man.*

Hazel warf ihr einen Blick zu, unter dem ein Eisblock hätte schmelzen können.

August sang weiter.

»Du hast Glück, dass ich dich liebe«, flüsterte Miriam August zu, als sie und Hazel endlich den Altar erreichten.

Das Gesicht ihrer Mutter war versteinert, aber August bemerkte ein erstes Schmunzeln.

»August Della North, dein Daddy dreht sich im Grab um«, schimpfte Hazel in Augusts Ohr, bevor sie Miriam auf die Wange küsste und zur vordersten Kirchenbank ging.

Aber all das spielte keine Rolle. Die ganze Gemeinde war hysterisch geworden. Nicht so sehr wegen des Songs, den August ausgewählt hatte, sondern wegen der Art, wie sie ihn sang. Ein fünfzehnjähriges Mädchen – vaterlos, dunkel, groß –, das Aretha sang, wie Aretha gesungen hätte.

Die Trauung war kurz gewesen – zum Glück, dachte August, als sie eine Stunde später den Offiziersklub betrat. Katholische Hochzeiten dauerten in der Regel nicht länger als eine der üblichen Messen. Miriams hatte nach der Tradition des Südens am Morgen stattgefunden. Der

Empfang im Offiziersklub begann um drei Uhr nachmittags.

Als August durch den voll besetzten Raum schlenderte, kratzte sie sich an den Schenkeln, obwohl sie wusste, dass sich das nicht gehörte. Doch die Mückenstiche plagten sie, und ihre Spitzenstrümpfe auf den wahnsinnig juckenden Stichen waren eine Qual. August war übersät mit Stichen, seit sie zu Beginn des Sommers in dem Pflaumenbaum Jax' Heiratsantrag belauscht hatte.

Sie beobachtete all die Menschen in dem überfüllten Klub, wie sie tanzten, aßen und sich Drinks von der Bar holten. August verstand das alles nicht. Sollten sie nicht Trauer tragen? Einen Verlust beweinen? Das war es doch. Irgendein namenloser Yankee-Nigga, den absolut niemand kannte, war gekommen, um ihre Schwester wegzuholen. *Camp Lejeune*. Das klang wie ein Gefängnis. *Camp*. Irgendetwas sagte August, dass es nicht das Sommerlager in Mississippi war, in das sie jeden Juli geschickt wurde. Dort hatte sie gelernt, ein Feuer zu machen, Forellen zu fangen und auszunehmen und einen Kompass zu benutzen. Das waren Rituale, die jede gottesfürchtige Frau aus dem Süden so gut beherrschen sollte wie ihre Gebete zu Gott. Jedenfalls behauptete das ihre Mutter, wenn sie August in dem Coupe de Ville der Familie dorthin fuhr. Ihre Schwester würde sich nicht in wilden Brombeersträuchern und im dichten Gestrüpp vergnügen. August nahm an, dass Miriam auf eine ganz andere Art erfahren würde, was es hieß, eine Frau aus den Südstaaten zu sein.

Jetzt aber war August hier. Sie trug ein hellgelbes Kleid in der Farbe einer der Zitronentorten ihrer Schwester und hielt ihr kleines Brautjungfern-Bouquet aus Veilchen in der Hand. Unbeweglich und stumm starrte sie auf all die

Leute, die sich so verhielten, als gäbe es heute etwas zu feiern. Heimlich und verzweifelt versuchte sie, nicht ihre Mückenstiche zu kratzen, und wenn, dann nur dezent.

»Du hast dieses Haus des Herrn zum Beben gebracht.«

Als August sich umdrehte, war da Miss Dawn, die aussah, als schwebte sie auf einer Wolke heran. Sie trug ein weißes Kleid mit Ärmeln wie Kumuluswolken, und aus ihren hochgesteckten Locs hing eine pastellfarbene Muschel herab. In der Hand hielt sie einen kleinen mit englischen Teerosen bemalten Porzellanteller, auf dem sich Red Velvet Cake türmte. Sie schaufelte sich Torte in den Mund und nickte.

»Das Haus zum Beben gebracht.«

Miss Dawn kannte August, seit sie auf der Welt war. Sie war sogar bei ihrer Geburt dabei gewesen. Wie Miriam erzählte, hatte ihre Mutter Hazel für die Entbindung kein Vertrauen in die Ärzte und Schwestern am Mount Zion Baptist, wo sie arbeitete. Nicht nach der ersten Geburt, als das weiße medizinische Personal Hazel davon hatte abhalten müssen, den Kreißsaal in Brand zu stecken. 1963, in einer Nacht Ende August, war Miriam von zu Hause aus die Straße hinunter zu dem schiefen Haus am Ende des Blocks gelaufen und hatte geschrien, Miss Dawn solle kommen, und zwar schnell. Nachdem sie aus ihrem Schlafzimmerfenster geschaut hatte, rannte Miss Dawn mit Miriam zurück und fand Hazel auf allen vieren neben der frei stehenden Badewanne, stöhnend wie eine kalbende Färse. Miss Dawn legte eine Hand auf Hazels Bauch und die andere umfasste Augusts Köpfchen. Liebevoll flüsternd geleitete sie August in die Welt.

Miriam, acht Jahre alt, wischte ihrer Mutter mit einem feuchten Handtuch das Gesicht ab, küsste sie sanft auf die

Stirn und flüsterte immer wieder: »Ich hab dich, Mama. Ich hab dich.«

Miss Dawn spießte noch ein Stück Torte auf und zeigte damit auf August. »Du solltest öfter singen, Kind. Gott spricht mit jedem Baby, wenn es auf die Welt kommt. Mit jedem einzelnen. Aber ich denke, mit manchen spricht Er etwas länger. Flüstert etwas, das nur Er verstehen kann, glaube ich. Irgendeine Magie, mit der Er bestimmte Kinder belegt. Du bist eines von ihnen. Du und eigentlich der ganze North-Klan. Obwohl nicht eine von euch das sieht.«

August bewegte sich schnell wie der Blitz. Geschickt nahm sie die Gabel aus Miss Dawns langen Fingern, steckte sie sich in den Mund und kostete von dem dekadenten Kuchen.

Miss Dawn warf den Kopf zurück und brüllte vor Lachen. »Du bist die leibhaftige Hera«, sagte sie und zog August an ihre Brust. Weil August fast so groß war wie sie selbst und immer noch die Gabel wie ein Eis am Stiel im Mund hielt, küsste Miss Dawn sie auf die Wange.

Dann drang das Sonnenlicht durch die dunkle Halle, als die Eingangstür des Offiziersklubs weit aufgestoßen wurde. Die Mittagssonne blendete August für einen Moment. Selbst Miss Dawn hielt einen ihrer aufgebauschten Ärmel hoch, um ihre Augen vor dem eindringenden Sonnenlicht zu schützen. Eine Figur erschien in der Tür, aber sie war so klein, dass sie die überwältigende Sonne nicht verdunkeln konnte.

»Wo ist er?«

Dieser Akzent. August würde nie vergessen, wie hart und kurz die Vokale waren. Sie hatte so etwas zum ersten Mal ein paar Wochen zuvor gehört, als irgendein Yankee in einer schönen Uniform des Marine Corps an jenem Sonntag ihre Klavierübungen unterbrochen hatte.

»Wo ist er?«, wiederholte der Fremde.

Die Tür schloss sich hinter ihm, Augusts Augen passten sich dem Licht an, und sie konnte den Mann aus Chicago wahrnehmen.

Er war Jax wie aus dem Gesicht geschnitten. Das war offensichtlich. Ihre Gesichter verrieten nicht nur die gleiche Abstammung. Sie sahen aus wie geklont. Der einzige Unterschied war die Größe. Dieser Mann, dieser Zwilling war einen ganzen Kopf kleiner. Jetzt hielt er in alle Richtungen Ausschau und überflog den Raum auf der Suche nach Jax.

August tat dasselbe. Dann sah sie die elfenbeinfarbene Uniform des Marine Corps auf der Tanzfläche. Jax wirbelte ihre Schwester zu Stevie Wonders »I Was Made to Love Her« herum. Miriam hatte ihre Schleppe vorne an ihrem Kleid hochgesteckt. Beide waren in ihrer jungen Liebe wie in Trance und hatten weder das Eindringen der Sonnenstrahlen noch den Neuankömmling bemerkt.

Den Hochzeitsverderber.

Sie hörte ihn. Er übertönte den Sound von Stevies Harmonika, das Lachen der Paare auf der Tanzfläche und das Klacken ihrer Absätze. Augusts musikalische Begabung machte sie ungewöhnlich sensibel für Geräusche, Vibrationen und Echos. Und die prägenden Jahre, in denen sie in dem Pflaumenbaum vor ihrem Elternhaus gesessen hatte und die Gespräche der Erwachsenen belauschte, hatten ihre Hörfähigkeit verstärkt. Sie hatte ein Ohr für jedes Geräusch. Trotz der lauten Musik nahm sie genau die Entrüstung des Fremden wahr.

»Dieser weiße Arsch fasst mich auf keinen Fall an.«

Ein Kellner mittleren Alters in einem weißen Jackett und mit einer dicken schwarzen Krawatte, die zu seinem Backenbart passte, hatte den Fremden davon abgehalten, weiter in die Halle vorzudringen. Er hatte seine Hand auf die Brust des kleinen Mannes gelegt und seine langen Bee-Gees-Haare heftig geschüttelt.

August hörte: »Ich sage es dir nicht zum zweiten Mal, deine weißen Hände von mir zu nehmen.« Dann sah sie einen Schimmer von Perlmutt. Der Mann hatte an seine linke Seite gegriffen und eine Pistole gezogen. Der Fremde umfasste den Lauf und schlug dem weißen Mann mit dem Griff ins Gesicht. Der ging zu Boden. Sein Körper krümmte sich unter der Wucht des Schlages und rollte auf dem Boden so wie die Würfel, mit denen August auf dem Küchentisch spielte. Sie hätte schwören können, dass sie einen Zahn durch die Luft fliegen sah, als der Kellner zusammenbrach.

»Wo ist er?«, fragte der Fremde erneut, als er seine Pistole zurück in das Holster steckte, das unter seiner schwarzen Anzugjacke verborgen war. Er richtete sich selbst, seine Manschetten und seine Krawatte wieder aus, ruckte den Kopf zurück in eine bequeme Position und wischte sich den Staub von seiner Jacke.

Der Weiße lag als ein stilles Bündel am Boden. Der kleine Mann hatte ihn eiskalt k. o. geschlagen.

Als er über den Kellner hinwegtrat, als sei dieser nichts als eine tote Kakerlake, sagte der Eindringling etwas Unverständliches, das selbst August nicht verstehen konnte. Doch nach all den Jahren, die sie in den Südstaaten gelebt hatte, musste sie das auch nicht. Wütende Münder weißer Männer und Frauen hatten ihr und denen, die sie liebte, dieses Wort zu oft, unzählige Male entgegengeschleudert.

Jetzt spuckte es der Neuankömmling aus. »Ni…«, sagte er, als er einen Schritt über den bewusstlosen weißen Mann hinweg machte.

»Und das hier«, sagte Miss Dawn zwischen zwei Bissen von Red Velvet Cake, »das ist der wirkliche Hades.«

»Wo ist er, wo ist mein Zwillingsbruder?«, brüllte der Mann lauter als Stevie Wonder. Und dann: »Bird ist hier. Ja, meine Herren, Bird ist in der Stadt. Wo ist meine neue Schwester?«

August wusste, er meinte Miriam. Doch das hinderte sie nicht daran, Miss Dawn zu verlassen und mit dem Selbstbewusstsein einer Asafo-Frau, die in die Schlacht reitet, auf ihren neuen Schwager zuzugehen. Sie streckte ihre Hand aus und sagte: »Sie ist hier. Und sie ist der Meinung, dass du verdammt noch mal zu laut bist.«

Die neuen Geschwister tanzten den ganzen Abend.

Später, in der Nacht unter den Quilts, die ihre Mutter gemacht hatte, und noch immer mit dem Geschmack von Red Velvet Cake im Mund, dachte August, dass vielleicht doch nicht *alle* Yankees umgebracht werden sollten.

Kapitel 18

MIRIAM

1997

Miriam wartete in der Schlange, um sich die zweite Tasse schwarzen Kaffee mit Zucker an diesem Tag zu kaufen. Im Fernsehen liefen die Nachrichten. Das Rhodes College, das früher den Namen Northwestern getragen hatte, war eine kleine Liberal Arts School in der noblen Innenstadt. Es war im gotischen Stil erbaut und ganz mit Efeu bewachsen. Miriam war in dem gleichen Schnellkurs-Programm für Krankenpflege eingeschrieben, das schon ihre Mutter mehr als dreißig Jahre zuvor besucht hatte. Sie und Joan würden am selben Tag ihren Abschluss machen.

Die Ausbildung war intensiv und beanspruchte ihre ganze Zeit. Wenn sie nicht in den Kursen saß, begleitete Miriam das medizinische Personal am Mount Zion Baptist Memorial Hospital. Das medizinische Fachbuch, das sie gerade geöffnet hatte, wurde zu ihrem Kopfkissen, und jeder Ort, an dem sie etwas Ruhe hatte, war ihr Schlafzimmer. Sie bezog ihren kleinen Haushalt in ihre Studien mit ein. Oft hielten Joan und Mya Lernkarten mit komplizierter Anatomie hoch und hörten sie beim Abendessen ab. Wenn Miriam die richtige Antwort wusste, rief Mya: »Bei Gott, jetzt hat sie's!« Und Joan klatschte betont langsam und stolz.

Vom College schickten sie Miriam und die anderen Studierenden zum Krankenhaus, um Bettpfannen und Nachthemden zu wechseln, intravenöse Tropfer zu setzen und Sterbenden die Hand zu halten. Das machte sie alle drei Tage in einer Vierzehn-Stunden-Schicht. Die Arbeit war unbezahlt und die Voraussetzung für einen kombinierten Bachelor- und Krankenpflege-Abschluss.

Miriam wusste, dass sie und ihre Töchter August finanziell nicht zur Last fallen konnten. Nach dem Unterricht machte sie sich auf den Weg zum Rhodes, um dort nachts in der Bücherei im Lager für Mikrofiches und -filme zu arbeiten. Unzählige Schachteln mit alten Archiven befanden sich dort in gigantischen Regalen auf Rollen, die auf Knopfdruck bewegt werden konnten. Miriam kletterte auf eine Leiter, sortierte und kennzeichnete bis in die frühen Morgenstunden. Durch den Job konnte sie etwas zu den Lebensmitteln und zur Strom-, Gas- und Wasserrechnung beitragen. Doch sie musste Lebensmittelmarken beantragen. Das wurde ihr klar, als sie Joan beim Vorbeifahren an einem Videoladen mit Blockbustern anblaffte. Joan hatte vor Freude gequietscht. Beschämt, weil sie den einen Dollar für die Ausleihe eines Hitchcock-Thrillers nicht aufbringen konnte, nannte sie Miriam egoistisch. Doch welches Kind will denn keinen Film sehen? Der Widerspruch zwischen Scham und Mutterliebe ließ Miriam einknicken. Sie hatte ihre Tochter gemaßregelt, nur weil diese wie ein Kind leben wollte.

Miriam ertappte sich auch dabei, dass sie Joan fast jedes Mal anschnauzte, wenn diese ihr Skizzenbuch öffnete. Joanie wollte alles zeichnen. Die dunklen Blumentapeten im Wohnzimmer, die Linien des Klaviers, die kettenrauchende August am Herd. War dem Mädchen denn nicht klar, in welcher Situation sie sich befanden? Wie um Himmels willen sollte Kunst ihnen da helfen?

Als Miriam und ihre Töchter in Memphis ankamen, waren ihr Konto und der Benzintank fast leer gewesen. August verdiente gutes Geld, aber längst nicht genug, um noch drei Münder und einen Wolf von Hund zu füttern. Miriam wurde klar, dass sie etwas tun musste, August auch. Sie war die ältere Schwester. Für sich und ihre Kinder musste sie selbst sorgen. Sie beantragte staatliche Unterstützung. Sie schämte sich nicht dafür. Es war immer noch besser, als Jax um etwas zu bitten, den Mann, der sie für nichts und wieder nichts geschlagen hatte.

Und Stanleys Sohn, der Herr segne den Mann, sagte kein einziges Wort. Er musste mehr als sein Äußeres von seinem verstorbenen Vater geerbt haben. Die einzige Frage, die Mr. Koplo junior stellte, als Miriam mit ihren Essensmarken auftauchte, war, ob sie Hilfe beim Nachhausetragen ihrer Taschen brauchte.

Nach einem Monat mit Spaghetti oder Reis mit Bohnen bescherten ihnen die Marken himmlisches Essen. *Gott sei Dank*, dachte Miriam. Sie hatte geweint, als Mya und Joan die Lebensmittel verstaut hatten; flüchtete ins Badezimmer und ließ das Wasser laufen, damit niemand sie hören konnte. Weinte vor Freude über einen vollen Kühlschrank. Nein, sie verstand nicht, wie Joan in ihrer Märchenwelt leben und die neue Armut, die sie nun meistern mussten, vergessen konnte. Warum konnte sie nicht mehr wie Mya sein? Realistisch, praktisch. Schon jetzt hervorragend in Mathematik und Naturwissenschaften. Wogegen Joan ihre besten Noten in ihren Lyrik- und Kunstkursen und in Geschichte hatte – Fächer, die es einer Schwarzen Frau im Leben schwermachen würden, auch nur einen Cent zu verdienen.

Nach den Lebensmittelmarken kam das Almosen einer Wohnzulage, die Miriam pflichtbewusst in voller Höhe an August weitergab, die immer gut mit Geld umgehen konnte und die für die Einkäufe der Familie verantwortlich war. August versuchte, die Erleichterung in ihrem Gesicht zu verbergen, als Miriam ihr den ersten Scheck gab, doch Miriam kannte ihre Schwester. Sie wusste, dass Geld wie eine Gewitterwolke über ihnen allen hing. Miriam schwor sich nicht nur, dass sie ihren Abschluss schaffen würde, nein *musste*, sondern dass es der beste ihrer Klasse sein würde.

Das Krankenhaus hatte ein kleines Café nur für die Bediensteten – Ärzt*innen, Krankenschwestern und Studierende –, wenn man eine Kaffeestation und trockene Bagels als Café bezeichnen wollte. Doch Miriam war für die Pause in ihrer Schicht dankbar. Mit ihrem Lieblingsgetränk in der Hand – schwarzer Kaffee mit Zucker – wartete sie darauf zu bezahlen.

Sie war seit acht Stunden auf den Beinen und hatte eine sechsstündige Schicht in der Bibliothek vor sich, die um acht Uhr abends begann. An dem Morgen hatte sie in der Dusche ein Auto, das Derek abholte, hupen gehört. Sie hatte den Kopf geschüttelt und sich weitergewaschen. Auch Miriam hatte Angst vor Derek, doch was konnte sie tun?

Sie hasste ihn nicht. Ihr Glaube hielt sie davon ab, einen Verwandten zu hassen, aber sie spürte einen Anflug von Mitleid, wann immer sie ihn sah. Vielleicht brauchte der Junge nur einen Vater. Doch traf das nicht auch auf ihre Kinder zu? Alles, was sie tun konnte, war, Derek und Joan auseinanderzuhalten, wenn sie zu Hause war. Und wenn sie nicht da war, darin waren sich Miriam und August einig, sollte er keinen Augenblick mit den Mädchen allein im Haus sein. Und niemals durfte er in das Quilting-Zimmer. Der östliche Flügel des Hauses war abgetrennt – in den Räumlichkeiten wohnten die Mädchen und Miriam. Die westliche Seite gehörte August und Derek. Die Küche wurde zum Mittelpunkt des Hauses und war der einzige Raum, in dem Miriam ihren Mädchen gestattete, mit Derek zusammen zu sein, wenn auch nur unter Aufsicht. Es schmerzte Miriam, die Dinge so zu sehen, aber es war nun einmal so: Derek war ein tollwütiger Hund, und ihre Töchter waren, auch wenn sie die Herzen von Löwinnen hatten, immer noch Kinder. Miriam liebte ihre Schwester und war dankbar für die Unterkunft, die sie ihr gewährte. Doch sie spürte eine andere, eine tiefere Art der Scham, wenn sie über den runden Küchentisch von Joan zu Derek blickte.

Sie schlurfte weiter in der Reihe erschöpfter Menschen, die an vorderster Front Krebs, Viren und Depressionen bekämpften. Betastete geistesabwesend die Kette ihres goldenen Rosenkranzes.

»Dieser Junge hat dieselben Augen wie Sie.«

»Wie bitte?«, sagte Miriam.

Die Stimme gehörte einem Chirurgen, den sie nicht kannte. Er stand hinter ihr in der Schlange. Auch er hielt seine Kaffeetasse in der Hand und zeigte damit zwischen Miriams Gesicht zu dem hoch an einer Wand montierten Fernseher hin und her.

Der Chirurg errötete, als Miriam ihn irritiert ansah. »Oh, verdammt, ich wollte nur einen Witz machen. War wohl zu lange im OP. Wollte Sie nicht beleidigen, Ma'am«, sagte er. »Ihr seht nicht *alle* gleich aus«, murmelte er mehr zu sich selbst als zu Miriam. Und dann laberte er weiter, er hätte eine Schar von Schwarzen Freunden, darunter seine besten. Immer noch verwirrt blickte Miriam genauer auf den Fernseher.

Der lokale Nachrichtensender brachte den täglichen Fünf-Uhr-Überblick. Miriam sah eine ihrer Lieblingsmoderatorinnen. Eine ernste Frau mit starkem Südstaatenakzent und hochgesteckten Haaren berichtete, dass es in Memphis schon wieder eine Schießerei aus einem fahrenden Auto gegeben hatte. Es sähe so aus, als würde der Bandenkrieg zwischen Kings Gate und den Douglass Park Bishops nicht in absehbarer Zeit vorbei sein, warnte die Sprecherin.

Verärgert wendete Miriam sich ab. Sie war nicht unbedingt überrascht, dass der Arzt sie mit dieser Geschichte in den Nachrichten in Verbindung gebracht hatte, aber es führte fast dazu, dass sie es bereute, für einen Kaffee hierhergekommen zu sein. Fast. Sie war erschöpft. Während die Schlange sich langsam vorwärtsbewegte, berichtete die Moderatorin weiter. Offensichtlich war ein Haus im südlichen Bezirk von Orange Mount, das angeblich einem bekannten Anführer der Kings Gate Mafia gehörte, zu einem weiteren Angriffsziel in diesem Sommerkrieg geworden. Durch einen tragischen Zufall, sagte die Sprecherin, war er zum Zeitpunkt der Schießerei nicht zu Hause gewesen. Statt seiner wurden seine Großmutter und sein drei Monate alter Sohn von einem Kugelhagel aus einer AK-47 durchlöchert. Eine Polizeistreife, die in der Nähe stand, hatte einen hellbraunen Chevrolet Impala davonrasen sehen. Miriams Nacken spannte sich an. War der Wagen, der Derek fast jeden verdammten Tag in diesem Sommer abgeholt hatte, nicht hellbraun?

Sie versuchte, gelassen zu wirken, und wendete sich langsam wieder dem Fernseher zu. »Nach einer kurzen

Verfolgungsjagd«, sagte die Moderatorin, »konnte die Polizei zwei Verdächtige festnehmen: den Besitzer des Fahrzeugs, einen Ricky ›Pumpkin‹ Howell, und einen noch nicht identifizierten Mann.« Dereks Fahndungsfoto flimmerte über den Bildschirm. »Beide Männer wurden verhaftet und befinden sich jetzt in Untersuchungshaft.«

Miriam hielt dem Arzt ihre Tasse hin, ohne die Augen vom Bildschirm zu wenden. »Hier, seien Sie ein Schatz und zahlen Sie bitte meinen Kaffee für mich.«

Ohne seine Antwort abzuwarten, suchte sie in ihrer Tasche nach den Schlüsseln für den Transporter, verließ in Sekundenschnelle das Café und rannte den Gang hinunter.

Sie fuhr, als stünde der Highway hinter ihr in Flammen. Überschritt das Tempolimit auf der I-40 und überfuhr auf der Warford eine rote Ampel. Doch es fühlte sich trotzdem an, als dauerte es so lange wie der Bürgerkrieg, bis sie zu Hause war.

Endlich erreichte Miriam die große gelbe Eingangstür des Hauses ihrer Vorfahren und stieß sie auf. »August!«, schrie sie. »Girls!«

Niemand antwortete.

Miriam hatte diese Tageszeit, die Dämmerung, immer am liebsten gemocht. Das späte goldene Licht reflektierte dann von den Buntglasfenstern in alle Richtungen im Wohnzimmer. Doch jetzt ließ das Abendlicht das Haus geisterhaft und verhext erscheinen.

Weiter nach ihrer Schwester rufend, ging sie in die Küche. An der Tür zu Augusts Frisiersalon zögerte sie. Sie atmete tief ein und fasste sich. »Gegrüßet seist du, Maria, voll der Gnade«, flüsterte sie, atmete aus und drehte den Türknauf.

Der Laden lag im Dämmerlicht. Allmählich nahm sie Miss Dawn wie eine Erscheinung wahr. Sie saß auf dem Sofa und hatte Joan und Mya auf dem Schoß. Miriam sah, wie sie Mya flüsternd über das Haar strich und ihr die in Strömen fließenden Tränen abwischte. Joan saß bewegungslos und ohne zu blinzeln da.

Miriams Augen überflogen weiter den Raum. Hinten im Dunkeln saß ihre Schwester, den Kopf aufgestützt, in einem der Frisiersessel. Daneben lehnte die Remington der Familie. Zwei Beamte der Spezialeinheit der Polizei von Memphis standen vor ihr und hatten ihre Protokollbücher gezückt.

Miriam hörte, wie ihre Schwester immer wieder, mehr als Feststellung denn als Frage, sagte: »Was hat er getan.«

Kapitel 19

HAZEL

1955

Der Beamte hinter dem Schalter sah nicht von der *Memphis Gazette* auf. Die wirren roten Haarsträhnen auf seinem Kopf wurden zum Scheitel hin dünner. Sein bleiches Gesicht voller Sommersprossen, so rot wie sein Haar, blieb hinter einer schwarz-weißen Zeitungsseite verborgen. Sie verkündete den Zwei-Punkte-Sieg der Cubs am Eröffnungstag über die Cincinnati Redlegs mit einem ganzseitigen Foto von Ernie Banks unter der Schlagzeile RETTER?. Der in die Zeitung versunkene Polizist stieß einen langen Pfiff aus.

»Scheiße. Das könnte deren gottverdammtes Jahr werden«, sagte er.

Hazel räusperte sich.

Der Beamte senkte das Blatt und sah sie aus seinen grünen Augen kurz an. »Fünfundzwanzig Dollar«, sagte er, schüttelte die Zeitung und hielt sie sich wieder vor das Gesicht.

»Wie bitte?«

»Fünfundzwanzig Dollar«, wiederholte er, ohne von seiner Zeitung aufzusehen. »Bar. Wenn du's nicht bar hast, jammere mir nichts vor. Ein Scheck tut's auch. Ausgestellt auf die Stadt Memphis. Aber der muss erst geprüft werden, verstehst du, und dann dauert es einen Tag, bevor wir ihn rauslassen. Also bleibt er noch eine Nacht. Oder cash.«

»Nein«, sagte Hazel, »ich bin hier, um meinen Mann zu besuchen.«

»Girl, was hab ich dir denn gerade gesagt?« Der Beamte legte verärgert die Zeitung auf den lachsfarbenen Tresen und starrte Hazel streng an. Auf dem Abzeichen an seiner Uniform stand in dicken Blockbuchstaben *C. Barnes*. Hazel erinnerte sich vage daran, dass Myron mal einen Witz über einen gewissen weißen Polizisten gemacht hatte, der so rot wie eine Scheune und dümmer und fauler als die Tiere darin war. Das musste er sein, dachte Hazel.

Für einen Moment vergaß sie sich. Wenn sie das Wort *Girl* hörte, sah sie sich instinktiv nach einem schweren und scharfen Gegenstand um, der das meiste Blut und den größten Schaden verursachen könnte. Dann erinnerte sie sich daran, dass sie nicht weiß war, dass sie eine Frau war, schwanger und an Myrons Arbeitsplatz. Sie atmete tief ein, legte eine Hand auf ihren umfänglichen Bauch und begann von vorn.

»Mein Name ist …«

Barnes schnitt ihr das Wort ab. »Fünfundzwanzig Dollar, und du kannst ihn heute Abend mit nach Hause nehmen. Du wirst mir doch nichts vorheulen wollen, oder? Mein Gott, falls doch, setz dich da drüben zu den anderen Mädchen. Ich will mich damit heute nicht mehr befassen. Ihr Leute kommt einfach hier herein, weint und glaubt, das könnte ohne die Kaution irgendetwas an eurer Situation ändern.«

»Nein!« Hazel hatte genug. Sie nahm die Hand von ihrem Bauch und ballte sie zur Faust. Dass sie damit auf den Tresen schlug, schockierte sogar sie selbst.

Barnes starrte sie an. Er faltete seine Zeitung zusammen und erhob sich von seinem Sitz.

Hazel wich einen Schritt zurück. Sie umklammerte ihre braune Tasche. Wählte ihre Worte sorgfältig und sprach langsam. »Ich bin hier, um Myron zu sehen. Myron North. *Officer* Myron North. Wenn Sie nichts dagegen haben. Bitte.«

Barnes blinzelte. Er schien zu verstehen. Dann zog er eine Grimasse. »Ich will verdammt sein«, sagte er und setzte sich. »Sie sind Norths Frau? Das wusste ich nicht. Ich meine, er erzählt ständig von Ihnen. Aber ich wusste … wusste nicht …« Er konzentrierte sich auf seine Hände, verfiel für einen Moment in Schweigen und sah fast kleinlaut aus. Plötzlich rief er: »Eugene!«

Hazel war erstaunt und wich noch einen Schritt zurück.

»Eugene! Verdammt noch mal«, schrie er lauter.

Aus einiger Entfernung antwortete eine tiefe Stimme. »Was?« Die näselnde Aussprache. Das war noch nicht einmal ein Memphis-Akzent. Klang tiefer. Tonaler.

Hazel wurde starr. Ihre Wut und ihre Beklemmung waren nicht verklungen. Und jetzt kam ein weiterer Polizist in den Raum. Einer mit Akzent. Hazel dachte, er klang genauso wie einer, den man bei einem Lynchmord hört. Oder einer Vergewaltigung.

»Verdammt, Eugene, komm mal her. Ich möchte dir jemanden vorstellen.«

»Herrgott«, sagte die Stimme. »Gib mir doch eine Minute. Ich bin von der Registrierung dieses Ni…s total tintenverschmiert. Herrgott.«

Ein kleiner stämmiger Mann mit gorillahaften Armen – haarig, dick, fleischig – kam um die Ecke. Tintenfingerabdrücke bedeckten sein Hemd mit dem weißen Kragen, und Hazel sah Schmierflecken da, wo er versucht hatte, sie wegzuwischen. Auf seiner rechten Brust war der Abdruck einer ganzen rechten Handfläche.

»Was zum Teufel ist denn los?«

Barnes richtete seine rote Krone auf Hazel. »Rat mal, wer das ist.«

»Weiß ich doch nicht, Casey«, sagte der andere und dehnte dabei die Vokale sichtlich verärgert. Er sah Hazel kaum an. Streckte seine tintenbeschmierten Hände in die Luft. »Verdammt, Maria Magdalena.«

»Das hier ist die Frau von North«, erklärte Casey.

Eugene hielt inne. Er nahm jetzt Hazels ganze Gestalt wahr, ihren im neunten Monat schwangeren Bauch, ihr zu einem hübschen Knoten geflochtenes Haar. »Zum Teufel, was macht ein Girl wie du mit North? Dorothy Dandridge persönlich kommt uns besuchen«, sagte er.

»Ich will meinem Mann etwas zum Lunch bringen«, erwiderte Hazel. Wie zum Beweis hielt sie ihre braune Tüte hoch.

»Ich wette, du kochst so gut, wie du aussiehst, Girl«, bemerkte Eugene.

Hazel versuchte, die Abscheu in ihrem Gesicht zu verbergen, indem sie sich auf die Lippe biss.

»Könnten Sie ihn bitte nach vorn holen?«, fragte sie, so höflich sie konnte.

Eugene bewegte sich nicht. Er stützte sich mit seinem verschmierten Unterarm auf den Tresen. »Wie um Himmels willen ist North an ein so hübsches Girl wie dich gekommen?«

Hazel schürzte ihre Lippen. Wollte antworten, besann sich aber eines Besseren.

»Und du hast offensichtlich ein hübsches kleines Girl in dir«, fuhr Eugene fort.

»Zur Hölle, Eugene, geh und hol ihn. Lass die Lady in Ruhe.«

»Ich bin nur freundlich, das ist alles«, sagt Eugene und wandte sich an den rothaarigen Casey.

»Müssen wir zu denen jetzt nicht freundlich sein? Hat das nicht der neue Captain gesagt?« Er drehte sich wieder zu Hazel um. Dann ging er mit ausgestreckter Hand auf sie zu.

Hazel bemerkte, wie der Horror sie fast überwältigte. Dieser weiße Mann wollte ihren Bauch berühren. Kam auf sie zu, um genau das zu tun.

In diesem Augenblick erschien Myron in seiner schwarz-weißen Uniform der Polizei von Memphis, und Eugene zog seine nur Zentimeter von Hazel entfernte Hand zurück. Er trat zurück, wobei ein hässliches Grinsen sein Gesicht entstellte.

Hazel, der nicht bewusst war, dass sie die Luft angehalten hatte, atmete lang aus. Der Anblick von Myron in irgendeiner Uniform – in der als Pullman Porter, in der blauen Uniform des Marine Corps an ihrem Hochzeitstag und jetzt in der eines Polizeibeamten – hatte ihr immer ein Gefühl von Sicherheit, Ruhe und Stolz vermittelt.

Im Vergleich zu Eugene war Myron eine hochgewachsene Weide. Seine Brille mit dem dicken Rahmen reflektierte das Indigo seiner Haut. Sein Gesichtsausdruck war alarmiert. Er ging schnell zu Hazel, zog sie an sich und fragte ruhig, aber bestimmt, was zum Teufel sie hier machte. Sie hielt die Papiertüte hoch.

»Lunch«, sagte sie.

Myron senkte den Kopf und küsste Hazel sanft auf die Wange.

»Ihr wisst doch, dass dies hier das Gefängnis und nicht das Gericht ist, nicht wahr?«, sagte Eugene ihnen.

Hazel hörte Barnes seine Zeitung aufschlagen. Er verbarg das Gesicht dahinter. Doch sie spürte seinen sengenden Blick durch das Papier.

Eugene beobachtete sie mit über der Brust verschränkten Armen.

Hazel dachte an ihre Mutter. Was hätte Della hier in dieser Polizeistation getan? Zwei weiße Männer, die ihre Tochter bedrängten. Sie glaubte, ihre Mutter hätte den verdammten Ort in Brand gesteckt. Mit den weißen Männern darin. Hazel musste sich beherrschen, nicht auf den Boden zu spucken, als Myron sie mit festem Griff aus dem Revier manövrierte.

»Du kannst nicht mehr hierherkommen«, sagte Myron scharf, sobald sie draußen waren. Es war sengend heiß auf der Beale. Keine Brise wehte vom Mississippi her, und selbst am Mittag war das Summen der Zikaden überwältigend. Myron führte Hazel zu einem Geschäft mit breiter Markise, damit sie sich in ihrem Schatten etwas ausruhen konnte. »Hier«, bedeutete er ihr und fügte dann hinzu: »Nie wieder.«

»Ich verstehe«, sagte sie.

»Das ... das ist nicht der Ort, an dem ich meine Frau sehen will«, sagte er mit weicherer Stimme. Mit einer Zärtlichkeit, die als Entschuldigung gemeint war, nahm er Hazel die braune Tüte aus den Händen. »Was haben wir denn darin?«, fragte er.

»Wels nach Art Po'Boy und etwas Krautsalat.«

»Du bist zu gut zu mir«, sagte er.

»Ich weiß.«

»Ich habe eine Kriegerin zur Frau.« Er schüttelte den Kopf und lächelte.

»Das stimmt«, sagte sie strahlend.

»Aber niemals wieder«, wiederholte er. Er legte seine Hand auf ihren geschwollenen Leib voller Leben und lächelte schwach. »Aber wir müssen nicht jetzt darüber reden, Hazel. Danke für den Lunch. Wie geht es meinem erstgeborenen Sohn?«

»*Ihr*«, sagte Hazel, »geht es heute sehr gut, Mann.« Während sie sprach, streichelte Myron ihren Bauch.

»Es ist ein Junge«, sagte er. »Ich bin mir nicht sicher, wie ich Frauen in diese Welt bringen könnte.« Er küsste Hazel sanft auf die Stirn. Eine von Myrons tausend zärtlichen Gesten, die Hazel am liebsten mochte. »Ich habe dich«, sagte er. »Trotzdem, nie wieder, hörst du mich?«

»Myron, du machst mir Angst. Worüber redest du? Ich habe allen, die es hören wollen, erzählt, dass mein Mann Memphis' erster Schwarzer Detective ist. Ich ... Wir sind so stolz auf dich, mein Liebster.«

Myron lehnte den Kopf zurück und schloss die Augen. »Sie lassen mich keine weißen Leute festnehmen.«

Hazel befreite sich aus seiner Umarmung. »Was?«

»Sie lassen das nicht zu. Ich bin ganz dicht dran an einem Fall. Ich kann hier nicht so viel darüber sagen, Baby.« Myron blickte über die Schulter und fuhr fort. »Aber ich weiß, wer es ist, ich weiß es. So ein weißes College-Kid hat sich in Memphis eingeschrieben. Ich hab ihn ausfindig gemacht und auf frischer Tat ertappt. Aber ich darf ihn nicht verhaften. Sie sagen mir, ich soll meine Beweise nochmals überprüfen. Sie denken, jeder John, der Frauen in einem Schwarzen Bezirk vergewaltigt, muss ein Schwarzer sein. Haben einen armen Burschen gefunden, dem sie die Sache anhängen können. So läuft das.«

Die Hitze machte Hazel jetzt zu schaffen. Sie fühlte sich

schwach. Und schon wieder hungrig. Mit aller Anstrengung gelang es ihr, sich auf die Zehenspitzen zu stellen und ihren Mann zu küssen. Die Liebe ihres Lebens. Sie hatten eine große Flut und einen großen Krieg überlebt. Sie würden auch dies überleben. Sie beugte sich zu ihm und rückte seine Krawatte zurecht. »Komm zu mir nach Hause«, sagte sie.

Die Abende in Memphis dienten der Entspannung. Endlich ließ die Hitze nach. Die Menschen in Douglass konnten wieder auf ihren geräumigen Vorderveranden zusammenkommen, dort sitzen und ihren Spaß haben. Männer kamen von der Arbeit bei Cotton Exchange, Memphis Sanitation oder auf einem Baumwollfeld. Sie hoben ihre braunen Arme, um ihre Nachbarn müde zu grüßen, während Kinder sich schon an ihre Beine klammerten. In den Türen standen Frauen, deren Silhouetten der Form von Pfirsichen, Birnen oder Äpfeln glichen und deren Haut alle Braunschattierungen aufwies. Kopfschüttelnd mit in die Hüften gestemmten Händen beobachteten sie die Szene. Das war die Zeit, in der auch Verehrer vorbeischauen durften. Junge Leute umarmten sich, saßen mit verschlungenen Beinen unter Decken und fragten einander: *Liebst du mich?* Gewöhnlich brachte irgendjemand eine Gitarre. Meist sang jemand den Blues. Einige überlegten, ob man nicht für eine Jukebox zusammenlegen könnte. Doch die älteren Leute lachten über diese Idee. Sie rollten eine Victrola heraus, setzten die Nadel auf die Rille und spielten Ma Rainey. Streunende Katzen tauchten an den Hintertüren auf und miauten nach Essensresten. Über all dem Gerede und der Musik waren sie kaum zu hören. Der Rauch von Zigarren und Barbecue vermischte sich zu einer Art Weihrauch, der Hazel immer hypnotisiert hatte. Doch seit ihrer Schwangerschaft wurde ihr schlecht von dem Geruch. Sie ertrug ihn nicht. Also saß sie in ihrem Wohnzimmer am Fenster, stützte sich auf ein Kissen, um sich das Quilten zu erleichtern, blickte hinaus und wartete auf Myron.

Sie legte das kleine rote Nadelkissen auf ihren Bauch. Doch das Baby in ihr war ruhelos und trat es immer wieder herunter.

»Wir werden uns wohl über alle möglichen Kleinigkeiten streiten, wenn du mich das nicht hierhinlegen lässt«, sagte Hazel lachend zu ihrem Bauch.

Sie war mit ihrem Quilt fast fertig. Als sie festgestellt hatte, dass sie schwanger war, hatte sie sofort damit angefangen. Sie stürzte sich in diese Arbeit. Sammelte im ganzen Haus Stoffreste, ging von Tür zu Tür zu den ehemaligen Kundinnen ihrer Mutter und fragte, ob sie etwas Grünes hätten. Obwohl sie den kleinen goldenen Fingerhut benutzte, den Myron aus einem Laden in Deutschland mitgebracht hatte, waren ihre Fingerkuppen von den Tausenden winziger Nadelstiche schwielig geworden. Doch sie hatte ihr ganzes Leben darauf gewartet, diesen Quilt zu nähen. Ihr Lieblingsstück: einen Lebensbaum.

Der smaragdfarbene Stoff umhüllte Hazel, als sie mit zusammengepressten Lippen die Nadel durch das Gewebe stach. Sie rückte den Quilt-Reifen auf ihrem Schoß zurecht. Es fiel ihr schwer, sich mit ihrem dicken Bauch und dem ovalen hölzernen Reifen, der den Quilt zusammenhielt, bequem hinzusetzen.

»Dieser Quilt wird fertig werden, hörst du mich?« Frustriert hörte Hazel auf, hin und her zu rutschen, und sprach wieder mit ihrem werdenden Kind. »Und nach dir krieg ich meine Figur wieder zurück. Mhm. Hast du mich verstanden? Mama kann nicht ewig so dick bleiben.«

Vielleicht lag es an der Musik. Hazel hörte jedenfalls nicht den laufenden Motor in der Einfahrt. Sie sah Casey Barnes, der seine Kappe unter den Arm geklemmt hatte, nicht aus dem Streifenwagen steigen und die Treppen zu ihrer Veranda heraufkommen. Sie war wahrscheinlich zu sehr damit beschäftigt, die Kissen in ihrem Rücken zurechtzurücken und den Nähreifen auf ihrem Schoß richtig zu platzieren, während das Baby in ihr strampelte.

Aber die Nachbarn mussten ihn gesehen haben, denn das Schrammen der Gitarre verstummte ebenso wie Mr. Emmanuels Stimme am Ende der Straße.

Überrascht von der plötzlichen Stille sah Hazel von ihrer Arbeit auf. Sie erblickte die roten Haare vor ihrer Eingangstür wie ein Omen, das schwarze Segel der *Argo*.

Sie warf den Quilt und ihr Nadelkissen auf den Boden, lief zur Tür und hinaus auf die Veranda.

Der Polizist stand vor ihr und murmelte vor sich hin. Myrons Streifenwagen war auf einem verlassenen Schrottplatz auf Mud Island gefunden worden. Sein geschundener, zerfetzter Körper war fast zwei Kilometer flussabwärts im Mississippi entdeckt und herausgezogen worden.

Bevor Hazel diese Nachricht verarbeiten konnte, fiel ihr das Benehmen des Mannes auf. Die Art, wie Barnes es vermied, ihr in die Augen zu sehen, war Beweis genug, dass – was auch immer Myron geschehen war – es kein Unfall gewesen sein konnte. Myron war ermordet worden. Von Mitgliedern ebender Einheit, die geschworen hatte zu beschützen, zu verteidigen und zu ehren.

Zuvor, an jenem Tag beim Ausnehmen der Fische, hatte Hazel um ihre Mutter getrauert. Sie wusste, was Verlust bedeutete. Sie konnte um ihre Mutter nur noch trauern und sie vermissen. Doch an diesem frühen Abend auf ihrer Veranda überkam sie Wut. Es war noch nicht Myrons Zeit gewesen. Nichts Natürliches hatte ihr den Mann genommen. Kein Herzanfall, nicht das Alter, kein Krebs. Dieser weiße Mann hatte sein Leben beendet. Einzig und allein das brachte Hazel zur Raserei.

Jetzt tat sie etwas, das sie schon immer hatte tun wollen. Sie sammelte alles, was sich in ihr zusammenzog im Rachen, warf ihren Kopf zurück und schleuderte dem Polizisten einen Klumpen Spucke ins Gesicht. Er landete direkt über seinem linken Auge und lief wie ein an die Wand geworfener Eidotter an seiner Nase hinunter.

Barnes hielt einen Moment inne. Dann lachte er überrascht und nervös auf, senkte den Kopf und wischte sich mit einem weißen Taschentuch das Gesicht ab. »Du hast Glück, dass du schwanger bist«, sagte er.

»Du hast auch Glück, dass ich schwanger bin«, brüllte sie in einer Tonlage zurück, die sie von sich nicht kannte, und starrte ihm mit purem Zorn im Herzen direkt ins Gesicht. »Denn wenn ich die Kraft hätte«, sagte sie und zeigte mit zitterndem Arm auf den großen Magnolienbaum in ihrem Hof. »Ich würde dich gleich hier aufhängen. Würde zusehen, wie dein Körper verrottet. Ein Picknick darunter machen.«

Ununterbrochen kichernd setzte Barnes seine Kappe auf und ging langsam rückwärts die Verandatreppen hinunter. Eugene erwartete ihn hinter dem Steuer des Wagens mit laufendem Motor. Er lächelte breit wie eine Grinsekatze.

Nachdem sie weg waren, sank Hazel schreiend auf den Steinboden ihrer Veranda. Die Männer und Frauen der

Locust Street, die zu ihrer Hilfe herbeigeeilt und gerannt gekommen waren, mussten sie ins Haus tragen. Dann passierte etwas Ruhiges und Schönes.

Ganz Douglass – die verliebten Teenager, die erschöpften Arbeiter und die noch müderen Frauen –, alle kamen zu den Verandatreppen des Hauses, das Myron für Hazel gebaut hatte. Sie standen im Vorgarten, kletterten auf die Äste der Magnolie und setzten sich, wo auch immer sie einen Platz fanden. Die ganze Nachbarschaft hielt Wache in dieser Nacht. Die ganze Nacht. Niemand sagte ein Wort. Sie alle bewachten Hazel und ihr Baby. Einige der Männer holten ihre alten Kriegsuniformen. Standen salutierend vor dem Haus. Die ganze Nacht.

Eine Woche später presste Hazel ihre Tochter in die Welt. Am selben Tag verkündete die Schlagzeile der *Memphis Gazette*: DIE NATION IST ENTSETZT ÜBER DEN LYNCHMORD AN EINEM CHICAGOER JUNGEN NAMENS EMMETT TILL.

Hazel war außer sich, als sie die Nachricht las. Mit dem Apfelsirup, dem Earl-Grey-Tee und einem Stück harten Maisbrot hatte eine weiße Pflegerin die Morgenzeitung auf Hazels Frühstückstablett gelassen. Sie hatte keine Sekunde darüber nachgedacht. Der Sicherheitsdienst wurde in den Kreißsaal gerufen, als dieselbe Krankenschwester um Hilfe schrie. Die Wachen mussten Hazel zurückhalten. Sie banden ihre Handgelenke am Bett fest und wichen dabei ihren Zähnen und Nägeln aus, die das nächstbeste Stück weißes Fleisch, das sie finden konnten, zerreißen wollten.

Die junge Mutter hatte die Zeitung in Brand gesteckt und beobachtete die zu Boden fallende Asche.

Hazel taufte ihre Tochter Miriam. Ein Mädchenname, der dem Namen Myron am nächsten kam.

Teil III

Kapitel 20

JOAN

2001

Der Herbstbeginn im Süden war etwas ganz Besonderes. Die Sommerhitze – ein sich langsam fortbewegender Tornado – hatte die Region endlich verlassen. Die Nächte waren angenehm kühl. Wir konnten ungestört auf der Veranda sitzen, denn es gab weniger Bienen, weniger Vögel und außerdem weniger Katzen. Selbst die Magnolienbäume in Memphis, auch der große in unserem Hinterhof, trugen nur noch wenige Blüten. Der Pflaumenbaum an der Hausseite hatte schon vor einiger Zeit seine letzten Früchte verloren, doch um seinen Stamm herum war der Boden noch indigoblau. Die Sträucher, die Ahorne und Kirschbäume entlang der Popular Avenue zeigten schon einen Hauch von Maishülsengelb. Es schien, als hätte Gott Butterflocken auf jedes Blatt gelegt und als würden bei einer Brise die Bäume sanft entflammen. Herbst im Süden bedeutete, Midas stieg herab und berührte alles. Die Bäume schienen aus Gold zu sein. Blätter wurden zu Kupfermünzen, mit denen der Wind spielte.

Es war der Beginn meines ersten College-Jahres. Durch das Klassenzimmerfenster meines Kurses in amerikanischer Geschichte konnte ich sehen, wie der Ahorn im Septemberwind allmählich purpurrot wurde. Mr. Harrison stand vorn im Raum und dozierte über Roosevelts New Deal, während er die Tafel säuberlich mit Details beschriftete.

Mr. Harrison, ein ruppiger Mann, dessen Akzent mich an den eines alten Konföderierten-Generals erinnerte, war ein heimlicher Liberaler und glühender Cubs-Fan. Ein Diamant im rauen Süden. Ich hatte ihn schon in der zehnten Klasse gehabt, und nachmittags ließ er mich in seinem Zimmer sitzen und zuhören, wie die Cubs gegen unsere Erzfeinde, die Cardinals, spielten. Er war ein akzeptabler weißer Mann, aber keiner, dem ich trauen konnte. Der Mensch vermittelte in seinem Unterricht immer noch, es sei im Bürgerkrieg um die Rechte von Staaten gegangen.

»Ja, das Recht von Staaten, Menschen zu besitzen!«, hatte ich im letzten Jahr in das erstaunte Schweigen mitten in eine seiner Vorlesungen gerufen.

Meine Gedanken schweiften ab, während er weiter über den New Deal dozierte und dabei zwischen den Tischreihen auf und ab ging. Ich liebte das Fach Geschichte, aber ehrlich gesagt passte ich nur richtig auf, wenn es um den Bürgerkrieg ging oder um Stalingrad oder die Schlacht an der Marne. Kriege faszinierten mich. Wie um Himmels willen konnte sich ein Mann bei Verstand in einen Kugelhagel werfen – sagen wir, am D-Day? Hatten sie nicht schreckliche Angst? Die Chancen, etwas wie die Marne oder Shiloh zu überleben, waren doch ganz gering. Wussten die Männer das nicht? Standen sie einfach da und warteten auf den Tod? Wussten sie, dass sie dem Unheil geradewegs in die Arme liefen? Wussten sie nicht, dass es keine Rolle spielte, wer sie waren, wen sie liebten oder was sie schon alles durchgemacht hatten? Die Bomben und Kugeln würden sie ohne Unterschied niedermähen.

Wie mich, dachte ich plötzlich. *So wie mich, als ich vor sechs Jahren Auntie Augusts Haus betrat, obwohl ich wusste, was darin lebte.*

»Joan«, sagte Mr. Harrison warnend. Er kam zu meinem Tisch und blickte auf mein Notizbuch, in dessen Ecke ich den Ahornbaum skizziert hatte.

»Sorry«, sagte ich. »Ich höre zu.«

Ich fühlte mich schuldig, als ich die Enttäuschung in seiner Stimme hörte, und begann, von der Tafel Notizen zu machen, als er seine Vorlesung fortsetzte. Meine Lehrer und ich hatten eine Übereinkunft getroffen. Ich sollte nicht während des Unterrichts zeichnen und durfte dafür alle Kunstkurse, die Memphis einer Studienanfängerin zu bieten hatte, besuchen. Was in meiner Schule an Materialien für Kunst fehlte, machte ich auf andere Weise wett. Ich zeichnete auf alles, was mir unter die Finger kam – Schmierpapier, die Rückseite von Klausuren. Mit Mya durchstöberte ich die Five-and-Dimes-Läden in Memphis auf der Suche nach Pinseln. Meine Lehrer wussten, dass ich begabt war – und dass die Douglass High diese Begabung nicht fördern konnte. Also war ich jetzt in meinem ersten Kurs auf College-Niveau eingeschrieben – Kunst. Diesen Unterricht hatte ich samstags auf dem Campus des Rhode College. Auntie August brachte mich dorthin, weil Mom immer arbeitete oder studierte. Wir fuhren mit unserem alten Familienauto, dem Coupe de Ville, über den North Parkway zu der steinernen Festung, die Rhodes hieß. Ich liebte diese Fahrten. Auntie August sang zu Songs aus dem Radio und konnte den Stolz auf ihrem Gesicht kaum verbergen.

Heute war erst Dienstag. Das bedeutete noch vier ganze Tage, bis ich wieder dorthin gehen und die Erleichterung genießen konnte, die das Arbeiten in einem funktionierenden Kunstraum mir verschaffte. Douglass High hatte einfach nicht die Einrichtungen für die Art Kunstunterricht, nach der ich mich sehnte. Ich brauchte Staffeleien von der Länge eines Raums, menschengroße Leinwände und nackte Modelle jeder Race und jeglichen Genders in allen Formen und Größen. Ölfarben waren teuer, und ich wollte einen Regenbogen davon. Ein Satz mit zehn Farben konnte fünfzig Dollar und mehr kosten. Und die Pinsel, die ich brauchte, waren aus dem Schweif eines ungezähmten Pintos gemacht. Meine Leidenschaft war nicht billig.

Ein Mann namens Professor Mason war der Vermittler meiner Kunstabmachungen gewesen. Er war ein ziemlich exzentrischer, kleiner, kahlköpfiger Schwarzer Mann und hatte die Farbe eines Kamels. Allmählich war er zu meinem Mentor geworden. »Was zum Teufel machen wir denn, wenn wir eine mit diesem Talent nicht in College-Klassen zulassen, Highschool-Schülerin hin und her.« Ich hatte gehört, wie er dies im Zulassungsbüro von Rhodes sagte. Und das war's. Ich war drin.

Ich hatte mich noch nie so respektiert gefühlt. Obwohl dies College-Kids waren – die meisten von ihnen weiß – und ich erst sechzehn, sprachen wir uns alle mit »Mr.« Oder »Miss« an. Ihre Beurteilungen und ihre Kritik meiner Arbeit waren sehr hilfreich für mich. »Versuch diesen Pinsel«, oder: »Hast du schon Radierungen ausprobiert? Das könnte dir mehr Freiheiten geben, als du glaubst.« Oder: »Kannst du gut mit Wasserfarben umgehen, Miss North?« Die vielen Stunden, die ich an der Seite dieser ernsthaften Kunststudierenden verbracht hatte, verschafften mir so viel Respekt, dass ich auswählen durfte, welchen Radiosender wir während unserer Arbeit hörten. Ich wählte jedes Mal das Spiel der Cubs.

Eines Tages hatte Professor Mason genug. Wütend stieß er seinen Stock auf den Boden, ging elegant zu einem Schrank, holte Kopfhörer hervor und hielt sie mir vors Gesicht. »Nimm die.«

»Aber Zambrano wirft gerade!«

Sein Blick war so zornig, dass ich die Kopfhörer nahm.

Und jetzt schien es, als zöge sich der Kurs zur US-amerikanischen Geschichte ewig in die Länge. Ich versuchte, mich auf Mr. Harrisons Stunde zu konzentrieren, doch die Ahornblätter glitzerten im Sonnenlicht und wetteiferten um meine Aufmerksamkeit. Zum tausendsten Mal sehnte ich mich nach der Freiheit, den ganzen Tag malen zu können.

Ich dachte zurück an den Monat August, an eine unserer frühen Samstagmorgenfahrten zum Rhodes. Auntie August hatte zu Anita Bakers »Caught Up in the Rapture of Love« gesungen. Ihre Stimme war noch kraftvoller und lieblicher als die von Anita selbst. Sie erreichte hohe Töne und fügte ein Vibrato an Stellen hinzu, wie es sonst nur eine ausgebildete Stimme konnte.

I love you here by me, baby. You let my love fly free.

»Auntie«, fragte ich, »warum liebst du den Herrn nicht?« Auntie August ging nie mit uns zur Sonntagsmesse. Stattdessen schlief sie länger und hatte für Mama, Mya und mich das Frühstück zubereitet, wenn wir hungrig zurückkamen. Und obwohl ich auch wenigstens einen Sonntag mal gerne länger geschlafen hätte, hielt ich es für meine Pflicht, zur Kirche zu gehen. Welche Fähigkeiten als Künstlerin ich auch immer hatte, ich wusste, ich verdankte sie meinem Schöpfer. Ja, ich übte viel. Zeichnete alles, was ich sah, seit ich alt genug war, einen Bleistift zu halten. Doch es war meine katholische Pflicht, dieses Talent zu pflegen. So schmerzhaft das auch manchmal sein mochte. Ich knackte mit meinen Handgelenken, weil ich bereits fürchtete, Arthritis könnte mein ständiger Feind werden. Es hatte mich ein ganzes Jahr gekostet, bis ich Fingerspitzen zeichnen konnte, und ein weiteres für das Malen der Venen einer Hand, sie zu schattieren, sodass sie echt wirkten. Bis Miss Dawns Hände so aussahen, als könnte man sie schütteln, dauerte es nochmals ein Jahr.

Auntie August hatte aufgehört zu singen und lachte. »Philosophin Joan, du verstehst es wirklich, einem die Laune zu verderben.« Sie konzentrierte sich auf die Straße, bog elegant nach links in die Auffahrt zum Sam Cooper Boulevard und sagte dann: »Was hat dieser weiße Mann jemals für mich getan? Hat mir meine Mama weggenommen. Das hat *Er* getan.«

Die Art, wie sie »Er« sagte, so voller Bitternis, ließ mich verstummen. Nach einer Weile sagte ich: »Er hat dir diese Stimme gegeben.«

Da lachte sie noch lauter. »Und was, meine Liebe, hat diese Stimme uns gebracht?«

»Ich mag sie, Auntie. Ich freu mich immer auf unsere Fahrten. Die ganze Woche lang.«

Sie warf mir einen Blick zu. Auntie August hatte eine scharfe Zunge, aber so wie Mya auch eine sensible Seite, die sie nur ungern zeigte. »Du bist hoffentlich dieses Benzingeld wert und malst irgendwann einmal die Sixtinische Kapelle oder so einen Scheiß.«

Ich verdrehte die Augen und verschränkte die Arme. »Nicht wenn es nach Mama geht«, sagte ich und konnte die Verbitterung in meiner Stimme nicht verbergen.

Die Auseinandersetzungen zwischen Mama und mir waren legendär geworden, so alltäglich wie Auntie Augusts cremefarbener Kimono. Es schien mir so, als blickte sie mir jedes Mal über die Schulter, wenn ich mein Skizzenbuch öffnete, um mir zu sagen, ich solle es weglegen. Als ich mich einmal weigerte, erschütterte unser Geschrei das ganze Haus. Erinnerte mich an Daddy.

»Du kannst wirklich einen guten Song ruinieren, Joan«, sagte Auntie August.

»Sorry, Auntie.«

»Deine Mama will nur das Beste für dich. Das ist alles«, hatte meine Tante gesagt, als sie den Wagen vom Cooper Boulevard auf den North Parkway lenkte.

Ich blickte mich verstohlen im Raum um, wenn Mr. Harrison mir den Rücken zuwandte, skizzierte die Winkel der Tische und Stühle und tat so, als wären es Notizen zur Vorlesung. Möglicherweise wollte Mama nur mein Bestes, aber vielleicht wusste sie gar nicht, was wirklich das Beste war. Im vergangenen Sommer hatte sie mir über die Schulter geschaut, als ich eine Vase mit Blumen skizzierte. Sie hatte den Kopf geschüttelt und gesagt: »Girl, du bist genau wie dein Vater.«

Ich sprach nur noch selten mit Daddy, nachdem wir Camp Lejeune verlassen hatten, und hatte ihn seitdem nicht gesehen. Er schickte Geburtstagskarten mit Plattitüden in säuberlichen Lettern und Geschenke, die nie zu mir passten: ein Armband mit Anhängern, einen Gameboy, einen Satz Lidschatten. Ich hätte lieber Ölfarben gehabt. Tinte. Papier. Leinwand. Bleistifte. Offen gestanden hätte ich lieber einen *Vater* gehabt. Wie er uns hatte verlassen können, blieb mir ein Rätsel. Ja, wir waren in einem Kastenwagen geflohen. Aber warum zum Teufel war er uns nicht gefolgt? Warum hatte er nicht um uns gekämpft? Warum hatte er uns niemals in Memphis besucht? Warum war ihm seine Karriere wichtiger als ich? Warum hatte er Mama ein blaues Auge geschlagen? Es war fast lila.

Mya redete immer noch mit ihm. Ich erwischte sie öfter an dem alten Drehscheibentelefon im Flur neben dem Badezimmer. Sie drehte die Schnur in der Hand und flüsterte. Ich machte ihr keinen Vorwurf. Wie sollte ich? Sie wollte einen Vater.

Ich konnte sehr gut ohne die ganze Blase leben – Männer konnten mich nur enttäuschen. Derek saß seine lebenslange Haftstrafe im Riverbend-Maximum-Security-Gefängnis ab, einen Steinwurf von Nashville entfernt. Auntie August besuchte ihn jeden Monat. Sie kam dann mit trüben Augen von der dreistündigen Fahrt zurück, und ihre Depression hielt eine ganze Woche lang an. In dieser Zeit verlor das Haus seine Magie. Auntie August war dann nur ein Schatten ihrer selbst. Sie machte zwar noch Haare, aber keine exotischen oder gewagten Schnitte. Was sie kochte, war fast geschmacklos, ohne Würze und die üblichen köstlichen Feinheiten. Auf unsere Fragen antwortete sie einsilbig, rührte ihren Teller kaum an und ging früh zu Bett.

An dem Abend, als Derek verhaftet worden war, saßen Mya und ich im Frisierladen. Die meisten Kundinnen waren schon gegangen. Nur Miss Dawn war noch für das übliche Waschen und Legen da gewesen. Das war jetzt vier Jahre her, aber ich erinnerte mich noch glasklar daran. Ein lautes Hämmern an der Eingangstür zum Patio hatte uns alle aufgeschreckt. Es klang nicht nach einer Frau, die zum Haaremachen kam. Auntie August legte einen Finger auf die Lippen. Sie rannte ins Haus, und als sie zurückkam, hielt sie ein Gewehr in den Händen. Sie eilte zur Tür, zog den Vorhang zurück und öffnete langsam die Tür, um die beiden Polizisten einzulassen.

Mya und ich liefen zu Miss Dawn und versteckten uns hinter dem Stuhl. Ich mag keine Polizisten. Mya auch nicht. Ich war damals erst zwölf und wusste, wenn sie kamen, waren die Streitereien meiner Eltern eskaliert.

Ich erinnerte mich daran, dass Auntie August in scharfem Ton fragte, ob die beiden weißen Beamten das Schild vor ihrer Ladentür gelesen und ob sie einen Durchsuchungsbeschluss hätten, und an ihr fassungsloses Gesicht, als diese das bejahten.

Später an jenem Abend saßen wir entsetzt und schweigend an unserem Küchentisch. Meine Mom hatte getan, was sie konnte – uns allen Tee gemacht. Mya war, den Kopf in Auntie Augusts Schoß, eingeschlafen. August hatte den Kopf auf den Tisch in die Armbeuge gelegt.

Meine Mom hatte ihre braune Hand auf die zitternde ihrer Schwester gelegt. Sie griff über den Tisch und nahm meine, sodass wir wie bei einer Séance schienen. »Wir stehen das durch«, hatte sie gesagt.

Ich zog meine Hand zurück. »Für diese Nacht habe ich mein ganzes Leben gebetet«, antwortete ich.

»Joan«, sagte meine Mom scharf und vorwurfsvoll.

»Er ist weg«, erwiderte ich. »Ich bin endlich sicher. Frei. Wir alle sind jetzt frei.«

Auntie Augusts hämisches Lachen schallte durch die ganze gelbe Küche. Es schien selbst die Dachsparren zu erschüttern. »Frei?« Ihr Lachen war spitz und von derselben Bitternis erfüllt, wie als ich sie nach Gott gefragt hatte. »Eine Schwarze Frau kennt die Bedeutung dieses Wortes nicht, meine Liebe.«

»Joan«, sagte Mr. Harrison wieder und rief mich in die Gegenwart zurück. Er stand vorn im Klassenzimmer und hatte ein Stück Kreide in der Hand. »Du zeichnest schon wieder, nicht wahr?« Er seufzte, klang aber nicht verärgert. Eher resigniert.

Verdammt, dachte ich und blickte auf meinen Notizblock. »The New Deal« stand da in meiner Handschrift … und sonst nichts. Viele Zeichnungen des Raums. Der Ahorn. Zufällige, halb fertige Zeichnungen.

Ich seufzte auch. Vor unserer nächsten Klausur würde ich in die Bibliothek gehen und nachlesen, was zum Teufel der »New Deal« war. *Du bringst mich noch um, Lehrer. Gib mir einen Krieg!*, stöhnte ich fast laut. *In einem Krieg kämpfen die Menschen wenigstens für etwas*, dachte ich. Wofür kämpfte ich? Schlafen, essen und in dem Kalten Krieg aufwachsen, der zwischen mir und Derek geführt wurde und dann zwischen mir und der Erinnerung an Derek? Darum, mit Würde da herauszukommen, nahm ich an. Darum, Mya sicher da durchzubringen. Darum, Mama trotz unserer Auseinandersetzungen zu ermöglichen, ihren eigenen Weg zu gehen und Krankenpflegerin zu werden. Darum, sicherzustellen, dass Auntie August etwas gegessen hatte, bevor sie ins Bett ging.

Mein Blick wanderte wieder zum Fenster, aber ich studierte den Ahornbaum nicht länger.

Mama hatte uns unzählige Geschichten über Papa Myron erzählt. Die Liebe zu seiner Frau wurde zur Legende in unserem Haushalt. Mama und Auntie August erwähnten den Lynchmord nur selten, aber er überschattete all unsere Gedanken an ihn. Ich fragte mich, ob er an der Front jemals Angst gehabt hatte. Ob er dort mehr Furcht empfunden hatte als in dem Moment, in dem seine Polizeikollegen ihn überfielen. Ein Mann, dessen Liebe groß genug gewesen war, um Grandma Hazel das Haus zu bauen, in dem wir nun alle lebten – hätte er im Ernstfall getötet? Es war einfacher, sich vorzustellen, dass mein *Daddy* das getan hätte. Schwerer zu glauben, dass *er* jemals Angst hatte. Hatte er sich deshalb für die Marines entschieden, war er schon immer so? Oder hatten ihn die Marines so wütend und gewalttätig gemacht?

Der Wind kam wieder auf und schüttelte ein Blatt vom Ast, es fiel außer Sichtweite. Unbehaglich rutschte ich auf meinem Stuhl hin und her. Ich musste daran denken, dass ich manchmal eine so unbeschreibliche Wut in mir spürte, als Derek noch bei uns lebte, dass ich glaubte, töten zu können. Vielleicht unterschied ich mich nicht so sehr von Daddy. Ein unangenehmer Gedanke. Vielleicht hatte er mich sogar so gemacht, überlegte ich wütend. Aber mein Zorn war zum Teil aus Furcht entstanden. Das beruhigte mich, bis mir der überraschende Gedanke kam, dass ich mich auch darin vielleicht gar nicht so sehr von meinem Vater unterschied. Wenn Derek mich ärgerte, vor allem als wir am Anfang in Memphis lebten, musste ich mich zusammennehmen, um nicht irgendetwas zu zerbrechen – irgendein antikes Stück im Haus zu nehmen und es gegen die Wand zu knallen. Ich hatte lernen müssen, diese Wut zu kontrollieren. Ich ging weg, stritt mit mir selbst. Ich verließ den Tisch, aß allein auf der Veranda und beruhigte mich. Warum, um Himmels willen, hatte mein Vater nicht das Gleiche tun können? Und wovor musste mein Daddy überhaupt Angst haben?

»Joanie!«

Verwirrt sah ich nach vorn. Das war nicht Mr. Harrisons Stimme – und niemand in diesem Klassenzimmer nannte mich jemals »Joanie«.

Mya war aufgetaucht. Sie stand in der Tür zum Klassen-raum. Ihre Haare waren zerzaust. Auntie August achtete immer darauf, dass unsere Haare morgens ordentlich ge-kämmt und gescheitelt waren, aber Myas sahen jetzt un-gemacht aus. Ihre Augen waren groß, und – mein Herz-schlag wurde schneller – sie weinte.

Aber Mya konnte doch gar nicht hier sein. Das war un-möglich. Sie sollte in Orchestra sein, ihrer ersten Klasse in der Douglass Middle. Die Mittelschule war nur einen Block die Straße hinunter von der Douglass High entfernt. Aber da stand Mya, atemlos, und suchte im Raum nach meinem Platz. Hinter ihr erblickte ich Miss Oakley, eine Lehrerin der Orchestra-Mittelschule. Die Schülerinnen und Schüler saßen neugierig und schweigend da. Alle Augen waren auf meine Schwester gerichtet.

Ich stand auf. Mya kam zu mir gerannt. Sie warf mich fast um und vergrub ihr Gesicht an meiner Schulter. Ihre heißen Tränen durchnässten meine Bluse.

»My, sprich mit mir«, flüsterte ich ihr ins Ohr. »Was ist los?«

Ich wusste nicht, ob sie sprechen konnte. Ihre Schultern bebten vor Schluchzen. Doch jede Person in diesem Klas-senzimmer, alle auf dem Flur – Scheiße, jede Seele in North Memphis hörte Mya wahrscheinlich, als sie ihren Kopf hob, mich ansah und heulte, dass Flugzeuge vom Himmel fielen und eines Daddys Arbeitsstelle getroffen hatte.

Kapitel 21

JOAN

2002

Wie schon in meinem ersten Highschool-Jahr hatte ich in diesem Herbst an den Kunstkursen am Rhodes College teilgenommen. Rhodes organisierte jedes Jahr eine kleine Ausstellung mit den Arbeiten aller Kunststudierenden, und im vergangenen Frühjahr waren meine zum ersten Mal dabei. Ich war die einzige Highschool-Schülerin, deren Werk dort präsentiert wurde. Ich bin mir nicht sicher, aber ich glaube, aus diesem Grund haben sie mir ein volles Stipendium für das folgende Jahr angeboten. Das war die einzige Möglichkeit für mich, an den Kursen teilzunehmen. Es war die Erfüllung eines Traums. Ich hatte es einzig und allein Professor Mason zu verdanken. *Du hast Biss, Mädchen*, hatte er gesagt, als er hinter mir stand, während ich malte. Er strich sich über seinen langen weißen Bart und wiederholte: *Du hast Biss, Mädchen*.

An einem Samstag bat er mich, noch etwas zu bleiben.

»Joan?«

Die Studentinnen und Studenten verließen nach und nach das jetzt dunkle Studio. Ich war über meine große Mappe gebeugt und packte meine Stifte ein.

»Professor Mason?«

Er stützte sich auf seinen kunstvoll geschnitzten Ebenholzstock und hob die freie Hand.

»Nenn mich Bartram.«

»Das tu ich nicht. Mama würde mich zerreißen«, lächelte ich.

»Hör mal, Joan. Wohin gehst du anschließend?«

»Nach Hause«, sagte ich.

»Du weißt verdammt gut, was ich meine.«

»Sie *wissen* doch, wohin ich gehe«, antwortete ich argwöhnisch und packte weiter meine Sachen ein.

Rhodes. Obwohl der Streit mit meiner Mutter schon einen Monat zurücklag, kochte er in meinen Gedanken immer noch hoch. Ich hörte ihre Stimme: bittend, trotzig, so wie meine eigene.

»Sie haben dir ein *volles* Stipendium angeboten, Joan«, hatte sie gesagt. »Du gehst dahin.«

Wir waren alle in der Küche gewesen – ich, Mama, Mya und Auntie August, die das fleischlose Freitagabendessen auf die Teller legte: gebratenen Barsch mit Butter und grünen Bohnen, die Mya und ich nach der Schule im Garten gepflückt hatten.

»Ich kenne das Kunstprogramm von Rhodes wie mich selbst, Mama. Ich kann da nichts mehr lernen.«

»Du wirst verdammt noch mal lernen, Ärztin zu werden!«

Ich hatte meine Mutter noch nie fluchen hören. Sie hatte mit der Faust auf den Küchentresen geschlagen, als sie das sagte, um der Endgültigkeit ihrer Aussage Nachdruck zu verleihen.

Mya brach in Tränen aus. Trotz all ihrer Streiche und Frechheiten hatte My eine sensible Seite. Sie hasste es, wenn Mama und ich uns stritten, aber das kam, wie es schien, immer öfter vor.

»Hört damit auf. Seht, was ihr mit My macht«, sagte Auntie August und hörte auf, Filets auf Myas Teller zu legen. Sie setzte sich neben sie in die Essecke und nahm sie in die Arme.

Mama seufzte erschöpft. Sie stand am Tresen und konnte keine von uns ansehen, als sie langsam und müde, jede Silbe betonend, sagte: »Ich will nur nicht, dass du arm bist, Joanie. Gott weiß, du kannst zeichnen. Aber wenn ein Mann dich plötzlich verlässt ... oder du ihn, wie willst du überleben? Bilder in den Straßen verkaufen? Nenne mir einen erfolgreichen Künstler mit einem dunklen Gesicht. Mit Brüsten. Nenne mir eine berühmte Schwarze Künstlerin. Los. Ich warte. Werd Ärztin, Joan, um Himmels willen werd Ärztin.« Sie hielt einige Sekunden inne und flüsterte dann: »Wie nett sie auch sein mögen, es kümmert mich einen Dreck. Keine meiner Töchter wird Lebensmittelmarken in weiße Hände drücken.«

Ich wollte das auch nicht – Armut und die Scham, die sie mit sich bringt –, aber ich würde das Risiko eingehen, den Rest meines Lebens chronisch arm zu sein, wenn ich nur zeichnen konnte. Kunst bedeutete mir mehr als alles andere. Wenn es eine Chance gab, dass ich davon leben konnte, wie bescheiden auch immer, musste ich es versuchen.

Professor Mason stieß mit seinem Stock hart auf den Holzboden, um meine Aufmerksamkeit wiederzuerlangen, und holte mich damit zurück in die Gegenwart. Wir hatten Aktmodelle gezeichnet, und er ging zu einem der Hocker und setzte sich. Der Raum war jetzt leer. Es roch nach gespitzten Bleistiften und Papier. Das war etwas anderes als Mamas Cobbler-Gebäck und Auntie Augusts Hühnchen mit Knödeln. Ich kannte keinen schöneren Geruch als diesen hier.

»Geh nach London«, sagte er.

»Wie bitte?«

»Geh nach London« wiederholte er. »Du bist zu groß für Memphis. Ich sage es ungern, aber Rhodes kann dir nicht mehr beibringen, als ich es schon getan habe. Das College nimmt noch Bewerbungen an, und ich kenne dort jemanden. Keine Widerrede«, sagte er, als ich protestieren wollte. »Ich habe schon ein gutes Wort eingelegt. Jaja, schimpf nicht mit mir. Ich bin ein alter schwuler Mann in Memphis. Ich mache, was auch immer zum Teufel ich will, meine Liebe. Und du solltest das auch tun.«

Das College. Ich wusste genau, welches er meinte. Es war lächerlich. Ich schüttelte den Kopf. Vielleicht hatte Mama recht. Ich konnte keine Ärztin werden, nicht mit meinen Fähigkeiten in Naturwissenschaften. Mya erledigte fast alle Biologie-Hausaufgaben für mich. Aber Anwältin könnte ich leicht werden. Schreiben, Geschichte und Argumentieren waren mir schon immer leichtgefallen. Vielleicht nebenbei Kunst machen. Vielleicht in Teilzeit oder im Sommer unterrichten. Vielleicht sogar im Ausland. So könnte ich etwas von der Welt sehen, einen anständigen Job im Hintergrund haben und Mama stolz machen. Die erste Anwältin in der Familie ...

»Meine Familie ...«

»... wird Verständnis haben«, sagte er und schlug nochmals heftig mit seinem Stock auf den Boden. »Um der Liebe Gottes willen, Mädchen, sei nicht dumm. Wenn du bleibst, endest du im besten Fall als Kunstlehrerin. Sieh mich alten Pauker an, der vor den jungen Leuten seinen Stock schwenkt und sie dumm nennt. Zu Recht. Doch wenn du gehst, wenn du gehst ...« Er brach ab.

Draußen wartete Auntie August in dem roten Caddy auf mich.

»Joanie!«, rief sie aus dem Fenster. »Du weißt, ich muss Miss Dawns Haare heute Abend frisieren. Mach, dass du in dieses Auto kommst!«

Ich sprintete hinüber und packte meinen großen Rucksack mit den Ölfarben, Bürsten und Tinten in den Kofferraum. Nachdem ich ihn geschlossen hatte, öffnete ich die Beifahrertür mit einem schnellen »Sorry, Auntie«.

Meine Gedanken wirbelten durcheinander. Professor Masons Worte hatten ein Feuer in mir entfacht. Ob gut oder schlecht, so war ich geboren. Ich war dazu bestimmt, Künstlerin zu sein. Den Stift über ein Blatt zu führen, war jedes Mal wie ein Gottesdienst. Ja, ich würde es tun. Natürlich war ich besessen. Kunst war für mich wie die Luft zum Atmen.

Warum sieht Mama das nicht?, fragte ich mich stumm. *Warum sieht sie nicht, dass ich darin großartig sein könnte? Dass vielleicht ein dunkles dünnes Mädchen aus North Memphis etwas zeichnen kann, das die Welt den Atem anhalten lässt?*

Nachdem wir innerhalb weniger Minuten vom Rhodes auf den North Parkway gefahren waren, während Anita Baker im Radio sang, hielt ich es nicht mehr aus. Ich musste ihr, irgendjemandem, von meinem Plan erzählen.

»Auntie?«

»Kind, am besten sagst du mir, wie leid es dir tut, dass du mich hast warten lassen. Das reicht.«

Ich liebte sie. Ich wusste, woher Mya ihre witzige Direktheit hatte. Offensichtlich lag es in den Genen und wurde über Generationen hinweg weitergegeben.

»Auntie, ich will keine Ärztin werden.«

In der Abenddämmerung des Novembers flackerten die Straßenlaternen auf, und sie hielt ihren Blick auf die Fahrbahn gerichtet. Doch sie streckte eine Hand aus, um Anitas Stimme im Autoradio herunterzudrehen.

Ich nahm das als Hinweis. »Hör mal, ich habe mit Professor Mason gesprochen. Und er sagt, er sagt, ich habe noch genug Zeit, mich zu bewerben. Die Bewerbungsunterlagen müssen bis Weihnachten eingegangen sein. Und Professor Mason sagt, es gibt ein Stipendium – nur eins –, welches sie einmal im Jahr für eine hervorragende *amerikanische* Bewerbung vergeben. Ein Stipendium! Das bedeutet ein volles Stipendium, Auntie. So wie in Rhodes. Aber damit kann ich eine Künstlerin werden. Sie verlangen ein Kunstportfolio – also eine Reihe von Bildern in allen verschiedenen Medien –, sorry, ich rede und rede, Auntie, willst du für mich Modell sitzen? Ich habe eine Idee für meine Bewerbungsmappe. Alle Frauen aus der Nachbarschaft. Na ja, nicht alle. Aber du, Miss Dawn, My, der Frisiersalon, Mama. Ich weiß noch nicht, wie ich Mama zeichne, ohne dass sie es bemerkt.«

»Joan ...«

»Vielleicht kann ich alte Fotos von Mama verwenden.«

Jetzt, wo ich angefangen hatte, konnte ich nicht mehr aufhören. Ich sah meinen Plan vor mir wie einen gepflasterten Weg, dem ich einfach folgen musste.

»Joan!«, schrie Auntie August.

»Ja, Ma'am?« Ich hatte mich, meinen Platz vergessen. Auntie August war meine ältere Verwandte. Ich wusste, es war respektlos, ihr nicht zuzuhören. Ich hielt mich zurück, obwohl es mir schwerfiel.

»Wo?«

»Ma'am?«, fragte ich in ehrerbietigem Ton.

»Wo, Kind? Was für eine Schule ist das? Wovon um Himmels willen sprichst du? Ich höre dir zu, ja, das tu ich. Aber ich habe nicht die geringste Idee, wovon du sprichst, Mädchen. Erklär mir, was du sagen willst.«

Das tat ich. Den ganzen Weg dieser Autofahrt nach Hause.

Als ich fertig war, waren wir durch unsere Hofeinfahrt gefahren, und Auntie August hatte den Motor des Cadillacs abgestellt und im Handschuhfach nach einer Kools-Packung gegriffen. Sie nahm sich Zeit, das Fenster des alten Caddys herunterzukurbeln, Zeit, sich eine anzustecken. Aus der Art und Weise, wie sie den Zigarettenrauch ausatmete, schloss ich, dass sie tief in ernsthafte Gedanken versunken war.

»Ich kann singen«, sagte sie, atmete eine Rauchwolke aus und zog dann wieder an ihrer Zigarette. »Du hast mich ja schon gehört. Ich mach das nicht so oft. Die Leute fallen um. Ehrlich. Einmal, vor Jahren, bei der Hochzeit deiner Mama, ist ein Mann in einer hinteren Kirchenbank in Ohnmacht gefallen. Musste rausgetragen werden. Ich hatte es nicht einmal bemerkt. Sang einfach weiter Aretha, so, wie sie es wahrscheinlich selbst nicht gekonnt hätte. Aber ich habe nie etwas daraus gemacht. Aus meiner Stimme. Bin nicht sicher, ob ich das wollte, bei dem Aufheben, das die Leute machten, wenn ich auch nur einen Ton rausließ. Und ja, ich weiß, *wer* mir diese Stimme gegeben hat. Aber ich liebte Klavier. Wollte Jazz spielen. Liebte Gershwin.«

Schweigend rauchte sie ein paar Augenblicke weiter, bevor sie fortfuhr.

»Ich werde dir helfen, Joan. Und ich werde deine Mama bearbeiten. Ich werde sie gewinnen. Ich glaube, ich muss das tun. Denn du hast eine Begabung. Ich denke, es ist höchste Zeit, dass eine in dieser verdammten Familie ihre Begabung nutzt.«

Auntie August rauchte ihre Zigarette zu Ende und schnippte die Kippe aus dem Handgelenk auf den Asphalt der Einfahrt.

Ich begann, meine Sachen zusammenzusuchen, und fing an, über das, was sie gesagt hatte, nachzudenken. Da spürte ich Auntie Augusts Hand auf dem Kopf. Sie strich meine losen Haare zurück. Die Box Braids, die sie mir vor einem Monat gemacht hatte, mussten am Ansatz etwas fester geflochten werden.

»Vielleicht fange ich ja doch noch an zu beten. Denn, mein Gott, wer zum Teufel soll dir im fernen London die Haare machen, Kind?«, fragte sie, so besorgt, wie ich sie noch nie gehört hatte, und strich mir weiter die Strähnen aus dem Gesicht.

Ich lachte. »Ich werde wahrscheinlich gar nicht angenommen.«

Ihre Hand stoppte abrupt. Sie wanderte zu meinem Kinn und hob mir den Kopf, sodass wir uns in die Augen sahen. »Das solltest du aber besser. Hörst du mich, Kind? Tu, was immer du tun musst. Zeichne so viele Stunden am Tag wie notwendig. Ich helfe dir. Wir suchen einen Ort, an dem wir deine Bilder verstecken können.« Sie machte eine Pause, schien sich auf etwas vorzubereiten und atmete dann tief ein. »Dereks Zimmer. Ja, Kind. Wir müssen sie irgendwo aufbewahren. Ich geh da rein, wenn du nicht willst. Ich tue, was ich kann, aber du musst tun, was du musst. Du musst dorthin gehen und ihnen alles zeigen, Joanie.«

Von diesem Samstag an blieb ich nach dem Unterricht bei Professor Mason und arbeitete an meiner Bewerbung für das Royal College of Art. Vorgelegt werden mussten meine Noten, die Ergebnisse meines College-Zulassungstests und schließlich meine Arbeiten. Das Royal College verlangte ein Portfolio mit zehn verschiedenen Werken zu einem einzigen Schwerpunktthema. Eine Serie, wie es in der Welt der Kunst heißt. Frauen. Ich wollte die Frauen von Douglass, von North Memphis, die Frauen meiner Familie darstellen. Miss Dawns wunderschöne Hände. Miss Jades kunstvolle Hochsteckfrisuren. Mikas rote Acrylfingernägel. Insgesamt zehn Arbeiten. Alle in einer anderen Technik – Ölbilder, Kohlezeichnungen, schwarze Tinte – und alle jeweils auf einer drei Meter hohen Leinwand.

Ich war mir nicht sicher, ob man mich aufnehmen würde, ob ich gut genug war. Jedes Mal wenn ich ein Bild fertiggestellt hatte, stand ich davor, studierte es, und Zweifel beschlichen meine Gedanken. Aber Professor Mason bestand darauf, dass ich weitermachte. Immer wenn ich erwähnte, wie unwahrscheinlich es sei, dass ich das Stipendium bekam, brachte er mich mit erhobener Hand zum Schweigen.

»Niemand in London ist hierauf vorbereitet, Kind«, sagte er, wenn er ein Bild begutachtete, das ich mitgebracht hatte. »Aber du brauchst noch mehr. Versuch es dieses Mal mit Wasserfarben.«

Miss Dawn, Gott segne sie, saß immer noch einmal im Monat für mich Modell. Seit Jahren hatte ich lange, schwüle Sommertage auf ihrer Veranda verbracht. Jetzt, als die letzten Tage des Herbstes vergingen, ging ich an den Wochenenden zu ihr. Ich zeichnete sie beim Brechen grüner Bohnen oder wie sie Buttersalat pflückte, und wir sprachen über die Vergangenheit und über die Zukunft.

Sie erzählte mir Geschichten über meine Großeltern. Dass alle in der Nachbarschaft wussten, dass mein Großvater ein Kriegsheld gewesen war. Der einzige Schwarze Pionier in seinem Bataillon. Sie sprach davon, wie Myron aus dem Krieg zurückgekehrt war und alle ihn in dem Hof die Steine sammeln sahen, die das Fundament für Hazels Hochzeitsgeschenk bildeten. Während ich sie zeichnete, hörte ich mir ihre Geschichte an, nach der Myron seinen Taj Mahal für Hazel errichtet hatte.

Miss Dawns verblassendes rosa Haus stand immer noch. Erstaunlicherweise wuchs eine alte Weide mitten hindurch. Zaunkönige und Kolibris nisteten in ihrem Astlabyrinth. An einem Oktoberabend, als wir im Dämmerlicht auf ihren krummen Verandatreppen saßen, weihte ich sie in meinen Plan ein.

»Hm«, sagte sie, als ich fertig war, und griff sich an den Kopf, um den sie kunstvoll ein Tuch gewickelt hatte. Sie saß auf ihrer Verandaschaukel und trug ein langes Wickelkleid mit einem strahlenden Batikmuster, das wie ein Feuerwerk über Wasser wirkte. Ich saß neben ihr und konnte nach all den Jahren, in denen ich sie gezeichnet hatte, meine Augen nicht von ihren Händen wenden.

»Weißt du, deine Großeltern saßen hier, redeten Unsinn, küssten sich verstohlen und aßen ihre Eiscreme …« Als sie abbrach, lachte sie ungehemmt. »Dein Papa konnte malen, ja, das konnte er. Hat die Bilder von den Pflanzen in eurem Haus alle selbst gemalt. Ist das nicht toll? Und jetzt gehst du nach London …«

»Ich bin noch nicht angenommen, Miss Dawn«, fiel ich ein.

»Und jetzt gehst du nach London. Ich werde dir helfen. Deine Mama kann mein Haus niederbrennen, wenn sie davon erfährt. Ich weiß, sie hat sich in den Kopf gesetzt, dass du Ärztin wirst. Aber das ist ein Weg für deine Schwester. Du«, sie zeigte mit ihrem knochigen uralten Finger auf mich, »du musst weitermachen und jetzt den Kamm von diesem Jungen ausgraben. Ja, ich hab's gesagt. Ja, ich erinnere mich, und ich weiß, du erinnerst dich auch.«

Derek. Er schlich sich von Zeit zu Zeit in meine Gedanken, und ich vertrieb ihn wieder daraus. Er war dort, wo er hingehörte: weit entfernt von uns. Seine Abwesenheit hatte mein Leben erleichtert. Keine Bauchschmerzen mehr bei seinem bloßen Anblick am Küchentisch. Keine ständigen Versuche mehr, ihm aus dem Weg zu gehen, jeden Raum, in dem er sich befand, zu verlassen. Ich konnte mich in meinem Zuhause frei bewegen. Ich entdeckte Teile des Hauses, von deren Existenz ich nichts gewusst hatte. Im hinteren Flur, der zum Westflügel führte, befand sich eine kleine Nische in der Ziegelwand. Darin stand eine handgroße Figur der Jungfrau Maria, deren Gesicht in einem wunderschönen Rehbraun bemalt war. *Er ist weg*, erinnerte ich mich, während mein Bleistift über das Papier glitt. *Danke, lieber Gott. Ich danke dir so sehr, Gott.* Ich sprach Dankgebete zur Mutter Gottes, während ich zeichnete. Sprach drei Ave-Maria.

Ich fürchtete jede Erwähnung von ihm. Wechselte den Radiosender zu Smooth Sams, wenn sein Lieblingssong »Three 6« daraus plärrte. My nannte mich alt, weil ich immer so altmodische Musik hörte. Aber Whitney, Anita und Chaka erweckten in mir niemals den Wunsch, etwas zu zerschlagen.

Doch meine Anstrengungen, Derek von dieser Erde zu tilgen, stießen an ihre Grenzen. Im ganzen Haus gab es immer noch Bilder von ihm. An der Wand im Badezimmer war mit Bleistift, wenn auch verblasst, markiert, wie groß er in welchem Alter war. Und Derek rief im Haus an. Ich hasste es, wenn seine R-Gespräche für Auntie August ankamen. Danach war sie immer ganz durcheinander. Sie war am Flurtelefon, und ich konnte ihre Seite des Gesprächs hören. Immer: »Alles wird gut, Baby«, und: »Kopf hoch, D!« Ich hörte, wie sie auflegte und ihre Schritte zum Küchenregal direkt zum Whiskey lenkte. Ich war mir nicht sicher, ob das Vergraben dieses Kamms meinen Cousin hatte im Gefängnis landen lassen, aber ich dankte Gott – und Miss Dawn – für die Magie.

Miss Dawn sah mich streng an, und ich forderte sie nicht heraus. Es hatte keinen Zweck, ihr oder mir selbst vorzumachen, dass ich nicht an Derek dachte, oder so zu tun, als erinnerte ich mich nicht an das Vergraben des Kamms. »Grab ihn aus«, wiederholte sie. »Oder du gehst nirgendwohin.«

»Was heißt das?«

»Du weißt verdammt gut, was es bedeutet. Hab ich gestottert, Kind? Warum hört niemand in deiner Familie auf Miss Dawn? Ich kann das beim besten Willen nicht verstehen. Mein Gott, ihr seid alle so dickköpfige Frauen.«

Doch sie willigte ein, unsere monatlichen Sitzungen jetzt vierzehntägig abzuhalten.

Im nächsten Monat brachte ich Professor Mason zwei Arbeiten: eine Leinwand mit dem Bild von Auntie August, gemalt in klaren schwarzen Tintenstrichen auf grellweißem Hintergrund. Sie war mit ihrem legendären Kimono bekleidet und rauchte eine ihrer berüchtigten Kools. Das andere Porträt war von Miss Dawn. Genauer gesagt, von ihren Händen. Sie hielten einen Strauch von Brombeerbüschen. Beide Frauen waren drei Meter groß auf einer weißen Leinwand.

»Du bist so weit«, sagte Professor Mason, meine Arbeit bewundernd.

»Und was passiert jetzt?«

»Wir reichen das ein und warten«, sagte er.

Später, am Weihnachtsabend, den Bauch voll mit Nackensteak, Truthahnschenkeln und Kutteln, ging ich in den Hinterhof. Doch diesmal nahm ich eine Schaufel. Ich grub, bis ich ihn gefunden hatte. Den Kamm. Seine Zacken schienen schwarz im Mondlicht. Sein hölzerner Griff war schmutzbedeckt. Ich stand da und keuchte leicht. Dann spuckte ich darauf. Immer und immer wieder.

Kapitel 22

MIRIAM

2001

Sie setzte eine Nadel in eine Vene, als ihre Patientin, eine ältere weiße Dame mit Perlenkette und hochgestecktem Haar, »Jesus, Maria und Joseph« rief.

Die Frau hatte einen dieser alten Memphis-Akzente. Sie erinnerte Miriam an Scarlett O'Hara – eine ältere, verlebte Version, aber dennoch Scarlett. Miriam setzte sich zurück, blickte auf ihre Arbeit, befand sie für gut und runzelte die Stirn. Sie war bekannt für ihre Freundlichkeit gegenüber allen Patientinnen und Patienten. Noch zwei Jahre, dann würde sie Krankenpflegerin sein.

»Noch etwas Geduld, Ma'am, wir haben's gleich geschafft.«

Miriam hatte die Vene beim ersten Versuch gefunden, ohne herumzubohren. Aber sie bereitete diese Frau auf die Operation vor und sagte sich, dass das für jeden Grund genug war, angespannt zu sein. Sie löste das Gummiband vom Arm der Patientin.

»Kind«, sagte die alte Dame, »die Welt steht in Flammen, und Sie machen einen Aufstand wegen der Venen einer alten Frau.«

Miriam folgte dem Blick der Patientin zum Fernseher in der Ecke und sah riesige Hochhäuser in Flammen stehen.

Sie griff nach der Fernbedienung und stellte den Ton lauter. Offensichtlich waren Flugzeuge in die Gebäude geflogen. Sie sah mit Ruß, Asche und Dreck bedeckte Menschen, die Blut spuckten. Miriam hielt sich die Hand vor den Mund, als ihr bewusst wurde, dass das, was aus schwindelerregender Höhe wie Konfetti in den Schutt fiel, Körper waren. Sie und ihre Patientin sahen Menschen von den Gebäuden springen. Berichte kamen herein, es hatte einen weiteren Absturz in Pennsylvania gegeben.

Hatte diese Frau recht? Stand die Welt in Flammen? Aber was Miriam zusammenbrechen ließ – dazu führte, dass sie ihr ganzes Tablett mit den Nadeln, der Gaze und dem Desinfektionsspray umstieß –, war die Nachricht von einem weiteren Flugzeugabsturz.

Das Pentagon war getroffen worden.

Sie hatte Jax zuletzt vor sechs Jahren gesehen. Nachdem sie ihn verlassen hatte, nach der Flucht in der Nacht mit ihren Kindern, war Jax bei den Marines aufgestiegen und zum Lieutenant Colonel befördert worden. Miriam wusste von der Adresse auf den Scheidungspapieren, dass er von Camp Lejeune ins Pentagon versetzt worden war.

»Alles in Ordnung, Kind?«, fragte die Patientin besorgt. Miriam bückte sich, um das umgestoßene Tablett aufzuheben. Sie wusste nicht, was sie antworten sollte. Offen gestanden war ihr nicht klar, ob die North-Familie weitere Verluste ertragen konnte.

Seit Dereks Verhaftung waren vier Jahre vergangen. Er war wegen Mordes in zwei Fällen angeklagt worden. Miriam hatte an jedem Verhandlungstag im Gerichtssaal, dem Shelby Courthouse, gesessen und die Hand ihrer Schwester fest gedrückt. Beide hatten Schwarz getragen.

Der kleine Verhandlungsraum roch nach den Hickorybänken, die ihn an zwei Seiten säumten. Derek saß in seiner blauen Gefängniskleidung an einem langen Tisch auf der linken Seite neben seinem Pflichtverteidiger.

Kurz bevor der Richter zur Ordnung rief, hatten drei Schwarze Jungen den Saal betreten, sich der North-Familie direkt gegenübergesetzt und Derek angestarrt. Sie trugen tief sitzende Jeans und königsblaue T-Shirts. Offensichtlich hatte die Kings Gate Mafia ihre Truppen geschickt, um die Gerichtsverhandlung zu beobachten. Sie kamen an jedem Verhandlungstag, ebenso wie die Douglass Park Bishops, die an den blutroten Bandanas um ihre noch wachsenden Oberarmmuskeln erkennbar waren. Der Wachmann musste viele Anpöbeleien in den Gängen beenden und die Schwarzen Kids mit ihren gegeneinander gerichteten Drohgebärden voneinander trennen.

Derek gab seine Zugehörigkeit zu den Douglass Park Bishops nie zu. Doch das musste er auch nicht. Die Richterin, Dorothy White, war in den Straßen von Memphis groß geworden. Sie wusste, dass ein Siebzehnjähriger keine AK-47 besaß. Diese Waffe musste ihm jemand gegeben haben. Ihr und der Jury war auch klar, dass ein Junge aus North Memphis keinen vernünftigen, nachvollziehbaren Grund haben konnte, überhaupt in Orange Mound zu sein – erst recht nicht mit einem automatischen Gewehr für den Kriegseinsatz, um damit zwei Menschen zu töten, die er nie zuvor gesehen hatte. Die Jury nahm sich ganze dreißig Minuten für den Schuldspruch. Sie brauchten nicht einmal eine Mittagspause.

Miriam erinnerte sich nur daran, wie sie die Hand ihrer Schwester losließ, als August bei Dereks Verurteilung in den Zeugenstand ging. Der Staatsanwalt drängte auf die

Todesstrafe. Dereks einzige Chance war lebenslang ohne Begnadigung. August trug ein schwarzes Umhangkleid mit weiten Ärmeln, in dem sie wie eine mittelalterliche Hexe aussah. Ein schwarzer Hut mit einem Spitzenschleier wie zu einer Beerdigung bedeckte ihr versteinertes Gesicht. Ihre halbhohen Absätze klickten auf dem Marmorboden, als sie die Pendeltür, die den Richter vom Saal trennte, aufstieß und den Zeugenstand betrat.

»Heben Sie Ihre rechte Hand«, hatte der Wachmann befohlen.

August gehorchte.

Dann wies er sie auf die Strafbarkeit der Falschaussage unter Eid hin und sagte: »Schwören Sie feierlich, dass Sie die Wahrheit sagen, die ganze Wahrheit und nichts als die Wahrheit, so wahr Ihnen Gott helfe?«

»Ja«, sagte August.

»Ma'am, Sie müssen Ihren vollen Namen für die Akten nennen«, begann Dereks Anwalt. Er war ein untersetzter bärtiger Mann mittleren Alters und trug einen maßge-schneiderten Anzug mit einer roten Nelke am Revers.

»August Della North.«

»Nennen Sie uns Ihre Beziehung zu dem Angeklagten.«

»Er ist mein Sohn.«

»Ma'am, was sind Sie von Beruf?«

»Ich bin Haar-Stylistin. Ich habe einen kleinen Salon im hinteren Teil meines Hauses.«

Dereks Anwalt schritt auf und ab, nickte mit dem Kopf und strich sich über den Bart. Er sprach langsam und be-tonte jede Silbe, damit der Ernst der Situation im Ge-richtssaal deutlich wurde. »Ma'am, fangen Sie doch damit an, uns etwas über Ihren Sohn zu erzählen.« Miriam er-innerte sich, wie ihre Schwester tief aus- und einatmete.

Sie hatte August noch nie zuvor so erschöpft gesehen. Sie sah aus, als wäre sie aus der Unterwelt zurückgekehrt und könnte die Sprache der Toten und der Verlorenen sprechen.

Zunächst schien es so, als wäre August gar nicht in der Lage, etwas zu sagen. Sie saß in dem Zeugenstand, und Miriam sah, wie ihre Schultern sich mit jedem konzentrierten Atemzug hoben und senkten. Die Menge wurde unruhig. Von den Bänken der Kings Gate Mafia kam Kichern.

August schien keine Notiz davon zu nehmen. Sie hob ihren Schleier, sodass ihre Augen zu sehen waren. Selbst von ihrem Platz aus konnte Miriam es wahrnehmen: Sie waren zwei dunkle Höhlen. Es schien, als läge in ihnen alles Leid der ganzen Welt.

August begann: »Der Vater dieses Jungen war Luzifer. Ich meine das wirklich. Die Art von Mann, die dich an das Böse in diesem Leben glauben lässt. Du spürst es in deinen Knochen. Es fühlt sich an, als würdest du in einen Abgrund starren, und in deinem Herzen weißt du, dass da unten Drachen ihr Unwesen treiben.«

Im Gerichtssaal war es jetzt still. Niemand kicherte mehr.

»Wir haben uns auf der Beale Street kennengelernt«, sagte sie jetzt mit festerer Stimme. »Er ging die Straße hinunter, Zigarette in der Hand, und er bot mir eine an. Ich hatte nie zuvor eine Zigarette probiert. Sie schmeckte so gut wie die Freiheit, von der ich nicht wusste, dass ich sie brauchte. Er trug eine schwarze Lederjacke. Einen Backenbart. Die Farbe des Herbsts. Goldbraun. Stahl mein Herz, riss es mir einfach heraus. Ich war völlig willenlos.

Er hat mich nie geschlagen. Das musste er auch nicht. Ich wusste, was ein Dämon war, was er wollte, was ihn ärgerte. Miss Dawn – eine alte Freundin der Familie – hat mir einmal gesagt: ›Geister gibt es wirklich.‹ Aber bis zu Dereks Geburt habe ich nicht daran geglaubt.

Derek wurde während eines Gewittersturms im März geboren. Keine Elektrizität. Nach sechs Stunden Wehen war eine Ulme auf die Hochspannungsleitung gefallen. Menschen ertranken in jener Nacht. In dem Chaos kam Derek ruhig wie ein Lamm zur Welt. Als Erster nahm ihn sein Vater auf den Arm. Stellen Sie sich das vor! Er ließ mich nicht einmal zuerst meinen Jungen halten. Er sagte: ›Er wird Spartaner werden.‹ Bei Gott, der Mann hat sein Versprechen gehalten. Brutal. Rücksichtslos. Einmal entdeckte ich D – wir nannten ihn D zu Hause – zitternd in einem Schrank. Er hielt einen Eimer mit Wasser in den Händen. Seit Stunden. Verstehen Sie? Stunden. Er war zehn Jahre alt. Ich war zu Hause, aber ich hatte zehn Kundinnen an dem Tag im Salon.« Sie brach ab und griff nach der Schachtel mit den Taschentüchern auf dem Zeugenstand.

Miriam sträubten sich die Haare. Sie wusste, dass Dereks Vater ein schlechter Mensch war, doch das meiste von dem, was August in diesem Raum sagte, hatte sie nie zuvor gehört. August hatte eine geheime Seite, die niemand in der Familie je hatte durchdringen können. Als Kind hatte sie stundenlang mit ausdruckslosem Gesicht in die Klaviertasten hämmern können, vertieft in Träumereien, die Miriam und selbst Hazel nicht verstanden. Oder sie versteckte sich auf einem Baum, hörte den hitzigen politischen Debatten im Haus zu und hing ihren eigenen Gedanken nach. Ja, August hatte immer etwas Mysteriöses an sich.

Als sie viel zu früh schwanger wurde, hatte niemand sie nach dem Vater gefragt. Miriam wusste, dass ihre Schwester nichts über ihn sagen würde.

»Manchmal kam ich zurück von Stanley's – das ist ein Deli bei uns in der Nähe –, und das ganze Haus war dunkel. D zitterte. Er zitterte einfach so. Ich durfte ihn nicht anfassen. Er sagte nichts. Manchmal versteckte er sich in Schränken, in Kisten, wie ein verängstigtes, verletztes Tier. Und sein Vater – ich werde den Namen dieses Kerls nicht aussprechen – saß am Küchentisch und trank kalten schwarzen Kaffee. Fragte mich: ›Wann gibt's Essen?‹«

Ein seltsames Klopfen war im Gerichtssaal zu hören. Miriam sah, wie Derek seinen Kopf langsam und systematisch immer wieder auf den Tisch der Anklagebank schlug. Sein Anwalt ging zu ihm, legte eine Hand auf seinen Rücken und streichelte ihn. Er nickte, um August zu bedeuten, fortzufahren.

Doch Miriam war sich nicht sicher, ob August das tun sollte. Was sie gehört hatte und Dereks Reaktion – all das machte ihr Angst. Zum ersten Mal, wenn auch völlig ungewollt, fühlte sich Miriam ihrem Neffen verbunden. Auch sie kannte Furcht. Die Vorahnung von Schmerzen. Als sie geschlagen und zerschrammt auf dem Boden ihrer Küche in Camp Lejeune lag und nach dem Telefon tastete, um ihre Schwester anzurufen. Da hatte sie geglaubt, es sei sicherer, nach Memphis zurückzukehren, als in North Carolina zu bleiben. Jax war ein starker Mann. Er war von der größten Eliteeinheit des Militärs gezielt zum Töten ausgebildet worden, notfalls mit bloßen Händen. Als sie so mit zerschlagenem Gesicht halb bewusstlos in dem Chaos der Küche lag, fürchtete Miriam, dass Jax sie eines Tages töten könnte. Vielleicht nicht absichtlich, doch einfach so mit dem richtigen Schlag auf den Kopf. Sie *musste* gehen. Wohin sonst als nach Hause? Am Boden liegend, kamen ihr die Worte ihrer Mutter am Abend vor ihrer Hochzeit in den Sinn: *Meine wunderbaren schönen Töchter, ihr könnt beide immer, immer nach Hause kommen.*

August räusperte sich. »Eines Tages ging er. Ohne Grund. Ging raus, um eine Packung Kools zu holen, und kam nicht zurück. Der Kerl starb wahrscheinlich so, wie er in die Welt gekommen war: jemanden tötend. Danach dachte ich, wir wären sicher. Er war weg. Doch selbst nachdem sein Vater uns verlassen hatte, durfte ich D kaum anfassen.«

Mein Gott, dachte Miriam. Ihr wurde klar, dass sie und August Schrecken erlebt hatten, die man allein nicht durchstehen konnte. Und doch hatten sie es geschafft.

Miriam spürte ihre Scham wie einen von Jax' Schlägen. Sie hätte diesen Mistkerl früher verlassen sollen. Hätte beim ersten Mal, nachdem er sie geschlagen hatte, nach Hause zurückkehren sollen. Sie konnte sich kaum erinnern, wann das gewesen war. Wohl nach seinem Einsatz im Golfkrieg. Sie hatte irgendeine Kleinigkeit vergessen – eine Zutat im Abendessen, Joans Mathe-Hausaufgaben, die Abo-Verlängerung für *Jet* zu bezahlen –, und er hatte sie geschlagen. Miriam hatte sich mit offenem Mund schockiert an die brennende Wange gefasst. Er hatte sie *geschlagen*. Jax. Der Jax aus dem Schallplattenladen. Sie war in ihrem Kummer sprachlos gewesen. Hatte Zeit gebraucht, um zu verarbeiten, was geschehen war. Hatte das Gefühl, fast monatelang mit offenem Mund, wie erfroren schweigend am Küchentresen zu stehen, angsterfüllt. Warum um Himmels willen war sie bei ihm geblieben, als Joan vergewaltigt worden war und Mya noch in ihr? Jax hatte sie am Krankenhaus mit einer Hand vom Boden hochgehoben, am Hals – und zugedrückt.

Miriam fasste sich an die Kehle und schauderte. Mein Gott, warum hatte sie ihn damals nicht verlassen?

Was Frauen alles zum Wohl ihrer Töchter tun. Was sie alles nicht tun. Die Scham. Die Schande: die Vergewaltigung ihrer Tochter. Die Gewalt ihres Mannes. Die Psychopathie ihres Neffen.

Sollte ich irgendwann in diesem Leben je wieder vor meiner Schwester oder meinen Töchtern versagen oder sie enttäuschen, sagte Miriam sich, *dann sollen die Dämonen mich holen.* Sie bekreuzigte sich.

August griff nach einem weiteren Taschentuch. Schnäuzte sich. »Alles, was ich sagen will, ist, töten Sie meinen Sohn nicht. Ich bitte Sie«, sagte sie und wendete sich damit direkt an die Richterin. »Schicken Sie meinen Jungen nicht in die Todeszelle. Ich habe mein Bestes getan. Mutterschaft ist ein Anker. Sie hat mich gehalten und festgehalten. Ich habe mein Bestes getan. Wenn Liebe genug wäre ...« Augusts Stimme wurde immer leiser.

Miriam wusste nicht, was sie denken sollte. Sie hatte immer Angst vor Derek gehabt. Hatte ihn nicht in der Nähe ihrer Töchter gewollt. Sie wollte nicht in einem Haus mit ihm sein. Doch es gehörte ihm genauso wie ihnen. Es war sein einziges Zuhause. Miriam schwankte zwischen Mitleid und Hass. Doch dann beruhigte sie sich.

Vielleicht war es ihr Glaube. Aber der allein konnte es nicht sein, denn Jax konnte sie nicht verzeihen. Vielleicht war es dieselbe Blutlinie Hazels, die durch Dereks und Miriams Venen lief. Vielleicht war es die Erinnerung an ihre Mutter, die aus dem Grab um Vergebung bat. Warum auch immer, sie dachte: *Hab Mitleid mit dem Jungen,*

Miriam. Hab Mitleid mit dem armen Ding. Er hat niemals Zuneigung erfahren. Niemals. Mein Gott, warum?

Miriam hörte den Schmerz in der Stimme ihrer Schwester, als August sagte: »Meinen Sohn zu töten, wird niemanden von den Toten zurückbringen. Das wissen Sie. Und Sie wollen ihn umbringen? Sind wir deshalb heute hier? Wie? Wie wollen Sie alle nachts schlafen können?« Sie wandte sich jetzt an alle im Raum und beschwor sie mit ausgestreckten Armen.

Ihre Brust hob und senkte sich, doch ihre Augen waren trocken. Mit stark zitternden Händen griff sie in eine Tasche ihres schwarzen Kleids und zog eine Packung Kools und ein kleines rosafarbenes Feuerzeug hervor. Sie konnte die Zigarette kaum anzünden. Nach einigen Versuchen schließlich führte sie die Zigarette an ihre vollen pfirsichfarben geschminkten Lippen.

Der Wachmann bewegte sich auf den Zeugenstand zu, aber die Richterin hob eine Hand, um ihn zurückzuhalten. Sie schüttelte sanft den Kopf zu einem Nein.

August atmete eine dünne Rauchwolke aus. Sie schüttelte mehrmals den Kopf und sagte: »Männer und Tod. Die Männer und der Tod. Wie um Himmels willen wollt ihr die Welt regieren, wenn ihr nichts anderes tut, als euch gegenseitig umzubringen?«

»Ich habe gefragt, ob alles in Ordnung ist, Kind?« Miriam bemerkte, dass sie auf allen vieren neben den jetzt nicht mehr sterilen medizinischen Instrumenten hockte. Sie hatte nicht ein einziges aufgehoben. Sie kniete immer noch an derselben Stelle. Die Frage der älteren Patientin hatte sie nicht beantwortet.

»Mein Ma… Mein Ex-Mann …«, stotterte sie. »Der Vater meiner Mädchen arbeitet im Pentagon.«

Die weiße Frau prustete. Miriam sah verwundert auf, als sie auch noch leise kicherte.

»Na, ist das denn so schlimm? Könnte ja auch was Gutes haben – ein toter Ex-Mann«, sagte die Frau.

Miriam stand auf. Ihre Hände, die nun das Tablett hielten, zitterten leicht. »Ohne Vater aufzuwachsen ...«, sie machte eine nachdenkliche Pause, »... ist ein einsames Leben, Ma'am.«

Kapitel 23

JOAN

2003

Wieder hallte der Donner durchs Haus und schreckte Wolf auf. Sie winselte, als ich sie streichelte und an den Ohren kraulte.

Meine Familie hatte sich an das Gewitterwetter in diesem Monat gewöhnt und schlief trotz des Sturms. Niemand außer mir war wach, als das Telefon im Flur klingelte. Vielleicht konnten sie es auch wegen des Donnerns nicht hören. Ich gähnte und wickelte mich aus den dicken Quilts. Wolf fiepte in den Decken und kuschelte sich noch tiefer hinein.

»Hast ganz recht, Mädchen«, flüsterte ich.

Das Telefon klingelte erneut. Ich schlüpfte in meine rosa Slipper und den passenden Frotteebademantel. »Ich komm ja schon.«

Die Großvateruhr im Flur zeigte fünf Uhr fünfzehn. *Wer um Himmels willen …?*

Ein Gedanke überkam mich und blühte in mir auf wie das große Blatt einer Mondblume. Wie spät war es in London? Ich sollte zwar erst Anfang Mai eine Nachricht bekommen, aber das war ja schon in ein paar Wochen. Ich ging schneller und vergaß in meiner Aufregung, dass Colleges nicht anrufen. Sie schreiben. Als es zum dritten

Mal klingelte, nahm ich mit zittrigen Händen den Hörer ab. Ich hielt die Perlmutthörmuschel ans Ohr, und bevor ich »North« sagen konnte, hörte ich eine laute Tonbandstimme am anderen Ende der Leitung.

»Sie haben ein R-Gespräch von …«, es folgte eine Pause, dann ein Klicken und eine barsche Männerstimme, »Derek North.« Die automatische Aufnahme lief weiter: »Ein Insasse der Riverbend Maximum Security Institution. Um anzunehmen, drücken oder sagen Sie ›eins‹.«

In all den Jahren seit seiner Inhaftierung hatte ich nie einen Anruf von Derek entgegengenommen. Es ergab sich auch nie. Meist rief er an, wenn My und ich in der Schule waren.

Mein Instinkt sagte mir aufzulegen. Doch das tat ich nicht. Ich zögerte. Ich schwöre, ich hörte Miss Dawns Stimme: *Dickköpfige Frauen.*

Vielleicht hatte sie recht. Hoffentlich hatte sie in unserem ersten Jahr in Memphis recht. Ich erinnerte mich daran, wie ich Mya um Mitternacht weckte. Ich schüttelte sie sanft und legte meinen Zeigefinger auf die Lippen. Auf Zehenspitzen gingen wir in unseren rosa Slippern in das gemeinsame Badezimmer und nahmen Dereks Kamm. Ich werde sein Gewicht und den hölzernen Griff nie vergessen. Wir gingen durch die Küche, schlichen durch Auntie Augusts Laden und durch die Hintertür in den Hof. Dort knieten wir uns unter den Magnolienbaum. Über uns schien die silberne Mondsichel. Mya hielt eine Taschenlampe. Wir hatten nicht daran gedacht, dass wir etwas zum Graben brauchten. Ich suchte den Hof ab, konnte nichts finden und begann, mit den Händen zu buddeln. Unter meinen Fingernägeln sammelten sich Gras und die fruchtbare Erde von Memphis. Mya stand mit der Ta-

schenlampe über mir. Als sie versuchte, mich hochzuzie-
hen, schubste ich sie weg. Ich war wie besessen. Ein Fin-
gernagel brach ab. Ich wimmerte und grub weiter.
Ignorierte Myas Ausrufe. Sie fragte immer wieder, was der
Junge mir angetan hatte. Ich beachtete weder sie noch die
Würmer in dem warmen Boden und auch nicht das Blut,
das unter meinem abgebrochenen Nagel hervorfloss und
sich mit der Erde vermischte. Als meine rechte Hand taub
wurde, benutzte ich den Ellbogen.

Als das Loch tief genug war, forderte ich flüsternd den
Kamm. Riss ihn Mya aus der Hand, als sie ihn mir nicht
geben wollte, legte ihn in die dunkle Erde und warf Dreck
darauf. Ich sagte Mya, sie solle die Lampe so halten, dass
ich mein Werk inspizieren konnte. Das tat ich gründlich
und wischte die Hände an meinem Nachthemd ab.

Dickköpfige Frauen. Miss Dawns Worte fielen mir wieder ein.

Gut, gut, Miss Dawn. Diese North wird auf dich hören.

Nun sagte ich: »Eins.« Ich drehte die Telefonschnur
in der Hand und biss mir erwartungsvoll auf die Lippe.
Der Hörer fühlte sich eiskalt an meiner Wange an. Trotz
der Zeit, der Entfernung und den Gefängnisgittern zwischen Derek und mir bekam ich Bauchschmerzen, während ich auf das Zeichen für die Verbindung des Anrufs
wartete.

»Mama?«

Ich erstarrte. Die Stimme – so männlich, so durchdrin-
gend – führte mich zurück zu dem Tag, als wir in Memphis
ankamen und die maisgelbe Tür sich öffnete. Diese tiefe
Stimme, fast ein Bariton, hatte nichts Jugendliches mehr.
Derek klang jetzt ganz erwachsen.

»Hallo?«

»Hi«, sagte ich nach einer langen Pause. »Ich bin's, Joan.« Ich hörte es knistern. Derek schwieg. Nach einer Pause sagte ich: »Hör zu, ich sage Auntie August Bescheid, dass du …«

»Nein«, unterbrach Derek mich. »Ich bin jetzt schon eine Weile hier. Hatte Gelegenheit nachzudenken. Ich will dir etwas sagen. Ich glaube, es ist an der Zeit.«

Ich wusste, was er meinte. Schließlich hatte ich diesen Kamm ausgegraben. Und jetzt dieser Anruf. Ein Teil von mir wollte ihm zuhören. Ich wollte feststellen, ob Miss Dawns Magie wirkte. Wollte sehen, ob ich Derek ertragen konnte. Ich müsste lügen, wollte ich mir nicht eingestehen, dass ich ihm die perfekte Auswahl an Flüchen entgegenschleudern wollte. Ich hatte darüber fantasiert, was ich zu ihm sagen könnte, das ihn so schwer treffen würde, wie er mich verletzt hatte. Es schien mir, als hätte ich auf diesen Moment gewartet, seit ich drei Jahre alt gewesen war. Jetzt war ich über achtzehn. Seit einem Monat.

»Das glaube ich auch«, sagte ich langsam.

Unerwartet lachte Derek leicht und nahm so ein wenig von der Spannung. »Du klingst wie Auntie Meer«, sagte er.

»Hm.«

»Wie geht's ihr?«

Mama hatte uns alle schockiert. Sie hatte die Krankenpflegeausbildung ein Jahr früher abgeschlossen. Es war unglaublich. Die Jahre des intensiven Studiums, des Einschlafens über ihren Büchern mitten im Gespräch mit mir oder Mya hatten sich bezahlt gemacht. August, Mya und ich waren bei ihrer Abschlussfeier. Sie hatte uns gebeten, Weiß zu tragen. Dies wäre ihr Hochzeitstag, hatte sie erklärt. Wir halfen ihr alle mit ihrer Abschlussrede. Auntie

August rauchte dabei Kette, zeigte auf das Blatt und sagte: »Es muss sie umhauen.« Mya schrieb natürlich die witzigen Passagen.

Mama. In den Monaten seit Weihnachten – seit ich meine Bewerbung am Royal College eingereicht hatte – war sie still geworden. Sie schnaubte immer noch trotzig, wenn sie mich mit meinem Taschenzeichenblock sah, sagte aber nichts. Ich war mir sicher, dass Auntie August tat, was sie versprochen hatte: Mama in meinem Sinne bearbeiten. Ich hielt auch still und betete, was das Zeug hielt, jede Nacht auf wunden Knien, dass man mich am College aufnehmen möge.

Am anderen Ende der Leitung wartete Derek auf meine Antwort.

Da kam die Wut, und sie kam schnell. »Ich sollte gehen«, gelang es mir zu sagen. Ich wollte ihn anschreien, ihn die Angst, die Scham und Abscheu fühlen lassen, die ich jahrelang gespürt hatte. Doch jetzt schienen mir die Worte zu fehlen.

Ich war so vertieft in den Anruf, so wütend über die Tatsache, dass ich überhaupt am Telefon war, dass ich Mya nicht bemerkte. Sie musste wohl schon eine Weile dort gestanden haben. Sie war auf Socken und kratzte sich mit einem Fuß an der Wade. Sie trug ihr Nachtgewand, ein langes Hauskleid mit afrikanischen Mustern, und aß einen Pfirsich, während sie mich anstarrte.

Mya war erst fünfzehn, doch sie wollte in die Fußstapfen unserer Mutter und unserer Großmutter treten. Mya wollte Ärztin werden. Die Kleine war gut in Mathematik und Naturwissenschaften und all den Dingen, die mich verwirrten, wie schwarze Löcher, Periodensysteme und Trägheit der Masse. Und sie liebte es zu retten und zu hei-

243

len. Oft saß sie auf unserer Veranda und kümmerte sich um alle möglichen Geschöpfe. Wusch und behandelte kleinere Wunden der dreifarbigen und der getigerten Katzen und half Vögeln mit einem gebrochenen Flügel. Ebenso talentiert war Mya an der Gitarre. Ihr Zahlenverständnis übertrug sich leicht auf das Lesen von Noten und das Erinnern von Akkorden. Doch My beherrschte nicht nur die Technik. Sie konnte das Ding wirklich spielen. Das musikalische Talent hatte sie wohl von Auntie August, die immer noch ab und zu Klavier im Wohnzimmer spielte. Mya spielte für den Frisiersalon Gitarre. Brachte die Frauen darin zum Kreischen. Und sie wurde Mama von Tag zu Tag ähnlicher. Sie kam nach ihr – klein, hell und mit ausladenden Hüften.

Ich weiß nicht mehr, wie ihre kleine Person das schaffte, doch mit einer plötzlichen und flinken Bewegung riss sie mir den Hörer aus der Hand.

»Hey, verdammt …« Meine Wut sprang auf meine Schwester über. Ich griff nach dem Hörer, aber Mya hielt ihn fest in der Hand und presste ihn ans Ohr.

»Mhm.« Sie klang ernst.

»My«, sagte ich. Ich war erschöpft. Mein Zorn und das Adrenalin machten mir weiche Knie. Ich hätte mich am liebsten mit einer Tasse Tee irgendwohin gesetzt.

»Mhm.« Mya nickte. Sie biss in den reifen Pfirsich, während sie zuhörte, und der Saft lief ihr über das Kinn. »Hm.« Jetzt klang sie nachdenklich. Sie wickelte sich in die Telefonschnur, als sie meinen Versuchen, den Hörer zurückzubekommen, auswich.

»In Ordnung, dann«, sagte sie schließlich. »Wir sind auf dem Weg.«

»Was?«

Sie wand sich mit einer Drehung aus der Telefonschnur. So schnell, wie sie mir den Hörer entwendet hatte, legte sie ihn wieder auf die Gabel.

Wir standen da im Foyer und starrten uns an.

Mya biss erneut in ihren Pfirsich. »Nun«, sagte sie kauend, »ich denke, wir sollten uns etwas anziehen.«

»Mya, dieses Gefängnis liegt am Rand von Nashville.« Die Entfernung war nicht wirklich das Problem. Doch ich griff nach der Logistik, als wäre sie eine Art Rettungsweste, die mich vor der Durchführung dieses Plans bewahren könnte.

»Mhm«, sagte My kauend.

»Das sind drei Stunden von hier«, fügte ich hinzu.

»Mhm.«

»Und es ist Dienstag«, sagte ich langsam.

»Stimmt, mach weiter.« Mya bewegte ihren Pfirsich hin und her.

»Stimmt, und dienstags haben wir Schule.«

»Ich glaub schon.«

Ich wollte mich unbedingt irgendwohin setzen und atmete lange und heftig ein und aus. »Ich soll Derek treffen, nicht wahr?«

»Du wirst Derek treffen«, sagte Mya.

»Ich nehme den Shelby«, sagte ich.

»Du nimmst den Shelby«, wiederholte Mya.

»Und ich schwänze die Schule.«

»Wir.«

»Hä?«

»*Wir* schwänzen die Schule. Ich komme mit dir.« Mya biss in ihren Pfirsich und sagte zwischen den Bissen: »Und während dieser Fahrt kannst du mir erzählen, was zum Teufel dieser Junge dir vor all den Jahren angetan hat.«

Kapitel 24

AUGUST

2001

Drei Tage. Drei Tage waren vergangen, seitdem der Himmel zusammengebrochen war. Vor drei Tagen war sie in den Hof gerannt, als Joan und Mya ankamen. Joans Geschichtslehrer trug Mya wie einen Sack Kartoffeln auf den Armen. Sie wimmerte. Nachbar*innen kamen, um zu sehen, was passiert war. Köpfe reckten sich über Hecken und beobachteten, wie die Töchter von diesem Militär-Yankee die Einfahrt heraufkamen.

Joan sagte nichts. Sie lief schicksalsergeben und ruhig neben ihrem Lehrer her, der ihre Schwester trug. An der Eingangstür hielt August sie auf. Sie legte ihrer Nichte beide Hände auf die Schultern, sah ihr tief in die dunklen Augen und sagte: »Du wirst dem Mädchen da drinnen ein Halt sein müssen.«

August schaltete den Fernseher im Wohnzimmer ab. Sie hielt eine Zigarette in der einen und den Telefonhörer in der anderen Hand und erklärte, dass die Telefonleitungen wahrscheinlich zusammengebrochen waren. Sie würden von ihm hören. Da war sie sich sicher.

Sosehr August und Joan Mya auch drängten, sie konnten sie nicht überzeugen, etwas zu essen. Sie lag auf dem Tagesbett im Quilting-Zimmer und verweigerte alles.

August hatte nichts anderes erwartet. Das Mädchen hatte wahrscheinlich seinen Vater verloren. Womit August nicht gerechnet hatte, waren die Essensgeschenke jeden Abend an ihrer Tür. Es klingelte, und wenn sie aufmachte, stand dort ein Teller mit Honigschinken, eine Kasserolle mit Hühnchen und Brokkoli oder eine Platte mit Rinderrippchen.

August schloss ihren Salon in jener Woche. War ohnehin niemand in der Stimmung, sich die Haare frisieren zu lassen. Sich fein herrichten, um weinend vorm Fernseher zu hocken? August machte den Laden dicht und saß die meiste Zeit des Tages schweigend mit Joan im Haus, bis Miriam aus dem Krankenhaus nach Hause kam und zu Mya eilte. Das Mädchen bewegte sich nicht aus ihrem Bett. Wenn August am Quilting-Zimmer vorbeiging, sah sie, wie Miriam – noch in ihrer Pflegerinnentracht – Mya übers Haar strich und ihr etwas zuflüsterte. Mya bewegte sich nicht.

In der dritten Nacht hörte August wieder die Türklingel. Alle waren zu Hause. Ungewöhnlich. Miriam musste meist nachts arbeiten, aber sie hatte in der Woche ihre Schicht verschoben. Alle hätten längst im Bett liegen sollen. Mitternacht war schon vorbei. Doch keine konnte schlafen und forderte deshalb auch nicht die anderen dazu auf. Miriam, August und Joan saßen am Küchentisch und aßen Hühnchen und Nudeln direkt aus der Pfanne, die Miss Jade früher am Abend August in die Hand gedrückt hatte. Sie hatte dabei den Kopf geschüttelt und laut gesagt, was es für eine Schande sei, dass jede Frau in diesem Haus ihren Daddy verliert.

Wolf hob ihren Kopf von Joans Füßen und knurrte.

August sah ihre Schwester an. Vielleicht war es Instinkt.

Die tiefe Gewissheit von Gefahr, die den Körper ergreift. Oder August – an einem Mittwoch geboren – spürte drohendes Leid. Jedenfalls wusste sie, dass da kein Nachbar an der Tür klopfte.

»Hol Mamas Gewehr«, flüsterte sie Miriam zu.

August blickte ihrer Schwester nach, die sich von der Küchensitzecke erhob und sehr ruhig ins Quilting-Zimmer ging. Als Miriam mit denselben bedächtigen Schritten zurückkam, warf sie August die Remington zu. Die fing die Waffe auf und bedeutete Miriam, ihr zu folgen.

Es klopfte erneut an der Tür und klingelte.

Wolf rappelte sich mit einiger Anstrengung von Joans Füßen hoch. Sie war in die Jahre gekommen und bewegte sich etwas langsamer. Aber ihr Beschützerinstinkt hatte sie gepackt. Sie ging in Anpirschposition und kauerte sich auf den Boden. Doch sie knurrte nicht mehr. Sie kroch jetzt langsam in Richtung Tür und wimmerte leise.

»Mama?«, fragte Joan. »Auntie?«

August ging voran, Miriam folgte wie ihr Schatten. Die Schwestern schritten ruhig und anmutig wie afrikanische Königinnen aus der Küche über den Flur durch das Wohnzimmer auf den Hauseingang zu. Das grelle Gelb der Tür schimmerte im Dunkel der Septembernacht. Die Tür erinnerte jetzt an hochgewachsenen Mais auf einem nächtlichen Feld. Wie etwas, durch das sich August ihren Weg bahnen musste. Ein Feld gelber Mohnblumen, die zurückgeschnitten werden wollten, ungeachtet der Macht der Sirenen. Als sie es zur Tür geschafft hatte und durch das Guckloch spähen wollte, erschütterte noch stärkeres Klopfen die goldfarbenen Türangeln.

Ihr Kopf zuckte, sie sprang zurück. Sie hatte nichts Genaues sehen können, aber genug, um sicher zu sein, dass zwei unbekannte Männer auf den Stufen ihrer Veranda standen, um fast zwei Uhr morgens.

»Mama?«

August hörte die besorgte Stimme ihrer Nichte. Joan musste ihnen zum Wohnzimmer gefolgt sein.

Miriam schob August sanft zur Seite und nahm ihren Platz ein. Sie hielt den Türgriff in der Hand und blickte August fragend an.

August nickte zustimmend. Mit einer schnellen Bewegung richtete sie das Gewehr auf die Tür, und Miriam öffnete sie.

»Nein!«, schrie Joan.

Als der Septemberwind hereinwehte und August versuchte festzustellen, wer da im Dunkeln stand, fiel ihr Blick auf Wolf. Sie war aufgestanden und gab einen unerwarteten Laut von sich – kein drohendes Bellen oder Knurren, sondern ein unterwürfiges, fast neugieriges Winseln.

August hielt die Remington weiter im Anschlag. Ihre Augen gewöhnten sich an die Dunkelheit und erkannten die Figuren auf der Veranda. Unwillkürlich spannte sie ihre Schultern an, entspannte sie, zog sie wieder zusammen. Eine Sekunde lang wollte sie abdrücken, so oder so.

»Verdammt noch mal, Jax. Wir sind durch alle Höllen gegangen, nur um jetzt von irgendwelchen verrückten Schwarzen Frauen in North Memphis umgelegt zu werden.« Die Stimme war männlich, fremd und doch irgendwie vertraut.

August spürte Nostalgie. Sie senkte die Waffe, sodass sie locker an ihrer Seite hing. Dann, nach ein paar tiefen Atemzügen, stellte sie die Remington mit dem Griff auf den Boden, sodass der Lauf zur Decke zeigte. Vor vielen, vielen Jahren hatte August diese Tür für denselben Mann geöffnet.

»Joan«, sagte August atemlos, während ihr Adrenalin-spiegel sank, »dein Daddy ist hier und noch jemand.«

Kapitel 25

MIRIAM

1968

Früh am Abend auf dem Heimweg von ihrer Klavierstunde blieb Miriam stehen, um sich in einer eisig spie-
gelnden Fensterscheibe zu betrachten. Es war nicht zu
leugnen. Sie war das Abbild ihrer Mutter. Sie hatte dieselben rehbraunen Augen und die gleiche braune Haut-
schattierung. Wenn sie hoch konzentriert war, biss sie sich
auf dieselbe Weise auf die Lippe. Ihre Hüften entwickelten
sich allmählich in Richtung der kurvenreichen Figur ihrer
Mutter.

Miriam seufzte enttäuscht.

Sie wäre gern nach ihrem Vater gekommen: groß und
dunkel. Es entsprang ihrem Wunsch, dem Mann nahe zu
sein, den sie niemals hatte kennenlernen können. *Lieber
Gott, lass mich sein Gesicht haben*, betete sie. Stattdessen
glaubte sie auszusehen wie eines der Kalico-Kätzchen, die
abends auf ihre Veranda kamen: hell und klein. Sie war
das Ebenbild von Hazel.

Das bedeutete jedoch nicht, dass sie ihr Äußeres hasste,
zumindest nicht nachdem fünf Jahre zuvor August auf
die Welt gekommen war. Aus dem Gesicht ihrer kleinen
Schwester blickten sie sowohl ihre eigenen als auch die
Augen ihrer Mutter an. Vielleicht hatte Gott sie doch

erhört, wenn auch ein bisschen zu spät. Auch wenn sie wusste, dass Myron nicht Augusts Daddy war, hatte ihre Schwester diese dunkle Haut und den langen Körper, den sie sich immer für sich selbst gewünscht hatte.

Wegen des Blizzards, der zwei Wochen zuvor hereingebrochen war, dauerte Miriams üblicher Weg von der Douglass Middle zu ihrem Zuhause in der Locust Street etwas länger. Es herrschte immer noch Frost. Eis und schmutziger Schnee lagen am Straßenrand. Als es zu schneien begonnen hatte, hatte Hazel Miriams Wintermantel aus der dunkel lackierten mit Geishas bemalten Kommode geholt. Dabei hatte sie den Kopf geschüttelt und gemurmelt, dass sie den Mantel doch gerade erst zum Ende des Winters weggepackt hatte.

Obwohl es März war, hatte ein verrückter Blizzard die Stadt fünfundzwanzig Zentimeter hoch mit Eis und Schnee bedeckt. Niemand konnte sich einen Reim darauf machen. Miriam und ihre Freundinnen nutzten das Wetter zum Spielen. Sie bauten Eisburgen und warfen mit Schneebällen nach den Kids, die in die Trezevant gingen, die Schule der Erzrivalen von Douglass. Miriam war froh, wegen des Schnees ein paar schulfreie Tage zu haben, ein kleines Wunder für Kinder des Südens. Und August freute sich, dass ihre Schwester in diesen Tagen, die sich wie Schulferien anfühlten, zu Hause war.

Miriam trug immer noch ihren Wollmantel, als sie ihr Spiegelbild bewunderte. Er war an der Taille eng geschnitten und hatte die Farbe eines Mondsteins. Sie überlegte, wann sie ihn das letzte Mal vor dem Blizzard getragen hatte. Das war Anfang Februar gewesen. Sie war nach Hause gekommen, und ihre Mutter war da. Das war selten. Hazel saß auf dem Sofa im Wohnzimmer. Sie hielt

keinen Quilt in der Hand und auch keines dieser radika-
len Pamphlete. Das war noch ungewöhnlicher. Ihre Mutter saß im Dunkeln und starrte auf nichts Bestimmtes.

»Ich habe ihre Leichen gesehen«, hatte Hazel nach
einigen Minuten des Schweigens gesagt. Miriam wusste
genau, was ihre Mutter meinte, was alle in Memphis
wussten. Im Krankenhaus hatte ihre Mutter die beiden
Sanitärarbeiter gesehen, die von der Abfallpresse, die sie
bedienten, zu Tode gequetscht worden waren. Ihre Hilfe-
rufe und Schreie waren auf die tauben Ohren ihrer weißen Kollegen getroffen.

»Sie waren platt wie zusammengefaltetes Papier«,
hatte ihre Mutter gesagt und starrte auf einen unbe-
stimmten Punkt an der Wand. »Wie Papier«, murmelte sie
noch einmal.

In dieser Nacht, nachdem August ins Bett gegangen war,
hatte Miriam ihrer Mutter geholfen, große dicke schwarze
Buchstaben auf ein weißes Plakat zu malen. Auf dem
Schild stand einfach: ICH BIN EIN MENSCH.

Die zwei North-Frauen hatten ihre Arbeit betrachtet
und zufrieden gelächelt.

Der Tod der Sanitärarbeiter hatte ein bereits ange-
spanntes Memphis aufgeschreckt. Den Zorn in der Stadt
entfacht. Miriam spürte die Wut in ihrer Stadt aufsteigen.
Die Leute sprachen anders. Ihre Stimmen hatten einen
veränderten, höheren Tonfall, besonders in ihren Fragen.

Miriam war von Memphis großgezogen worden. Ein
Jahr nach dem Tod ihres Vaters bekam ihre Mutter keine
Sozialleistungen mehr und musste arbeiten gehen. Sonst
hätte sie das Haus, das Myron für sie beide gebaut hatte,
verkaufen müssen. Wie ihre Mutter Miriam oft erzählt
hatte, war es Stadtgespräch, dass das Southwestern am

Parkway ein Ausbildungsprogramm für Krankenpflege-
rinnen hatte. Es war das erste im Land, das Schwarze
Frauen aufnahm.

Miriams Heranwachsen war von einer Leidenschaft
ihrer Mutter bestimmt: Revolution. Solange sie zurückdenken konnte, war das Haus voller Broschüren über die
Kraft und die Würde Schwarzer Frauen und Männer. In
den eingebauten Bücherregalen im Wohnzimmer standen
unzählige Werke mit verblassten Einbänden und Titeln in
goldenen Lettern. Bücher von Frederick Douglass, Claude
McKay und Nella Larsen. An Freitagabenden füllten sich
Haus und Veranda mit jungen kettenrauchenden Revolu-
tionären, die wie die Seeleute fluchten. Frauen in dunklen
Lederjacken trugen selbst im Haus Sonnenbrillen, so groß
wie Deckel von Einmachgläsern. Trotz ihrer halb verdeck-
ten Gesichter bemerkte Miriam, dass sie jede vorüber-
gehende Frau mit geglätteten Haaren spöttisch betrachteten. Meist verdrehten sie unverhohlen ihre Augen, wenn
ein Mann irgendetwas sagte.

Als Baby war Miriam zwischen Miss Dawn und Miss
Jade hin und her gereicht worden. Etablierte, angesehene
Südstaatenfrauen aus der Nachbarschaft wechselten sich
ab, um Miriam zu holen, wenn Hazel studieren, arbeiten
oder schlafen musste. Sie stellten Torten vor die Tür, und
Männer brachten frisch gefangene Langusten.

Der Pfarrer Father Hunter – ein großer rundlicher, jo-
vialer Mann, der ihre Mutter getauft hatte – kam regel-
mäßig einmal im Monat zum Abendessen. Er brachte immer eine Kiste Wein und ein Pfund rotes Fleisch mit. Wenn
Hazel protestierte, winkte er ab und sagte, dafür sei ein
Father da. Im Lauf der Jahre hatte er der kleinen Miriam
das Angeln beigebracht. Wie man eine zappelnde Grille an

den Haken hängt, ohne mit der Wimper zu zucken. Wie man gekonnt wirft, wie von Gottes Hand gelenkt.

Als Miriam sechs geworden war, hatte Stanley mit seinem dicken deutschen Akzent darauf bestanden, dass sie lernen musste, Fahrrad zu fahren. Er stand vor dem Haus, hatte die eine Hand auf ein knallrotes Schwinn-Rad mit einer vogelgroßen Schleife am Lenker gelegt und drückte mit der anderen die winzige Hupe.

Kurz nach Augusts Geburt, als Miriam acht Jahre alt war, ließ Miss Jade ihr Ohrlöcher stechen. Das bedeutete einfach, dass sie mit einer zitternden Miriam die Straße hinunter zu Miss Dawns schiefem rosa Haus ging, wo die weise Frau schon mit einer glühend heißen Nähnadel in der einen und einer Zigarette in der anderen Hand auf ihrer Veranda saß.

Obwohl die ganze Nachbarschaft sie liebevoll großgezogen hatte, vermisste Miriam den Vater, den sie nie gekannt hatte. Sie wunderte sich, dass ihre Mutter bei seiner bloßen Erwähnung aus dem Zimmer ging. Sie kam dann immer mit roten Augen zurück, beantwortete aber alle Fragen, die ihr Miriam zu Myron stellte.

Würde er mich erkennen, grübelte Miriam. Sie betrachtete sich noch einen langen Moment in der vereisten Fensterscheibe. Dann legte sie die Hände auf den Rücken, streckte die Brust heraus und dachte, *vielleicht bin ich eines Tages groß*.

Sie setzte ihren kurzen Heimweg fort, bog rechts in die Chelsea ab und ging bei Stanley's vorbei. Einen Moment lang überlegte sie hineinzugehen.

Doch es war zu kalt für Butter-Pekannuss-Eiscreme, und andere Süßigkeiten für die kalte Jahreszeit – Pfefferminz, Lakritze, Lebkuchen – hatte sie nie gemocht.

Eine Frau kam aus dem Geschäft. Sie war wohl schon etwas älter, so wie sie sich zunächst am Türgriff festhielt und dann mit vorsichtigen, bedächtigen Schritten in Richtung Brookins Street ging. Sie trug einen schönen hellrosa Mantel mit hohem Kragen. Die Farbe erinnerte Miriam an Miss Dawns Haus. *Seltsam*, dachte sie. Die Frau weinte. Schluchzte ungehemmt. Machte sich nicht einmal die Mühe, das Gesicht abzuwischen.

Miriam runzelte die Stirn und setzte ihren kalten Weg über die vereisten Straßen von North Memphis fort. Sie bog links in die Locust Street ein und war überrascht, denn viele Autos parkten in ihrer Straße. Während sie die Verandastufen hochging, hörte sie die gedämpften Stimmen Erwachsener im Haus.

Gerade als sie nach dem Türknauf griff, wurde ihr geöffnet. Vor ihr stand Miss Dawn in einem langen Batik-hauskleid, dessen Farben wie tausend Rubine strahlten. Um den Kopf hatte sie einen passenden Schal gewickelt.

»Beunruhige deine Mama jetzt nicht mit tausend Fragen, hörst du?«, sagte sie zu Miriam und führte sie schnell ins warme Haus. »Deine Schwester schläft jetzt auch, und heute solltest du sie nicht aufwecken.«

Im Wohnzimmer sah Miriam viele Frauen aus der Nachbarschaft. Einige kannte sie, andere nicht. Die meisten weinten. Aus dem Rauch, der aus der hinteren Hälfte des Hauses kam, und den tiefen Stimmen schloss Miriam, dass sich in der Küche kettenrauchende Männer befanden. Im Gegensatz zu den meisten politischen Treffen, die in diesem Haus stattfanden, wirkte diese Zusammenkunft stumm und melancholisch.

»Was für Fragen?«, wollte Miriam wissen.

»Du stellst sie ja schon«, flüsterte Miss Dawn.

»Warum sagst du mir nicht, was los ist?«, insistierte Miriam. »Warum ist der Plattenspieler nicht an? Wer sind all diese Leute? Warum sind alle so bestürzt?«

»Sie weiß es nicht?«

Miriam hörte die Stimme ihrer Mutter. Sie klang so schwach wie die eines verletzten Vogels. »Mama?« Ihre Augen suchten im Zimmer, dann sah sie ihre Mutter zusammengekauert auf dem Klavierstuhl sitzen. Sie war von mehreren Frauen verdeckt gewesen, die alle Taschentücher vor die Gesichter hielten.

»Du weißt es nicht?«, fragte Hazel.

»Was soll ich wissen? Donnerstags bleib ich doch immer noch länger zur Klavierstunde.«

»Ach ja«, sagte ihre Mutter, »hab ich vergessen.«

Die Frauen im Zimmer flüsterten.

Miss Jade, die einen Mantel mit Hahnentrittmuster und eine hohe Beehive-Frisur trug, rief aus: »Mein Gott, was machen wir denn jetzt?«

»Das ist das Ende der Welt«, gab eine andere Frau zur Antwort.

Jemand stöhnte.

»Mama?«, fragte Miriam flehend. Dann sah sie etwas Rubinrotes aufblitzen. Miss Dawn stand neben ihr. Der Saum ihres Hauskleids wischte über den Perserteppich im Wohnzimmer. Im Dämmerlicht wirkte sie wie ein schlagendes Herz. Sie ging zu dem großen Erkerfenster.

»Ich hätte es wissen müssen«, sagte sie mit dem Rücken zum Raum.

»Was hättest du wissen sollen?«, fragte Miriam.

»Es gibt einen Kälteeinbruch, wenn ein alter König stirbt, sagt man«, erklärte Miss Dawn und starrte aus dem Fenster. »Auf Dr. King wurde geschossen.« Miss Dawn blickte immer noch aus dem Fenster, als sie hinzufügte: »Er ist tot.«

»Erschossen wie ein gottverdammter Hund«, sagte Miss Jade.

Miriams Mutter tat etwas für sie Ungewöhnliches, vor allem in Anwesenheit so vieler Menschen in ihrem Haus. Sie senkte den Kopf und weinte.

Miriam stand da wie erstarrt. Sie hatte noch immer ihren Mantel an und das Gefühl, die einzige Person in diesem Raum voller Frauen zu sein – die weinten, klagten, sich die Nase putzten und gegenseitig den Rücken streichelten –, die sich nicht bewegte. Unbewusst erinnerte sie sich an eine fünf Jahre zurückliegende Situation. Damals war sie acht, und August war gerade auf die Welt gekommen.

An jenem Morgen, August schlief noch, hatte Hazel Miriam mit ihrer Lieblingsmahlzeit geweckt: Frühstück. Auf dem Küchentisch ausgebreitet waren gebratene grüne Tomaten, Grütze mit Garnelen, salziger gebratener Speck, gewürzte Rühreier mit Reis und gebutterte Maisbrotmuffins.

Ihre Mutter stand am Herd und beobachtete mit versteinertem Gesicht Miriam beim Essen.

Von der Mischung aus Köstlichkeiten vor ihr in Anspruch genommen, hatte Miriam nicht bemerkt, wie ihre Mutter den Wasserkrug füllte. Plötzlich spürte sie das kalte Wasser in ihr Gesicht platschen und ihre Bluse durchnässen.

Sie verschluckte sich und keuchte, als noch etwas Unerwartetes passierte: Ihre Mutter schubste sie. Nicht zu fest, aber hart genug, sodass sie auf die grünen Samtkissen in der Frühstücksecke zurückfiel.

Miriam hatte sich wieder aufgerichtet und erwartete noch einen Stoß.

Stattdessen nickte ihre Mutter. »Du bist bereit«, hatte sie gesagt.

An jenem Nachmittag hatte Hazel Miriam zu ihrem ersten Sit-in mitgenommen.

Vier kleine Mädchen waren in jener Woche in einer Kirche in Birmingham in die Luft gejagt worden. Hazel hatte mit der Faust so heftig auf den Küchentresen geschlagen, als sie Miriam davon berichtete, dass sie ihre Hand eine Woche lang bandagieren musste.

Durchnässt und schweigend vor ihrem ruinierten Frühstück sitzend, hatte Miriam verstanden.

Jetzt, mit zwölf, sah Miriam durch diese Menge von Körpern denselben Zorn im Gesicht ihrer Mutter, den sie gesehen hatte, als die vier Mädchen Opfer der Bombe wurden oder als Medgar Evers ermordet oder wenn der Name ihres Vaters erwähnt wurde.

Miriam eilte zu ihrer Mutter, bahnte sich den Weg zwischen den anderen Frauen hindurch, als wären sie Zweige einer Magnolie. Sie kniete sich vor ihre Mutter, reckte ihre Arme und nahm Hazels Gesicht in die Hände.

»Schau mich an, Mama. Komm. Sieh mich an«, sagte sie und wischte die ungewohnt fließenden Tränen weg. Ihre Mutter sah auf und in die Augen ihrer Tochter.

»Ich hab dich«, sagte Miriam. Es war sowohl eine Feststellung als auch eine Aufforderung.

Auf dem Gesicht ihrer Mutter erschien ein Lächeln. Sie küsste Miriam auf die Stirn. Dann legte sie ihren Kopf auf den ihrer Tochter.

»Ich hab dich«, wiederholte Hazel.

Kapitel 26

JOAN

2001

Als Daddy und Uncle Bird ins Wohnzimmer traten, wimmerte Wolf. Sie lag auf dem Rücken und streckte Daddy den Bauch entgegen. Da kniete er sich neben sie. Ich wusste, dass er es war, sobald ich Wolf an der Tür wimmern gehört hatte. Diesen sanften Laut machte sie nur für eine einzige Person.

Uncle Birds Stimme war unverkennbar. Seine Vokale hatten diese scharfe Chicagoer Färbung. *Ma. Pa.* Ich hatte ihm und meinem Dad jahrelang zugehört, wenn sie spät in der Nacht telefonierten. Beide heulten wie die Hyänen. Bei diesen Gesprächen blühte der Chicagoer Akzent meines Vaters wieder auf. *Mane* statt *Man.*

Daddy trug seine beige Uniform des Marine Corps und hielt die Kappe in den Händen. Uncle Bird, Daddys Klon, nur einen Kopf kürzer, trug eine schwarze Lederjacke und hatte einen Zahnstocher zwischen seinen geschürzten Lippen. Obwohl sie vor mir standen, konnte ich kaum glauben, was ich sah.

Sechs Jahre. Sechs Jahre waren vergangen, seit ich Daddy zuletzt gesehen hatte. Jedes Mal wenn ich an ihn dachte, öfter als ich zugeben wollte, verdrängte ich die Erinnerung. Nahm einen Stift. Verlor mich im Zeichnen auf dem Blatt. Doch hier war er vor mir. Und er sah so schmerzlich vertraut aus, wie er da kniete und unserem Hund den Bauch kraulte.

»Hey, Girl«, gurrte er und blickte zu mir hoch.

Es tat weh, sein Lächeln zu sehen.

Wir starrten einander lange wortlos an. Ich lächelte nicht zurück.

Er wandte seine Aufmerksamkeit meiner Mom zu. Sie stand mit verschränkten Armen im Wohnzimmer. »Du lebst also«, sagte sie. Mama war die kalte Wut. Ihr Blick war stechend. Ich glaube, wenn ihre Blicke hätten töten können, sie hätte nicht gezögert.

Uncle Bird ging zu ihr und küsste sie schüchtern sanft auf die Wange. Er nahm seine Lederkappe ab, hielt sie in der Hand und scharrte mit den Füßen. »Es war die Hölle hierherzukommen, Meer«, sagte er.

»Das kann ich mir denken«, erwiderte Auntie August. Sie behielt die Remington, die sie an der Tür hatte stehen lassen, immer im Auge.

Uncle Bird zeigte mit seiner Kappe auf Daddy, der zwar noch Wolf streichelte, dabei aber mich und Mama ansah. »Und das alles, weil dieser Nigga nicht genügend Hajis in dem ersten verdammten Krieg getötet hat.«

»Sag nicht so was«, blaffte ich.

Die Geschichte hatte mir die Tatsache bewusst gemacht, dass Rassismus eine Nahrung ist, nach der es Amerikaner gelüstet. Die morgendlichen Kurse bei Mr. Harrison hatten mich gelehrt, dass die USA die Elitesoldaten einer Weltarmee auf ein einziges Wort reduziert hatten: *Jap*. Ich war damit groß geworden, dass die Marinefreunde meines Vaters, selbst Uncle Mazz, das Wort *Haji* benutzten. Ich wollte nichts von alldem bei mir zu Hause hören. Ich war bereit, mich den Folgen und den Rügen zu stellen, die die Frechheit, einen älteren Verwandten zu kritisieren, mit sich brachte, aber – *zum Teufel damit*, dachte ich. Ich wollte diese Art von Ignoranz nicht bei mir zu Hause dulden. Schon gar nicht von ihm.

»Meine Nichte!« Mein Onkel kam mit großen Schritten durch das Zimmer zu mir, hob mich hoch und wirbelte mich herum, bevor er mich wieder auf den Boden stellte. Meinem Gefühl nach hätte es mein Daddy getan, hätte es tun sollen. Aber weder er noch ich schienen in der Lage zu sein, die sechs Jahre Schweigen, die so schwer zwischen uns lagen, zu überbrücken. Meine Wut verebbte in den Armen meines Onkels. Er roch wie sein Bruder. Ich atmete den Geruch von Sandelholz, Zigaretten und Schuhcreme tief ein.

»Siehst genau wie dein Daddy aus. Schau dir diese langen Spinnenbeine an. Und du bist dunkel wie die Nacht, Girl«, sagte er.

Ich wurde rot.

»Und was zum Teufel ist daran verkehrt?« Auntie August blickte wieder auf das Gewehr an die Tür.

Uncle Bird hob beschwichtigend die Hände. »Nichts, verdammt noch mal. Das Mädchen ist schön. Es ist doch bekannt, dass die North-Frauen den Verkehr zum Erliegen bringen können. Wenn wir schon von Verkehr reden, ihr glaubt nicht, was auf den Straßen aus Virginia raus los ist. So was hab ich noch nicht gesehen. Stillstand. Wir haben den ganzen verdammten Tag und die Nacht gebraucht.«

»Nun, Meer.« Mein Onkel wandte sich Mama zu. »Ich weiß, du und mein Bruder, ihr müsst, äh, ein paar Worte wechseln. Das ist in Ordnung. Aber eine Tasse Kaffee? Ein Stück von einer deiner Torten? Was meinst du?«

Mama weigerte sich, für Daddy Kaffee zu machen; also stellte Auntie August Wasser auf. Mamas stille Wut war verständlich. Sie hatte uns sechs Jahre lang ohne seine Hilfe durchgebracht. Weihnachten vor drei Jahren war ein Briefumschlag von ihm voll mit Fünfhundert-Dollar-Scheinen gekommen. Sie hatte ihn geöffnet und das Geld mit einem Zettel zurückgeschickt, auf dem stand: »Unser Kummer hat keinen Preis.«

Auch ich war unerschütterlich in meiner Verachtung. Wir saßen jetzt alle in der Küche. Ich nippte an meinem Kaffee, ohne Daddy, der mir gegenübersaß, anzusehen. Als kleines Mädchen hatte ich ihn mehr als das Zeichnen geliebt. Mit fünfzehn wurde mir klar, dass er uns nichts als Schmerzen gebracht hatte. Und vor Kurzem hatte er Mya fast zu Tode erschreckt, sodass sie sich drei Tage lang nicht bewegte. In meiner aufkeimenden Ablehnung kam mir der Gedanke, dass der Absturz der Flugzeuge irgendwie seine Schuld war.

Mama hielt ihre Arme weiterhin verschränkt. Ihre Augen waren Dolche. Sie saß neben mir an unserem runden Tisch und starrte Daddy an. Uncle Bird und Auntie August standen kettenrauchend am Herd und brühten Kaffee auf.

Das Schweigen, Mamas und meine unausgesprochenen Anschuldigungen lasteten schwer auf uns. Es war ein Wunder, dass Mya bei der vorausgegangenen Unruhe im Wohnzimmer weiterschlafen konnte. Sie hatte drei Tage lang nicht geschlafen, und Mama hatte beschlossen, sie nicht zu wecken.

Mya war fast komatös in dieser Zeit. Ein paar Tage zuvor, als sie sich geweigert hatte aufzustehen, hatte ich den Fernseher, der über der Mikrowelle stand, aus der Steckdose gezogen, ihn in das Quilting-Zimmer gebracht und

Myas Lieblingsshow eingeschaltet. Mya war nichts als ein kleines braunes Gesicht in einem Kokon aus Decken. Sie bewegte sich nicht, als ich den Fernsehapparat so platzierte, dass ihr Blick darauf fiel. Selbst der Titelsong von *Sailor Moon's* rührte sie nicht.

Uncle Bird war der Einzige, der gelassen schien. Er spielte Zuhausesein. Mit der Zigarette im Mund servierte er Mama eine Tasse heißen Kaffee und fragte, ob sie Milch wollte.

»Sie nimmt ihren Kaffee schwarz mit viel Zucker«, sagte Daddy schnell und klang dankbar, dass er etwas sagen konnte. Die Vertrautheit seiner Stimme beunruhigte mich.

Dann machte Mama etwas Kühnes. Sie griff über den Küchentisch, nahm eine der langen Zigaretten aus Augusts Packung, zündete sie an, zog den Rauch ein und blies ihn Daddy ins Gesicht.

Daddy schien etwas überrascht, aber nicht geschockt. Ich glaube, er erinnerte sich an die Macht, die meine Mama über ihn hatte. Er öffnete seine Hände zum Zeichen der Nachsicht, sagte aber nichts.

In diesem langen Moment war ich fest davon überzeugt, dass meine Eltern in einer vergangenen Zeit füreinander die Sahara durchquert hätten. Mit ausgestreckten Armen eher einander als Wasser suchend.

»Ihr ...«, er zeigte auf Mama und dann auf mich, »ihr wart die Ersten, zu denen ich wollte. Als ich diese Feuerwand sah ...« Seine Stimme versagte. Er nahm den Blick von uns. Sammelte sich und räusperte sich.

Stockend begann er, seine Geschichte zu erzählen. Sagte, er würde niemals die brennenden Körper vergessen können. Ebenso wenig wie die Motoren des Flugzeugs, das sich dem Gebäude näherte. Er erzählte, wie er, Bird und Mazz ihre Arbeits- und Uniformhemden um die Hände und den Mund gewickelt hatten, um sich nicht zu verbrennen oder zu ersticken, und wie sie auf eine Feuerwand zurannten, um Menschen aus den brennenden Trümmern zu ziehen. Die Leute waren von Kopf bis Fuß rußbedeckt. Einige brannten und schrien in dem schmelzenden Beton.

Wir hörten schweigend zu. Mamas Arme waren nicht mehr verschränkt – sie nippte an ihrem Kaffee –, doch sie schien entschlossen, von der Hölle, die Daddy beschrieb, unbeeindruckt zu wirken. Ich versuchte, es ihr nachzutun.

Dann erklärte Daddy schnell, dass er versucht hatte, uns anzurufen, doch meine Tante hatte recht gehabt: Die Telefonleitungen waren zusammengebrochen gewesen. Drei Tage lang konnte man nicht telefonieren. Er hatte auch keinen Flug bekommen können. Alle Flughäfen in den USA waren geschlossen. Also hatte er sich in seinen schwarzen Mustang gesetzt und war selbst gefahren.

Daddy atmete tief ein und erzählte weiter. Dieses Mal langsamer. Wir sahen ihn alle an, aber er blickte nur auf Mama. Dies und die Verzweiflung in seiner Stimme, die fast bittend klang, wirkten auf mich wie ein Versuch. Als wollte er ihr seine Geschichte sowohl als Erklärung als auch als Entschuldigung für etwas ganz anderes erzählen.

Er erzählte uns, wie er eine Kool rauchend mit Uncle Bird und Uncle Mazz draußen an der südwestlichen Ecke des Pentagons stand. Uncle Bird war von Chicago geflogen kommen, um dabei zu sein, wie sein großer Bruder zum Lieutenant Colonel befördert wurde. Die Feier war für den Morgen des elften September geplant.

Daddy sagte, er habe sich die gelben Blätter einer Eiche an der Einfahrt zum Pentagon angesehen, als er ein tiefes

Dröhnen hörte. Näher kommend. Mechanisch. Lauter werdend. Die drei dachten, ein Lastwagen wäre auf den Parkplatz gefahren. Doch sie sahen nur eine Handvoll Zuspätkommender in dem Ozean geparkter Autos.

Dann beschrieb Daddy, wie er aus den Augenwinkeln wahrnahm, dass seinem Bruder die Zigarette aus dem Mund fiel. Als er Uncle Birds Blicken folgte, sah er sie.

Die Boeing 757 raste direkt auf sie zu. Tief. Tiefer, als er jemals ein Flugzeug hatte fliegen sehen. Bird und Mazz schrien etwas, aber der Lärm der Maschine war inzwischen so laut, dass er alles übertönte.

Daddy sagte, dass er, auch wenn das irrational war, sicher gewesen war, das Flugzeug würde anhalten. Im letzten Moment abdrehen oder aufsteigen und über das Gebäude fliegen, in dem er und Mazz und fünfundzwanzigtausend andere Militärpersonen und Zivilisten arbeiteten.

Doch die Maschine stoppte nicht. Sie nahm weiter Kurs auf das Gebäude und flog direkt in den westlichen Flügel des Pentagon.

Bis auf Daddys tiefe und gefasste Stimme herrschte Schweigen in der Küche. Seine Augen waren noch immer auf Mama gerichtet. Sie drückte ihre Zigarette im Aschenbecher aus und nahm noch einen Schluck Kaffee. Doch ich bemerkte, wie angespannt sie war.

Die Wut auf ihn hatte mir meinen Vater jahrelang ersetzt. Folglich trug ich sie immer in mir wie einen Rosenquarz in der Hand. Und jetzt verschwand er allmählich. Wurde immer kleiner. Ich spürte seine scharfen Kanten kaum noch. Die Zeit in der Küche verging. Die Großvateruhr im Wohnzimmer hatte bereits dreimal geschlagen, und ich bemerkte, wie ich von einem Gefühl der Liebe überwältigt wurde. Liebe wie eine Flut, die immer und immer wieder gegen einen Felsen prallt und ihn auswäscht. Und ich war mir sicher, dass nur Gott – und vielleicht Miss Dawn – eine Flut aufhalten konnten.

Daddy erzählte weiter. Er sagte, dass die drei von der Druckwelle umgehauen wurden. Das Erste, was sie taten, war in dem Rauch nacheinander zu suchen. Mazz und Daddy fanden sich schnell. Ihr Marine-Training hatte sie für diesen Weltuntergang geschult. Dann suchten sie panisch nach Bird, der weiter weggeschleudert worden, aber unverletzt war.

Kaum hatten sie Uncle Bird gefunden, hörten sie in ihren dröhnenden Ohren das Geräusch von kreischendem Metall und brechendem Stein. Die Schreie von Menschen, die im Gebäude in der Falle saßen. Das wütende Brüllen des Feuers, das sowohl das Flugzeug als auch das Gebäude umschloss, begleitet vom Lärm brechenden Metalls und zusammenfallender Mauern.

Dann sahen sie Menschen aus dem Gebäude rennen, brennende Menschen. Daddy sagte, er habe es riechen können – verkohltes Haar und versengtes Fleisch.

Er wischte sich die Augen mit dem Handrücken. Ich ließ meine Tränen einfach fließen. Mein Kaffee schmeckte salzig. Wir hatten gleichzeitig zu weinen begonnen. Wie ähnlich wir uns waren … Ich war seine Tochter, ob ich wollte oder nicht.

Er nahm einen Schluck Kaffee. Seine Hände zitterten leicht. Er sah jetzt erschöpfter aus als zuvor, als er ins Haus gekommen war.

Das frühe Dämmerlicht tauchte die Küche in ein blasses Blau. Er hatte die ganze Nacht gebraucht, um seine Geschichte zu erzählen. Draußen begannen die Vögel zu singen.

Ich sah Mama an. Ihre Arme waren jetzt wieder fest verschränkt.

Uncle Bird reichte Auntie August eine angezündete Zigarette, sie nahm sie an. So hatten sie die ganze Zeit nebeneinandergestanden. Ihre Schultern berührten sich leicht.

Daddy räusperte sich. »Ich schrie: ›Oo-Rah‹, und lief zu der zerborstenen Mauer, aus der die Leute herausrannten. Wir liefen alle dorthin, aber wir konnten nichts tun. Wegen der Hitze. Diese Hitze. Ich kann nicht. Dafür gibt es keine Worte. Es war so heiß. Und die Menschen. Sie *brannten,* Meer.« Er schlug mit der Faust auf den Küchentisch, und ich fuhr zusammen.

»Es war wie in der Nacht in dem Frisiersalon.« Ich wusste nicht, wovon er redete. Das Gesicht meiner Mutter blieb teilnahmslos. »Meer, die Nacht, in der wir uns gestritten haben. Oder die Ballnacht beim Marine Corps. Das Krankenhaus …«, sagte er, als meine Mutter weiterhin schwieg, und zum ersten Mal, seit er seine Geschichte begonnen hatte, wendete er sich mir zu.

Ich erschrak und lehnte mich unwillkürlich in meinem Stuhl zurück.

»Ich musste hierherkommen. Wollte euch sehen. All das Sterben hat mich krank gemacht. Kannst du das nicht verstehen? Wo ich auch hingehe, überall herrscht Krieg.«

Niemand sagte etwas. Wolf wimmerte und wollte gestreichelt werden. Sie hatte die ganze Nacht vor den Füßen meines Vaters geschlafen.

Daddy griff hinunter und kraulte eines ihrer Ohren.

»Ich muss mich für die Schule fertig machen«, sagte ich mit leicht brüchiger Stimme. Ich hatte aufgehört zu weinen, war aber noch ergriffen von dem neuen Gefühl der Liebe zu meinem Vater, das mich überkommen hatte.

Daddy sah von seiner Kaffeetasse auf und fragte erstaunt: »Es ist doch Samstag, oder?«

Mama schob ihr Kinn nach vorne. »Joanie hat jetzt Kunstkurse im *College*«, sagte sie und betonte das Wort *College*.

»Wir hatten hier unsere eigenen Kämpfe«, fügte Auntie August hinzu.

»Und haben sie gewonnen«, sagte Mama.

Schweigen breitete sich wieder aus. Daddy sah auf seinen Kaffee hinunter, um ihr grimmiges Starren zu vermeiden. Uncle Bird sah zur Decke.

»Ja, das habt ihr«, sagte Daddy mit resignierter Stimme. »Du hast einen verdammt guten Job gemacht, Meer.«

Mama blickte spöttisch und wendete ihren Blick samt vorgestrecktem Kinn von Daddy ab.

Nach einer Minute hörte ich leise Schritte näher kommen.

Mya hatte schon immer ein perfektes Timing gehabt. Plötzlich erschien sie in der Küche. Sie trug ein langes buntes Nachthemd, rieb sich den Schlaf aus den Augen und gähnte. Sie ging geradewegs an uns vorbei. Nichts wies darauf hin, dass sie Uncle Bird neben Auntie August hatte stehen sehen. Das war ungewöhnlich für sie, besonders früh am Morgen. Meist hatte sie bei Tagesanbruch mehr Energie als Wolf. Doch jetzt war sie noch ganz in ihrem Kummer gefangen, dass sie keine Nachrichten von Daddy hatte. Sie ging zum Kühlschrank, öffnete ihn, nahm eine Packung Orangensaft heraus und stellte sie mit uns zugewandtem Rücken auf den Tresen.

Daddy lachte. »Meer, haben wir unseren Mädchen nicht beigebracht, ›Guten Morgen‹ zur Familie zu sagen?«

Myas Schultern zuckten und verspannten sich. Ihr Rücken versteifte sich. Sie hatte Orangensaft verschüttet. Sie hatte sich ein Glas eingeschenkt, und jetzt floss der Saft den Tresen hinunter auf den Boden.

»Komm, Mädchen, lass mich mal.« Uncle Bird nahm ihr behutsam und sanft das Glas aus der Hand.

»Träume ich?«, flüsterte Mya. Sie drehte sich abrupt zu Uncle Bird, und als Antwort schüttelte er seinen Kopf.

Sie seufzte. Meine Schwester fasste sich, ging vom Tresen zum Küchentisch und griff nach dem Kristallbehälter, der in seiner Mitte stand. Ihr Gesicht glühte. Ihr Lächeln war breit und strahlend. Myas Gesicht ließ das blaue Morgenlicht, das durch das Küchenfenster hereinkam, vergleichsweise blass erscheinen.

Sie öffnete die Kristallbox und las laut den Vers aus der Heiligen Schrift auf einer der Karten vor: »Siehe, Gott ist meine Rettung. Ich bin voller Vertrauen und fürchte mich nicht. Jesaja zwölf, zwei«, las sie. Dann ging sie direkt zu unserem Vater, fiel ihm in die Arme und lehnte den Kopf an seine Brust.

Ich hatte nicht gewusst, dass ein Lächeln etwas so Schönes, Gutes sein konnte, bis ich Myas Gesicht sah. Mir war nie bewusst gewesen, dass ein Lächeln die Sonne selbst sein konnte, die sich ausbreitete, um uns alle zu wärmen.

Kapitel 27

AUGUST

2001

Sie wachte zu »Claire de Lune« auf. Unter den Stapeln von Quilts, die auf ihr lagen, hörte August das unverwechselbare Klimpern des alten Klaviers im Wohnzimmer. Noch nicht ganz wach, erinnerte sie sich, dass Jax und Bird drei Nächte zuvor angekommen waren. Sie hatte Jax ihr Bett überlassen und schlief bei ihrer Schwester, nachdem er sich geweigert hatte, Dereks Zimmer zu nehmen. Es war das erste Mal seit Jahren, dass Männer im Haus waren.

Die herbstliche Morgensonne fiel in das Zimmer. Es war das ihrer Mutter gewesen. Die holzgetäfelte Decke mündete in der Höhe in die Form eines achteckigen Hexenhuts. Die Wände waren mit Collagen bedeckt. Papa Myron hatte zeitgenössische Schwarze Kunst gesammelt, die ihre Mutter so geliebt hatte. Farbenfrohe Drucke von Allen Stringfellow und Romare Bearden belebten den Raum. Die Bilder stellten Schwarze Menschen dar, die zur Kirche gingen, im Frisiersalon saßen, einfach lebten. Joan kam oft in dieses Zimmer, um sich die Drucke anzuschauen. August sagte dazu nichts. Sie waren es wert, betrachtet zu werden.

Seit Dereks Gerichtsverhandlung war das Aufstehen für August ein täglicher Kampf. Es war weniger Traurigkeit als Zynismus, der sie überwältigte. Während sie den Boden ihres Frisiersalons fegte, fiel sie zunächst ein kleiner bösartiger Gedanke an. *Du wirst einsam sterben.* Dann schüttelte sie den Kopf und versuchte, ihn zu verdrängen. Doch er kam wieder: *So wie Mama. Allein in deinem Garten.* Sie hörte mit dem Fegen auf, und mit einem dumpfen Schlag fiel der Besen zu Boden. Offenbar hatte sie alle Lust verloren – Frisieren, Kochen, Singen in ihrem Laden –, alles erschien ihr so fade. Was für einen Sinn machte es? Welchen Unterschied, wenn sie aufstand? Wenn sie an diesem Tag etwas aß? Wenn sie sang? Grüne Tomaten briet? Sie war an jenem Morgen aufgestanden, als D zwei Menschen erschoss. Ob sie nun aufstand oder im Bett blieb, würde das Chaos in ihrem und außerhalb ihres Hauses nicht stoppen.

August stützte sich auf die Ellbogen und gähnte ausgiebig. Sie griff nach ihrem Kimono – das einzige Ding, das sie vom Vater ihres Babys je geschenkt bekommen hatte – und wollte nachsehen, wer auf dem Klavier ihrer Mutter spielte, das seit Jahren niemand angerührt hatte.

Die Melodie war hypnotisierend. August ging durch das Haus und fragte sich, wie irgendjemand dabei weiterschlafen konnte. Jede einzelne Note klang so leicht und hatte dennoch so viel Gewicht. Das Stück schien das Haus ganz einzuhüllen, denn Augusts Schritte auf dem Holzfußboden knirschten im Takt mit der Musik aus dem Wohnzimmer.

Als sie dort ankam, war sie vom einfallenden Licht kurz geblendet. Es fiel auf die Buntglasfenster und erzeugte auf dem Boden eine Million Brechungen der Efeublätter. Staubwölkchen tanzten synchron mit der Musik durch die Luft.

Bird saß am Klavier. Sein Rücken wiegte sich leicht zu der klassischen Melodie. Etwas Rauch kräuselte sich vor der Zigarette in seinem Mund. Seine Finger bewegten sich gewandt über die Tasten. Dann sah August mit leichtem Staunen, dass sein Kopf nicht nach vorn gebeugt war. Er blickte nicht einmal auf die Tasten und spielte das Stück ohne Noten.

Etwas in August wünschte, es würde nie enden. Sie wollte in dem vom Morgenlicht durchfluteten Wohnzimmer stehen und zuhören, wie dieser Schwarze Mann eine klassische französische Ode auf einem alten, nicht gestimmten Klavier spielte.

August wartete, bis das Lied zu Ende war, bevor sie etwas sagte. Es brach ihr fast das Herz, so einen Moment zu unterbrechen. »Du siehst zerzaust aus«, sagte sie.

Bird schwang sich auf dem kleinen Hocker schnell zu August herum. Er lächelte.

Er kam ihr fast wie ein Klon von Jax vor. Aber es gab etwas, das sie immer an ihm gemocht hatte – von dem Augenblick an, als er beim Hochzeitsempfang ihrer Schwester hereinstolziert war, den weißen Mann mit der Pistole verprügelt und die ganze Nacht mit ihr getanzt hatte. Sie musterte ihn von oben bis unten und wunderte sich, wie dieser kleine dunkle Mann, der dringend einen Haarschnitt und eine Rasur benötigte, fast die ganze South Side von Chicago kontrollieren konnte.

»Ja? Ich könnte einen Schnitt gebrauchen.« Bird fuhr sich mit der Hand über den Nacken. »Ich hab gehört, dein Laden ist berühmt.«

»Das ist alles, was ihr Yanks könnt? Lügen?«

Bird hörte nicht auf zu lächeln. »Sei doch nicht so, Sis.« Er zog an seiner Zigarette.

»Ach, hab ich vergessen«, sagte August und verschränkte ihre Arme. »Frauen schlagen, das könnt ihr auch.«

Bird war aufgestanden, um die Asche seiner Zigarette in Augusts zum Aschenbecher umfunktionierte weiße Teetasse zu schnippen, die auf dem Kaminsims stand. Doch er blieb auf halbem Weg stehen.

»Ich habe niemals ...«

»Na, dann komm mit. Ich kann doch einen Verwandten nicht wie Kunta Kinte herumlaufen lassen. Du sollst wenigstens wie der Ike Turner aussehen, der du bist.«

Er folgte ihr in die Küche. »Hey, hat nicht dein Sohn Frauen *getötet*?«

August erstarrte. Woher wusste er ...? In Gedanken beantwortete sie sich ihre Frage: Mya. Sie war die Einzige, die noch mit Jax sprach. August fragte sich kurz, was Jax gedacht haben mochte, als er davon hörte. Aber sie schob den hässlichen Gedanken beiseite und konzentrierte sich auf Bird. Sie war bereit anzugreifen, doch dann wurde ihr plötzlich klar, was er *nicht* gesagt hatte. Er hat versucht, sein Bestes zu geben und hatte nicht die Absicht zu töten – nur zu kämpfen.

»Du hast schon wieder Glück, dass wir verwandt sind«, sagte sie.

Bird hielt die Hände hoch, als hätte August eine Waffe statt ihrer Augen auf ihn gerichtet.

Sie ließ ihn eine Minute warten, hielt den spielerischen Schlagabtausch aufrecht und die Möglichkeit, dass sie ihn gleich hier in ihrer Küche töten könnte. Dann öffnete sie die Tür zu ihrem Laden und ließ ihn ein.

»Wow.« Er pfiff und zeigte auf das eingerahmte LP-Cover von *All'n All*, das an der Wand hing. Eine große Pyramide und eine Reihe in Gold gemeißelter Pharaonen ragten in einen blassblauen Himmel. »Ich hab die Niggas in Chicago gesehen, als das Album gerade rausgekommen war. Mann, die konnten Feuer spucken.« Er begann zu summen.

»Mhm. Setz dich.« August zeigte auf einen roten Frisiersessel aus Plüsch.

Bird zögerte. »Déjà-vu«, sagte er und setzte sich langsam.

»Was soll das jetzt schon wieder?«

»Dieser Stuhl.« Bird ließ sich darin nieder. »Er erinnert mich an etwas.«

»An was?«

»Mitternacht, Ecke King Drive und 63rd.«

»Das ist schrecklich aufschlussreich.« August lachte.

»Jax hat in der Nacht zum ersten Mal einen Mann getötet.«

Augusts Lachen verstummte schnell. Gekonnt warf sie Bird einen Frisierumhang um.

»Haben auch einen Mann verloren, verdammt. Einen guten.«

August griff in eine Schublade und holte ihre Clips heraus. Birds Haare waren ein Nest dicker gekringelter Locken. Sie begutachtete sie, fasste mit den Händen rein und wählte die Nummer fünf.

Sie war nicht sicher, was es mit ihrem Stuhl auf sich hatte, aber er konnte aus den härtesten Individuen, die Gott geschaffen hatte, die tiefsten Geheimnisse hervorbringen. Auf dem Stuhl erzählten ihr die Schwarzen Frauen von Memphis alles: über ihre Untreuen, Kinder, die sie liebten, und Kinder, die sie nicht liebten, ihre Halluzinationen am Morgen, ihre Gebete am Abend. August kannte den Lieblingspsalm und die Lieblingsposition beim Sex von jeder Frau in einem Umkreis von zehn Meilen.

Stylistinnen im Süden waren Priesterinnen. Und das war die einzige Religion, die August brauchte.

»Deine Hände in meinem Haar fühlen sich verdammt gut an.« Birds Rücken war dem großen Spiegel zugewandt, und sie wusste, dass er sehen konnte, wie sie ihre Augenbrauen extrem hochzog.

»Noch mal, Bird, wir sind *verwandt*.« Sie betonte das letzte Wort.

»*Halb* verwandt. Mein Bruder und deine Schwester sind nicht mehr ...«

August spürte etwas, das sie zunächst nicht wahrnehmen wollte: Birds Hand glitt vorn an ihrem Kimono hoch. Sie wartete etwas zu lange, bis sie zurückwich. Und das wusste sie.

»Das heißt ja nicht, dass wir nicht nett zueinander sein können«, sagte Bird weiter. Er zwinkerte und zog seine Hand zurück, damit August das Ganze als Neckerei verstehen konnte, nichts weiter – wenn sie das wollte.

August drehte den Frisierstuhl um, sodass Bird in den Spiegel blickte. Hinter ihm stehend, steckte sie die Clips in sein Haar. Im Spiegel spürte sie, wie er sie anblickte. Sie gab vor, mit den Clips beschäftigt zu sein.

»Erinnerst du dich an meinen letzten Besuch hier? Die Hochzeit? Du warst umwerfend in dem Gelben. Zum Sterben.«

»Wen habt *ihr* sterben lassen?« August wusste, wie sie ein Gespräch lenkte, und wollte ihn auf sicheren Boden führen. Sie spürte, es gab etwas, das er loswerden wollte und musste. Sie war sich nicht sicher, ob sie hören wollte, was er zu sagen hatte, oder, wichtiger noch, ob er es verdiente, dass sie ihm zuhörte. Es war weniger eine Entscheidung als das Beharren auf einem Ritual. Wenn er nicht in ihrem Stuhl gesessen hätte, wäre es vielleicht anders gewesen. Aber er saß da. Und sie selbst hatte sich bereits als Begleiterin in Position gebracht.

Bird entspannte sich in dem Frisiersessel und gestand ihr alles.

»Es war 1976«, sagte er, während er sich im Spiegel betrachtete und August sich an die Arbeit machte. »Der Frühling ließ noch auf sich warten. Ich erinnere mich noch an den schmutzigen Schnee auf dem toten Gras entlang der Bordsteinkanten. Chicagos South Side umgab uns wie ein Flickenteppich aus Straßenkreuzungen. Auf beiden Seiten des King Drive lagen Backsteinreihenhäuser. Der Frisiersalon war bei Weitem nicht so schön wie deiner. Es war ein einstöckiger Anbau direkt unter der U-Bahn-Station. Er bebte jedes Mal, wenn alle drei Minuten ein Zug darüber hinwegfuhr.

Als wir diesen Nigga killten, waren Jax und ich erst einundzwanzig. Er ging gerade durch diese Phase, in der er einen Schnurrbart trug, der unbedingt dicker wirken sollte. Meine Bomberjacke aus schwarzem Leder war mit dickem Webpelz gefüttert, aber ich fror trotzdem. Ich hatte meine Handschuhe vergessen. Jax trug einen karamellfarbenen Wollmantel, den hatte er gerade zu Weihnachten bekommen – hab ich ganz vergessen. Passte zu seinem Schnurrbartstil.

Es sollte das zweite Mal sein, dass Jax und ich an diesem Tag klauen würden. Zuvor hatten wir die Regale in der Stadtbibliothek durchstöbert. Jax hatte eine verblasste, ramponierte zweite Ausgabe ohne Buchrücken von *Der große Gatsby* in der tiefen Tasche seines Mantels verschwinden lassen. Er sagte mir, er habe sie schon so oft ausgeliehen, dass er fand, sie gehöre ihm jetzt ohnehin.

Holmes wartete draußen auf uns. Das war dieser Typ, mit dem Jax schon eine Weile herumzog. Er hatte dieses Ziegenbärtchen, das ihn wie eine exakte Replik von Malcolm X aussehen ließ. Frierend und die Hände mit unserem Atem wärmend, warteten wir eine Minute vor dem Frisierladen. Holmes sah Jax an. ›Fertig?‹

›Machen wir das wirklich?‹, fragte Jax.

Holmes nickte. ›Auf geht's‹, sagte er und öffnete die Schwingtür zu dem Laden.

Dort auf dem Frisierstuhl saß ein Bär von Mann mit einem Gewehr auf dem Schoß. Das war Red.

Red hatte zwei riesige Vorderzähne mit einer Lücke dazwischen. Der Hoover-Damm hätte sie ausfüllen können. Er ließ zwei Prostituierte für sich arbeiten und hatte fünf Kinder, die er an Weihnachten und manchmal zu Ostern sah. Er trug immer ein grellrotes Hemd und einen hühnerherzgroßen Rubin an einem seiner dicken Finger. Er war groß wie eine Scheune. Den Namen ›Red‹ wurde er nicht mehr los.

›Was zum Teufel willst du damit‹, sagte Holmes und zeigte mit dem Kopf auf das Gewehr.

›Für euch, Nigga‹, antwortete Red. ›Ich hab 'ne Verabredung mit dir, Mann. Mit dir. Ich kenne diese anderen staubigen Niggas nicht.‹ Er machte eine ausladende Bewegung mit der rechten Hand.

Jax ergriff das Wort: ›Seh ich für dich wie ein Bulle aus?‹

›Nigga, hab ich mit dir gesprochen? Ich schwöre bei Gott, hab ich nicht.‹

›Da würde Gott dir recht geben. Hast du nicht. Aber ich spreche mit dir, oder, du fetter Hurensohn?‹

Da ging ich in die Mitte des Raums und öffnete meine Lederjacke. Red war dumm, aber der Kerl war nicht blind.

Jeder hätte den schwarzen Glanz meiner Neun-Millimeter sehen können.

Holmes ergriff das Wort: ›Gentlemen, Gentlemen. Wir wissen doch, dass heute Nacht in der Stadt Chicago … nein, in den Städten überall im Land … eine beachtliche Anzahl Schwarzer Männer andere Schwarze Männer tötet. Lasst uns diese Zahl nicht leichtsinnig erhöhen.‹

Holmes hatte so eine Art zu reden wie ein alter Südstaatengeneral. Elegant. Langsam. Er setzte sich in einen Frisiersessel auf der anderen Seite des Raums. Mit übereinandergeschlagenen Beinen zog er eine Packung Kools aus der rechten Tasche, nahm ein Feuerzeug in die linke Hand und zündete sich eine Zigarette an. Er wirkte wie eine Spinne in dem Stuhl. Wartend. Rauchend. Geduldig. Dann wackelte der Boden wieder bei der Ankunft und Abfahrt einer weiteren Bahn der Linie L.

›Ich stell mir das so vor …‹ Holmes zog an seiner Zigarette und blies den Rauch in einem Ring aus. ›Du kannst mein Geld hier haben.‹ Er schlug auf seine Brusttasche. ›Und wir können unsere für beide Seiten vorteilhafte Händler-Beschaffer-Beziehung fortsetzen. Oder ich kann dir diese beiden‹ – er zeigte auf mich und Jax – ›stürmischen Männer auf deinen Schwarzen Arsch und dein Schwarzes Geschäft hetzen. Glaub mir, es wäre klug von dir, die erste Möglichkeit zu wählen.‹

Red spuckte auf den Boden. ›Ich mache keine Geschäfte mit Niggas, die ich nicht kenne.‹

Dann fing Holmes an und sagte: ›Die Wanika in Ostafrika essen ihren König, wenn der alte Mann stirbt. Nehmen seine Gebeine, kochen daraus eine Brühe, von der sie tagelang schlürfen, und dabei lamentieren sie mit Händen, Schreien und Trommeln. Red, was glaubst du, wer von

279

uns wird an deinen Knochen lutschen, alter Mann, bevor diese Nacht zu Ende ist?‹

Ich sag's dir, dieser Nigga hatte es verdient. Während Holmes seine Rede über die Wanika hielt, bedeutete mir Jax, ruhig zu bleiben. Reds Finger krochen an den Abzug seines Gewehrs. Er hatte vielleicht die Neun-Millimeter in meinem Halfter gesehen, aber nicht, wie Jax seine Sechsunddreißiger aus dem Innenfutter seines Wintermantels zog. Bevor Red irgendetwas tun konnte, schoss Jax dem Nigga zweimal ins Herz. Pop. Pop.

Danach ließen wir's krachen. Wir stoppten den Shelby vor einer verlassenen Kathedrale an der Ecke Dobson und 87th und machten die ganze Nacht Party. Es war verrückt. Das Schiff der Kathedrale war ganz aus Mahagoni, Ulme und Kiefer, fünfundvierzig Meter hoch, und endete an einem unsichtbaren Punkt irgendwo in der Dunkelheit. Die Decke glänzte in Gold. Jeder Strebepfeiler, jeder Bogen und jede Glasmalerei war mit Goldflecken bemalt. Die Goldfarbe in Reichweite war abgekratzt. Süchtige hatten sich dazu auf Kirchenbänke und Altäre gestellt. Sie hatten Fingernagelstücke im Holz hinterlassen. Feuer brannte in den Schalen für das heilige Wasser. Die Urnen, die einst die Erlösung versprachen, waren zu Öfen umfunktioniert worden, in denen glutrot das Feuer schien. Im Schein der roten Glut wärmten sich Menschen. Überall waren Körper, August. Sie lagen auf den Bänken mit verzückten Gesichtern wie kurz vor dem Orgasmus, dem zufriedenen Aussehen der Zugedröhnten. Sie kauerten um die Feuer und wärmten braune bandagierte Hände. Es war die verkehrte Sixtinische Kapelle: dünne Schwarze Körper, die am Boden herumkrochen und diese harte Erde vergeblich nach einem Retter absuchten. Es stank nach Pisse.

Sugar führte den Laden. Eine Große, zum Teil Indigene, mit der Holmes was hatte. Seit Jahren. Sugar war eine kräftige Frau. Cleopatra musste so ausgesehen haben, als sie auf ihrem goldenen Streitwagen saß und den Nil überquerte. Sie war ein Meter achtzig groß und hatte die Hautfarbe eines Sattels. Als sie uns einließ, murmelte sie vor sich hin, es sei ihr Fluch, Schwarzen Männern zu vertrauen, dass sie noch mal ihr Tod sein würden und dass Holmes ihre geliebte Achillesferse sei. Sie nahm seine Hand und führte ihn hinter einen schweren purpurnen Vorhang, der zur Hälfte eine lange Reihe von Beichtstühlen verbarg.

Ich erinnere mich nicht mehr an viel, was danach passierte. Muss auf einer der Bänke eingeschlafen sein. Ziemlich high. Doch ich weiß noch, dass ich aufwachte, weil ich Schreie hörte. Jax brüllte und rief immer wieder: ›Holmes! Holmes!‹

Holmes saß aufrecht auf einer Bank, aber irgendetwas an seiner Körperhaltung schien nicht in Ordnung. Sein Kopf hing nach hinten über die Lehne, als hätte er die Augen zum Himmel gewandt und würde Gott direkt fragen, was Er wollte. Eine Spur weißen Speichels rann von seinem offenen Mund über seine Wange zu seinem Ohr. Seine Brille – so eine wie die von Malcolm X – lag verbogen in seinem Schoß.

Jax lockerte den Lederriemen, der immer noch fest um Holmes' linken Oberarm geschnallt war, und sprach mit ihm, zärtlich, leise und beruhigend flüsternd. Ermunternd, so wie Eltern mit Kindern, die in einem Geschäft verloren gegangen waren: *Alles wird gut. Es wird alles wieder gut.* Seine Hände zitterten.

Ich musste meinen Bruder, schreiend und weinend, vollgerotzt, in die Luft tretend und Gott verfluchend, aus dieser Hölle zerren. Eine Woche später hielt ich den Benzinkanister, während Jax seine Pistole in die Kuppel der Kathedrale abfeuerte. Er schrie, wenn diese Niggas den nächsten Tag erleben wollten, würden sie alle rauslaufen, und das taten sie – rannten hinaus in den Schnee und kniffen und kratzten ihre Gesichter.

Wir haben das verdammte Ding in Brand gesteckt. Du kannst über den Süden sagen, was du willst, aber ich habe in meinem Leben nichts Schöneres gesehen. Diese erbärmliche Kirche erst in Flammen und dann später verkrustet im Frost und in den Eiszapfen von den Schläuchen der Feuerwehr. Dieses Haus des Herrn verformt zu einem Iglu des Todes. Verdammt.

In derselben Woche hat sich Jax zum Militär gemeldet. Glaubte, er könnte es nicht ertragen. In diesem Shelby in Chi ohne Holmes herumzufahren. Er lenkte den Wagen zu dem nächsten Stützpunkt des Marine Corps, den er finden konnte, und ich hab ihn dann an einem frühen Morgen zur Busstation gebracht.«

August verpasste Bird den letzten Schliff. Sie sprühte seine Haare mit Leave-in-Conditioner ein und strich verbliebene Reste mit einem großen weichen Kabuki-Pinsel weg. Eine weniger erfahrene Stylistin hätte denken können, Birds Geschichte sei zu Ende. Doch sie schloss aus seinem unsteten Blick, seinem Nichtbemerken, dass sie fertig war, dass er noch mehr sagen würde, wenn sie still blieb. Und sie hatte natürlich recht.

»Die erste Person auf dieser Erde, die Jax mehr als mich liebte, war Miriam«, sagte Bird. »Dann, als Joanie kam – und später My –, rief er mich an, um mir von ihren Wimpern zu erzählen, ihren kleinen dicken Bäuchen, wie sie klangen, wenn sie kicherten. Wie er sich im Dienst hart anstrengte, damit diese kleinen Mädchen niemals den Mist sehen, in dem wir aufgewachsen waren. Einmal rief er mich weinend an, weil er, als er nach Hause kam, die Mädchen Nase an Nase schlafend gefunden hatte, wie zwei aneinandergekuschelte Wolfswelpen.« Bird blinzelte und warf einen kurzen Blick auf August. »Ich habe ihn niemals so verliebt gehört«, sagte er. Es klang wie eine Bitte.

August trat zurück und begutachtete ihr Werk. Sie hatte einen gut aussehenden Mann aus ihm gemacht. Das Haar bildete einen weichen Übergang in seine sanfte milchschokoladenfarbene Haut. Sie war stolz auf sich und dankbar, aus dem Bett gekommen zu sein, um dem Klang der Musik zu folgen.

Bird betrachtete sich im Spiegel. »Ihr Ruf eilt Ihnen voraus, Ma'am.« Er streckte eine Hand unter dem Cape hervor, doch August schubste sie beiseite.

»Bin noch nicht fertig«, sagte sie und legte ein heißes Handtuch auf Birds Gesicht.

Er stöhnte darunter. »Das brauchte ich«, seufzte er.

Vielleicht war das der Auslöser. Einen Mann unter ihr stöhnen zu hören, ließ August zur Ladentür eilen und sie von innen verriegeln. Es veranlasste sie, die rote Männerkrawatte, die ihren cremefarbenen Kimono zusammenhielt, zu lösen. Sie kletterte auf Bird in dem Stuhl, legte seine Hände auf ihre dunklen wartenden Brüste und fragte ihn, was er sonst noch brauchte.

Kapitel 28

HAZEL

1968

Hazel gefiel es, dass Stanley's sich über die Jahre hinweg nicht verändert hatte. Kleine Neuerungen, um mit der Zeit Schritt zu halten, waren akzeptabel. Die Victrola war durch eine Münz-Jukebox ersetzt worden. Über der Tür befand sich jetzt ein Fernseher – ein Luxus. Und 1964 konnte Stanley endlich die COLORED-Schilder abreißen. Doch andere Dinge waren wie in der Erinnerung geblieben. Die frischen Stücke von erstklassigem Fleisch, die Delikatessen des Südens in den Krügen – eingelegte Rüben, scharfes Chow Chow und Pfeffersoße – standen wie früher in den Zedernregalen. Jeden Freitagnachmittag schaute Hazel vorbei, bestellte drei Butter-Pekan-Eiscremes und gab Miriam und August jeweils eins. Dann gingen die drei zu ihrem von Myron erbauten Zuhause.

Auf dem kurzen Weg zu Stanley's zog Hazel ihren hellen Nerzmantel fester um sich. Es war bitterkalt für April. Doch sie brauchte ein paar Lebensmittel für das Fischessen, zu dem sie für den Freitag eingeladen hatte. Es sollte teilweise zu Ehren von Dr. King stattfinden, der eine Woche zuvor erschossen worden war, und andererseits als Treffen zur Planung der nächsten Schritte. Seit Myrons Tod war Hazels Haus zu einem Mekka für junge Aktivist*innen gegen die Segregation geworden. Im Quilting-Zimmer übernachteten Pfarrer und College-Studierende auf ihrem Weg weiter in den Süden, nach Mississippi, Alabama oder Georgia, wo sie Leute für die Wahlen registrierten. Das Haus war voll, wenn es eine Welle von Sit-in-Protesten gab. Im April war immer besonders viel los. Viele kamen, um die ersten Schwarzen Schüler und Schülerinnen an verschiedenen Bildungseinrichtungen im ganzen Süden zu unterstützen. Hazel öffnete ihr Haus den Hoffnungsvollen und den Idealist*innen der Welt. Sie genoss dies alles und hoffte und betete jeden Abend auf Knien, Myron möge stolz auf sie sein.

Myron. Hazel kannte Trauer so gut wie eine Schwester. Im ersten Jahr nach Myrons Tod hatte sie es abgelehnt, mit Gott zu reden. Wann immer sie an der Stelle neben dem großen Doppelbett vorbeikam, wo sie sich gewöhnlich niedergekniet und mit Ihm gesprochen hatte, spuckte sie stattdessen auf den Boden. Im zweiten Jahr nach Myrons Tod, als Miriam Keuchhusten bekam, brach Hazel schließlich zusammen und sprach mit Gott. Verlangte, dass er ihr Kind rettete. Sagte, sie würde persönlich an den Himmelstoren auftauchen und sie mit ihren eigenen Händen einreißen, wenn Er es wagte, einen weiteren Menschen von ihr zu nehmen. Sie schwor, sie würde Gott heimsuchen, ihn jahrzehntelang verfolgen, wenn er es wagte, ihr die Tochter zu nehmen. Als Miriam über den Berg war, nachdem Miss Dawn nächtelang über der Kleinen gesungen und Weihrauch verbrannt hatte, fiel Hazel auf die Knie und betete ihren Lieblingspsalm: »Ich will der Welt von all Deinen wunderbaren Taten erzählen.«

Obwohl schon viele Jahre seit Myrons Ermordung vergangen waren, hatten Hazels Gespräche mit ihrem toten

Mann nie aufgehört. Sie redete oft mit ihm. So, als wäre er noch am Leben und würde ihr bei der Zubereitung des Abendessens über die Schulter schauen.

Doch sie war noch eine Frau. Und ab und zu war unter den Studenten ein Mann. Vielleicht ein Professor oder ein Prediger. Sie gingen durch ihr Wohnzimmer, und das Feuer in ihren Augen passte zu ihrem brennenden Herzen. Ihre gerechte Wut wurde vorübergehend zu einem sicheren Hafen für Hazel. Niemals würde sie jemanden so wie Myron lieben, aber sie hatte nichts dagegen, ab und zu einen mit ins Bett zu nehmen. Dann kam vor fünf Jahren August. Hazel hatte Augusts Vater nichts gesagt. Er war einer der charismatischen Führer, die sie in der Bewegung getroffen hatte. Als sie feststellte, dass sie schwanger war, war er schon dabei, durch das Land zu ziehen. Sie hatte nicht den Wunsch, er möge mehr sein als das, was er im Moment war: der Erzeuger dieses neuen kleinen Mädchens, das Miriams Schwester werden sollte. Wenn August nach ihrem Daddy fragte, würde Hazel ihr die Wahrheit sagen: dass er unterwegs war, um Gottes Werk zu verrichten, und dass ihre ganze Familie hier war: sie selbst und Miriam. Und auch Miss Dawn, Miss Jade und alle Frauen in der Nachbarschaft. Hazel hatte nichts dagegen, eines Tages den Vater von August bekannt zu geben. Doch sie wollte es nicht erzwingen. Gott würde es zur rechten Zeit geschehen lassen.

Hazel behielt ihre Handschuhe an und blickte auf die Liste: Maismehl, zwei Pfund Barsch, zwei Pfund Weißfisch, zwei Pfund Seewolf, grüne Zwiebeln für die Spaghetti. Sie suchte in den Regalen nach Maismehl.

»Gib mir deinen Zettel, und ich hole die Sachen für dich, Miss North.«

Stanley kam von dem Fleischkühlschrank im hinteren Raum. Seine langen weißen Finger wischten etwas von den Schlachtresten von seiner Schürze.

»Wie geht's dem kleinen Klon von dir?«

»Alles Einsen und eine Zwei letzte Woche.« Hazel lächelte und gab ihm ihre Einkaufsliste.

Stanley runzelte die Stirn. »Worin ist denn die Zwei?«

»Geometrie.«

Stanley machte ein ernstes Gesicht. Sein deutscher Akzent kam stärker hervor. »Das geht aber nicht. Ich rede mit ihr.«

»Du bist strenger mit ihr als ich. Du und Miss Dawn. Miss Jade. Ihr alle.«

Stanley zuckte mit den Schultern in gespielter Entrüstung. »Miss Miriam ist unser Juwel«, sagte er.

Hazel schüttelte den Kopf. »Dieses Juwel hat dich um den Finger gewickelt.«

»Und wie geht's der kleinen August? Folgt sie Miriam immer noch wie ein Schatten?«

»Manchmal noch näher, Mr. Koplo. Sie werden beide bald in Memphis herumrennen«, sagte Hazel.

Stanley fuhr mit den Händen durch die Luft, als wollte er eine Fliege verscheuchen. »Ich weiß, so ist das.« Und dann sagte er mit einem verschmitzten Lächeln: »Und ich hab was für die beiden.«

Hazel sah die Freude in seinem Gesicht, das Funkeln in seinen Augen. »Ach du lieber Gott, Mr. Koplo. Was hast du denn jetzt schon wieder für die Kinder?«

»Nur ein paar eingemachte Pflaumen in einem kleinen Krug.« Stanley hielt einen Finger in die Luft. »Nur einen. Sieh mich nicht so an. Ich weiß, Miss Miriam mag sie. Für alle ihre Einsen. Aber nicht für die Zwei. Sag ihr das. Die reicht nicht aus.« Er legte einen kleinen Krug mit einem roten Tuch über dem Deckel in Hazels Korb.

Sie stemmte ihre behandschuhten Hände in die Hüften und schüttelte wieder den Kopf. »Ich bring dir eine Platte von diesem Fisch zurück«, bot sie ihm an.

Stanley winkte ab und ging nach hinten, um ihre Lebensmittel zu holen. Nach einem Moment sagte er: »Aber ich nehme eine von deinen Zitronen-Meringuen.«

Hazel verdrehte die Augen. »Na gut, dann wirf noch ein paar Zitronen zu meinen Einkäufen, du listiger alter Mann.«

Der Fernseher über der Tür, in dem eine Sendung über ein Bach probendes Orchester lief, wechselte plötzlich zu Regenbogenfarben, krächzte, zeigte einen schwarzen Bildschirm und machte dann einen Schnitt zu einem weißen Nachrichtensprecher.

Hazel und Stanley drehten die Köpfe zum Gerät.

Dieses Mal runzelte Hazel die Stirn. »Ich hätte schwören können, der kommt später?« Es war eine Frage.

»Guten Abend. Weniger als eine Woche nach der Ermordung von Dr. Martin Luther King jr. ist ein weiterer führender Bürgerrechtsaktivist in Memphis, Tennessee, erschossen worden.«

Hazel erstarrte. Eine Kälte, die sie seit Myrons Ermordung nicht mehr gespürt hatte, schien ihre Venen zu vereisen, sie zu paralysieren. Sie hörte einen Namen, den sie nur gegen Mitternacht in ihren Gebeten flüsterte.

Doch der Moderator sprach einfach weiter. Stand die Welt nicht still? Hatte ein arktischer Abgrund sie nicht alle verschlungen? Sie zitterte und spürte ihre Zähne klappern.

»Er war ein Pfeiler bei den Demonstrationen für Gleichheit und Bürgerrechte in diesem Land, ein Befür-

worter der Gewaltlosigkeit in der Bürgerrechtsbewe-
gung. Die Polizei hat eine Fahndung nach einem gut
gekleideten jungen weißen Mann herausgegeben, der
vom Tatort weggelaufen sein soll. Es wird berichtet, einige Beamte hätten einen Wagen verfolgt und beschossen,
aus dem Musik schallte und in dem zwei weiße Männer
saßen.«

Stanley ließ die Tüte mit den Zitronen fallen, die wie
Tennisbälle über den Boden kullerten. Hazel hätte sich
um nichts in der Welt bücken können, um sie aufzuheben.
Ihr war immer noch eiskalt. Sie konnte sich nicht vorstellen, dass es noch die Schwerkraft gab, warum die Zitronen nicht mitten in der Luft zu Eis erstarrt waren. Ihre
Augen klebten an dem Fernseher.

Sie wollte nicht wegsehen. Wie hätte sie das auch gekonnt.

Auf dem Bildschirm erschien das Gesicht ihres jetzt
toten Liebhabers.

»Der Schwarzen-Führer war kürzlich nach Memphis zurückgekehrt, um den Streik der Sanitärarbeiter
zu unterstützen. Er tankte heute Nachmittag an einem
Servicecenter seinen Wagen auf, als nach Angaben eines
Begleiters von der anderen Straßenseite ein Schuss ab-
gedrückt wurde. Nach Aussagen des Freundes konnte nur
ein ausgebildeter Schütze die Kugel abgefeuert haben.
Die Tankstelle war zu dieser Zeit sehr voll. Es war drei
Uhr nachmittags.

Die Polizei war innerhalb von Minuten am Ort des Ge-
schehens. Die medizinische Ambulanz kurz danach. Aber
jede Hilfe kam zu spät. Die Wunde war tödlich.

Ein Polizeisprecher bestätigte, dass ein Jagdgewehr mit
hoher Durchschlagskraft etwa einen Block vom Tatort

entfernt gefunden wurde, aber noch nicht als die Tatwaffe identifiziert werden konnte.«

Da verfluchte Hazel Gott wieder. Sosehr sie den Herrn liebte, Er hörte einfach nicht auf, ihr etwas zu nehmen. Alles, was Er tat, so schien es, war, von Hazel zu nehmen und zu nehmen und zu nehmen.

Während der Journalist sprach, stellte Stanley Hazels Korb auf den Tresen. Er drehte dem Fernseher den Rücken zu und spuckte voller Abscheu auf den Boden. Um die Zitronen kümmerte er sich nicht mehr.

Niemand in dem Laden sprach ein Wort. Stanley bückte sich nun doch, sammelte die verstreuten Zitronen auf und legte sie in Hazels Korb. Doch Hazel nahm den Korb nicht. Sie war wie versteinert. Sie schrie und fluchte nicht und konnte auch nicht weinen. Sie hatte immer noch ihre Handschuhe an und hielt sich eine Hand vor den offenen Mund. So stand sie eine Weile da und starrte auf den Fernseher. Dann atmete sie tief aus. »Myron ist für nichts und wieder nichts gestorben«, sagte sie, »nicht für einen einzigen gottverdammten Zweck.«

Stanley war derjenige, der ihre Tränen wegwischte. Mit seiner Armbeuge. Unter Schluchzen gelang es ihm, Hazel zu sagen, dass er ihre Einkäufe für sie nach Hause tragen würde. Er wollte keinen Widerspruch hören. »Gar kein Problem.«

Später, nachdem fast niemand mehr in Hazels Wohnzimmer und Küche war, verlangte sie nach einer Zigarette, und mit hochgezogenen Augenbrauen gab Miss Dawn ihr eine. Sie standen in der Tür von Miriams und Augusts Schlafzimmer und blickten auf die schlafenden Mädchen. Quilts bedeckten die Wände des Raums. Hazel hatte Dellas Nähmaschine in eine Ecke gestellt. Der angrenzende

Vorraum, jetzt voller Puppen, war einst das Stillzimmer ihrer Babys gewesen.

Hazel inhalierte schnell den Rauch der Zigarette. Sie bekämpfte den Husten, der dennoch kam. Hielt die Hände vor den Mund, um ihn zu unterdrücken.

Miriam drehte sich im Schlaf in ihrem Bett um.

»Lass uns in die Küche gehen, bevor wir die Mädchen aufwecken«, flüsterte Miss Dawn.

Hazel willigte ein und ging, immer noch leicht hustend, voraus.

Miss Dawn setzte sich auf eines der smaragdgrünen Kissen auf der Küchenbank. »Hast du irgendeinen Whiskey?«, fragte sie.

Dieses Mal gehorchte Hazel. Auf Zehenspitzen griff sie nach dem Bourbon, der in einem Schrank über dem Herd versteckt war. Sie musste sich strecken, doch nachdem sie die Flasche hervorgeholt hatte, entkorkte sie sie und schenkte Miss Dawn zwei Fingerbreit ein. Sie reichte ihr das Glas mit den Worten: »Für die Gefallenen.«

Als Miss Dawn das Kristallglas zum Toast erhob, dachte Hazel, dass ihre langen Finger ein sehenswertes Wunder waren. Miss Dawn nippte an ihrem Whiskey. Hazel fand, sie sah aus wie Circe, die überlegte, ob sie Odysseus' Schiff stranden lassen sollte.

Hazel löste ihre verschränkten Arme nur, um an ihrer Zigarette zu ziehen. »Ich habe es ihm nie gesagt«, sagte sie zitternd, obwohl sie wusste, dass Miss Dawn das schon wusste. »Wie werde ich …? Was zum Teufel soll ich August erzählen, wenn sie älter ist? Was soll ich den Leuten sagen, wenn sie ein ganzes Leben lang danach fragen, wo ihr Daddy ist?«

»Sag ihnen die Wahrheit«, sagte Miss Dawn nach einer Weile und zuckte mit den Schultern. Das Rot ihres Kleides schillerte selbst im Dunkel der unbeleuchteten Küche. Sie nahm einen Schluck Whiskey, und ihre weiten Ärmel erinnerten an ein frisch entfachtes Feuer. »Sag ihnen, er ist tot.«

Kapitel 29

MIRIAM

2001

Sich in den Hüften wiegend, ging Miriam im September-licht auf Jax zu, der in der Einfahrt seinen Shelby wusch. Sie erinnerte sich an unzählige Spätnachmittage, an de-nen sie einen Krug Margarita gemixt und ihn tänzelnd zu Jax gebracht hatte, der im Hof an seinem Auto herumbas-telte. Er war kaum gealtert in den vergangenen sechs Jahren. Der einzige Unterschied war, dass noch mehr Medaillen und Orden am Revers seiner Marine-Corps-Uniform hingen.

Miriam betrachtete ihn eine Weile. Am vorangegange-nen Tag hatten sie und August auf der Veranda gestanden und beobachtet, wie Joan, Mya, Bird und Jax in den nied-rigen Shelby stiegen.

August hatte den Kopf geschüttelt, in die tiefen Taschen ihres Kimonos gegriffen und eine Zigarette aus der Pa-ckung gezogen.

Miriam zog die Augenbrauen hoch. »Gib mir eine«, sagte sie mit ausgestreckter Hand. August blickte ihre Schwester fragend an. »Ach halt den Mund und gib mir eine.« Miriam schnappte August die Kool weg. »Ich hab das durchgestanden.«

»Und ich nicht?«, fragte August.

Miriam wandte sich ihr zu. Aus ihrem Gesicht sprachen tausend Entschuldigungen. »Wir alle«, sagte sie. Sie knuffte sie und gab ihr einen spielerischen Schubs. »Außerdem ist es nur eine Zigarette.«

August schnalzte mit der Zunge. »Gestern Abend hast du auch eine geraucht«, bemerkte sie.

»Okay, Mama«, sagte Miriam. Dann sah sie zu ihrem Entsetzen, doch auch voll Stolz, dass Joan und nicht Jax den Shelby rückwärts aus der Einfahrt lenkte. »Dieses Mädchen ...«

»Wird schon gut gehen«, sagte August.

Miriam hustete bei ihrem ersten Zug an der Kool.

August verdrehte die Augen. »Mach das verdammte Ding aus. Du beweist damit gar nichts.«

»Warum denkst du immer, dass ich zu trinken anfange oder von sonst etwas abhängig werde?«, fragte Miriam mit erstickter Stimme.

»Weil du so hell bist und dein Mann ein verdammter Yankee.« August blies den Rauch aus. »Und deine Kids verrückt.«

Jetzt in der Morgensonne trug Jax ein ärmelloses weißes Unterhemd. Er tauchte einen Seifenlappen in einen Eimer und warf ihn dann auf die Motorhaube seines Mustangs. Er und Bird waren jetzt seit zwei Tagen in Memphis.

»Erinnerst du dich noch, wie ich versuchte, das verdammte Ding umsonst loszuwerden? An das Schild im Hof?« Miriam hatte nicht damit gerechnet, dass Jax beim Klang ihrer Stimme zusammenzucken würde, auch wenn er ihr den Rücken zugewandt hatte. Schließlich war er ein Marine. In ihren unzähligen Kämpfen hatte sie nie die Oberhand gewinnen, nie den Vorteil der Überraschung für sich verbuchen können.

»Ich erinnere mich daran«, sagte er, während er mit dem nassen Lappen über die Karosserie des Mustangs wischte. »Ich war im Offiziersklub, als Mazz reinplatzte und sagte, ich sollte besser mal kommen und mir ansehen, was du gemacht hast.«

Miriam lachte. Es war ein bitteres Lachen. »Warum bist du hier, Jaxson?«

Sie hatte genug davon, ihn im Haus zu haben. Sein Geruch war überwältigend. Sandelholz, Moschus, Schuhcreme, Zigaretten – das alles brachte zu viele Erinnerungen zurück, die schwer für Miriam zu verdauen waren.

Er unterbrach seine Autowäsche. »Ich wollte meine Mädchen sehen.«

»Unsere«, korrigierte sie ihn.

»Unsere«, wiederholte er.

»Nein, *meine*.« Miriam wurde wütend und zeigte mit dem Finger auf ihr Herz. »Ich habe sie in den letzten sechs Jahren großgezogen. Ich. Ohne irgendeine Unterstützung von dir. Keinen Cent. Glaubst du, es wäre anders gewesen, wenn du gestorben wärst? Dieses Inferno im Fernsehen, die Hölle, der du entkommen bist, ist nichts, absolut nichts im Vergleich zu dem, was wir hier durchlebt haben. Und *wir* sind nicht in ein Auto gesprungen, um *dich* zu suchen.«

»Nein, *du* bist in ein Auto gesprungen und gegangen.« Jax erhob sich, und seine Stimme wurde lauter.

»Ich habe mich in Sicherheit gebracht«, schrie Miriam zurück. »Es war die Hölle mit dir, Jax, einfach die Hölle.«

Jax trat gegen den Eimer mit dem Seifenwasser. Der stieß gegen einen Stein und fiel um. Wasser spritzte auf ihre Füße. Miriam beobachtete schweigend, wie der Eimer langsam die Auffahrt hinunterrollte und beim Briefkasten liegen blieb.

Jax ließ den Kopf hängen. Seine Schultern hoben und senkten sich in tiefen Atemstößen. »Ich weiß, ich war nicht der beste Ehemann ...«

Miriam verschränkte ihre Arme und blickte höhnisch.

Jax zog drohend die Augenbrauen hoch und begann noch einmal. »Ich weiß, ich war nicht der beste. Aber Meerkat ...« Er räusperte sich und scharrte mit den Füßen.

Miriams Magen zog sich zusammen, als sie ihren Kose-namen hörte. Jax hatte ihn jahrelang nicht benutzt. Ihn jetzt zu hören, versetzte sie zurück in die Zeit, als sie mit Joan schwanger war. Im achten Monat hatte sie sich über jeden Pupser Gedanken gemacht. Jede Blähung schien ihr wie die Ankündigung der Wehen.

»Der Golf hat mich so verändert«, sagte Jax jetzt bit-tend. »Er hat das Beste von mir gefordert, Meer.«

Miriam betrachtete ihn jetzt genau. Er sah bemitlei-denswert aus. Ein großer Schwarzer Mann, zerstört von Geistern und vom Krieg, stand in der Einfahrt zu ihrem Haus, hielt einen Seifenlappen in der Hand und bat um ihre Vergebung, so gut er konnte. Vor Jahren hätte das Bedauern in seiner Stimme ihr alles bedeutet. Jetzt emp-fand sie fast nichts dabei. Sie hatte ihre gemeinsamen Töchter ohne seine Hilfe, so gut sie konnte, großgezogen. Und zwar so, dass die beiden immer für sich selbst sorgen könnten und nie von der Laune eines Mannes abhängig sein würden. Denn wohin würde das eine Schwarze Frau führen? In diesem Moment erinnerte sich Miriam daran, was Jax ihr einmal entgegengeschleudert hatte:

Gib doch zu, dass du mich nicht verlassen kannst. Wo zum Teufel willst du hin, und wie weit, glaubst du, kommst du mit zwei Kindern, keinem Abschluss und deinem Schwarzen Gesicht?

Miriam sah Jax weiter zu, wie er sein wertvolles Pony wusch, und ihr wurde klar, dass sein ganzes Leben von Krieg bestimmt war und immer sein würde. »Brich nur Mya nicht das Herz«, war alles, was sie sagen konnte. Sie wandte sich ab, um zurück ins Haus zu gehen.

»Was ist mit Joan?«

Miriam war selbst von der Härte ihres Lachens überrascht. »Das Herz dieses Mädchens hast du schon vor langer Zeit gebrochen«, sagte sie. Dann stieg sie die Treppen hoch, die ihr Vater aus selbst gesammelten Steinen gebaut hatte, und fragte sich, ob sie ihr eigenes Herz gemeint hatte. Warum hatte ihre Ehe nicht wie die ihrer Eltern sein können? Ihre Mutter hatte ihr Geschichten davon erzählt, wie sie und Myron Geheimnisse ausgetauscht hatten, als sie so verliebt auf der Verandaschaukel von Miss Dawn saßen und Eiscreme aßen. Das hatte Miriam immer für sich selbst gewollt. Ganz einfach, Schwarze Liebe. Sie hätte nicht sagen können, was wann und warum in ihrem Leben schiefgelaufen war. Es war, als hielte sie eine zerbrochene Teetasse in den Händen, ohne sich daran erinnern zu können, wie sie zu Bruch gegangen war, und ohne zu wissen, wie sie wieder geflickt werden könnte.

Am nächsten Tag war Jax weg. Doch der schwarze Shelby Mustang war noch da. Neben den Schlüsseln, die Jax auf dem Küchentisch liegen gelassen hatte, lag ein Zettel: »Joan, behandele ihn besser, als ich jemals deine Mutter behandelt habe, diesen Felsen in der Brandung … Oo-Rah.«

Kapitel 30

HAZEL

1985

Die Sonne war strahlend in Hazels Garten an jenem Morgen, und die blühenden Prunkwinden am hinteren Zaun verbreiteten ihren Duft.

Hazel hatte ihre Gartenkleidung an: einen Overall, Strohhut und die gelben Gartenhandschuhe mit den kleinen Sonnenblumen. Es war Pflanzzeit, später April, und sie konnte sicher sein, dass der letzte Frost vorüber war. Sie trug einen mit Samen gefüllten Weidenkorb: Zuckererbsen, grüne Rüben, Paprika, Salat.

Sie kniete zwischen dem sprießenden Kohlgemüse, den sich entwickelnden Maisstängeln und den Sonnenblumen, die schon so groß wie Kleinkinder waren. Sie summte einen Song von Nina Simone: »Memphis in June«, *sweet oleander.*

Sie dachte an ihre Töchter: August, drinnen mit Derek, der vor ein paar Wochen fünf geworden war, und Miriam, schwanger mit ihrem ersten Kind. Sie war jetzt dreißig. Nur vier Jahre jünger, als Hazel gewesen war, als sie Miriam bekommen hatte.

Hazel hatte Dereks Vater nicht gemocht. Zum Glück war er von der Bildfläche verschwunden. Zu Jax hatte sie auch kein gutes Verhältnis. Er und Miriam hatten übereilt geheiratet, und genauso schnell hatte Jax ihre Tochter mitgenommen. Hazels und Miriams Kontakte waren jetzt auf Weihnachten, Ostern und Telefongespräche zwischen Camp Lejeune und Memphis beschränkt.

»Du sollst das Baby zu Hause bekommen«, hatte Hazel zu Miriam gesagt, als diese ihr am Telefon mitteilte, dass sie schwanger war. »Mein Enkelkind soll in Memphis geboren werden.« Später in diesem Monat würden sie kommen, rechtzeitig vor dem errechneten Geburtstermin.

Sie kniete in ihrem Gartenhochbeet und legte im Abstand von zwei Händen säuberliche Reihen für die Bepflanzung an. Ein Kolibri erschien in den smaragdgrün schillernden Hecken. Hazel hatte seinen flinken Flügelschlag gehört und erblickte ihn. Er war so dunkel, dass er im Licht fast indigoblau aussah.

Sie fragte sich, ob Myron sie hier in dem Garten, den er für sie angelegt hatte, sehen konnte, wie sie ihr Gemüse für den kommenden Sommer pflanzte. Sie hätte gern gewusst, ob er sie überhaupt noch erkennen würde. Am Haaransatz grau, die Gestalt breiter geworden von vielen Jahren Arbeit, Mutterschaft, Leiden und Lachen. Über all die Jahre hinweg hatte sie sich gefragt, ob Myron sie noch liebte. Das war ihr immer wichtig gewesen. Sie sprach weiter mit ihm, wenn auch weniger oft.

»Mein Gott, ich vermisse dich so«, sagte sie laut und zog einen widerspenstigen Löwenzahn am Rand des Beetes aus der Erde.

Ein Schmerz durchfuhr ihren ausgestreckten Arm. Eine Sekunde später schien ihre ganze Brust zu brennen. Sie griff sich ans Herz. Es schlug mit der Heftigkeit des Finales einer Symphonie. Sie stützte die Hände in die Hüfte und rang nach Atem. Als sie sich an ihrem Korb festhalten wollte, fiel er auf die Seite, und die Samen kullerten durcheinander.

Als die Schmerzen sich immer mehr ausbreiteten, überkam die erfahrene Krankenpflegerin die Erkenntnis. Hazel lachte fast. Sie verspürte keine Angst und griff sich nicht mehr an die Brust. Sie legte sich hin und ließ den Kopf mit einem sanften Aufschlag auf den Boden fallen.

Sie ließ ihre Gedanken wandern.

Welchen Namen sie ihr wohl geben werden?, dachte sie.

Die Schmerzen hatten seltsamerweise nachgelassen. Doch sie spürte ihren Atem immer kürzer werden, wie sie da auf der roten Erde lag.

Hazels Liebe zu Gott war immer ein Kampf gewesen. Sie hatte Ihn gemieden, als Myron starb, und das Schweigen war betäubend nach der Ermordung von Augusts Vater. Doch jetzt lächelte Hazel. Sie war verdammt kurz davor, Gott einen dreckigen Schweinehund zu nennen – denn in diesem Moment war ihr Mund voll vom Geschmack von Butter-Pekannuss-Eiscreme.

»Myron«, sagte sie sanft »Myron.« Sie lächelte in die Morgensonne und war gegangen.

Auf Hazels Gesicht lag immer noch ein Lächeln, als August sie eine Stunde später fand. August rannte im rosa Schlafanzug die Locust Street hinunter. Sie schrie um Hilfe. Jemand sollte einen Arzt rufen, die Zeit zurückdrehen oder Gott ermorden.

Doch was konnte sie tun? Hazel war tot. August hatte das Gefühl, nicht nur ihre Mutter, sondern eine Königin war gestorben. Sie dachte an Churchills Worte über den Tod eines Königs und versuchte, sich zu beruhigen.

Ihre Mutter war gegangen, wie es jede Frau im Süden für sich erhoffte, die dazu erzogen worden war, den Herrn zu fürchten und zu lieben. Sie starb, sehr geliebt, in ihrem sonnigen Garten.

Als Miriam Augusts schreienden Anruf erhielt, sank sie, in sich das erste Kind, zu Boden. Dort kniete sie schweigend eine lange Zeit. Sie hob den Blick zu Jax und sagte: »Warum überhaupt ein Kind in diese Welt bringen, wenn sie nicht einmal meine Mutter kennenlernt?«

»Glaubst du, es ist ein Mädchen?«, fragte Jax.

Miriam öffnete ihre Hand. »Gib sie mir«, sagte sie.

»Was?«

»Deine Schlüssel«, sagte Miriam mit einer Entschlossenheit, die keinen Widerspruch duldete. »Ich fahre den verdammten Shelby selbst, wenn es sein muss. Meine *Tochter* ...« – immer noch auf dem Boden hockend, strich sie sich über den acht Monate schwangeren Bauch – »... wird in Memphis geboren.«

Kapitel 31

MIRIAM

2003

Die Eingangstür des Hauses wurde von einem Veranda-
licht beleuchtet. Das gelbe Licht, die Wärme des Ganzen,
war genau der Balsam, den Miriam nach einer Vierzehn-
Stunden-Schicht bei den Krankenschwestern auf der Ent-
bindungsstation brauchte.

Sie hatte den Tag damit verbracht, besorgte Mütter
zu beruhigen, ihnen die Stirn zu wischen und zu sagen:
atmen, pressen, stopp. Und die Kinder, wie sie in die Welt
kamen. Schreiend und hilflos und doch strotzend vor
Leben. Die Schwestern sagten ihr, dass die Freude, das
Wunderhafte des Vorgangs mit der Zeit verblassen würde,
aber Miriam war sich da nicht so sicher. Sie fand Gefallen
an der Pflege. Liebte die Arbeit fast so wie ihre Töchter.

Doch sie wusste nicht, ob sie schon jemals zuvor so müde
gewesen war. Vielleicht nach Myas Geburt, die schwierig
gewesen war. Sie war einen Monat zu früh gekommen,
und trotz ihrer wachsenden Expertise hatte Miriam keine
Erklärung dafür. Aber sie spürte in ihrem Innern, dass Jax
die Ursache war – und in gewissem Maß auch Derek. Sie
versuchte jedoch, ihren Hass auf Jax zu konzentrieren und
nicht auf Derek. Schließlich war er nur ein Junge. Ein Kind.
Jax war ein erwachsener Mann und hatte sie dennoch

misshandelt. Derek verkümmerte im Gefängnis, und Jax war frei, seine Brust voller Orden.

Ja, Miriam war müde und sehnte sich nach dem heimischen Herd. Ihrem Bad. Mehr als alles andere wollte sie unter die Dusche.

Sie schloss die Haustür auf und ging hinein.

»Ich muss dir etwas zeigen.«

»Guter Gott im Himmel.«

Das Licht im Wohnzimmer war aus. Nur durch den schwachen Lichtschein aus der Küche konnte Miriam etwas sehen. Sie hatte nicht bemerkt, dass August in ihrem Kimono auf dem Klavierhocker saß und natürlich eine Kool rauchte.

Miriam ließ vor Schreck ihre Handtasche fallen. Sie bückte sich, um sie am Riemen wieder aufzuheben. »Du hast mich zu Tode erschreckt, Aug.« Miriam schüttelte den Kopf. »Hast mich fast umgebracht.«

»Ich will dir etwas zeigen«, wiederholte August. Sie zog an ihrer Zigarette und stand auf.

Miriam verdrehte die Augen. Sie war erschöpft. Sie wollte ihre Tasche abstellen, in die Dusche gehen und dort für eine Viertelstunde abschalten. Ihr abendliches Ritual: zu heißes Wasser über sich laufen lassen und an nichts denken. Nicht an die Mädchen. Nicht an Geld oder den Mangel an Geld. Nicht an das offenbar nie endende Karussell von Prüfungen. Sie betete nicht einmal, sondern ließ ihre Gedanken einfach ruhen. Sie gestattete sich diese Verschnaufpause. Für fünfzehn Minuten war sie frei.

»Ich fühle mich so schmutzig. Lass mich erst duschen.«

August trat nahe zu ihrer Schwester. Miriam hasste es, dass immer August für die Ältere gehalten wurde. Sie war einfach so groß. Miriam hatte das Gefühl, August schwebe über ihr. Nicht bedrohlich, aber beharrlich. Wie ein Moskito. Oder eine Schwester.

August blies den Rauch aus ihrem Mundwinkel, damit er Miriam nicht einhüllte, und sagte zum dritten Mal: »Ich will dir etwas zeigen.« Sie nahm Miriam am Handgelenk wie einen Olivenzweig.

Miriam gab nach. Sie hatte keine Wahl. Augusts Augen waren wie ein dunkler See in dem Raum, doch Miriam wusste, sie würde sie nicht in Ruhe lassen. Sie ließ die Schultern sinken. »Geh du voran«, sagte sie.

Sie folgte August zum Esszimmer und durch den hinteren Flur, der das Haus in den Ost- und den Westflügel teilte. August ging nach links in ihren Teil, wo sich auch immer noch Dereks Zimmer befand. August blieb davor stehen und legte ihre Hand auf den Türknauf.

»August, ich möchte nicht dahinein«, sagte Miriam. Derek war mehr als eine unangenehme Erinnerung für sie. Sie dachte an ihre Dusche, ans warme Wasser, das Vergessen. Sie sehnte sich nach den fünfzehn Minuten in ihrer Oase und sonst nichts.

August drehte sich um und sah Miriam an. »Mach du auf«, sagte sie und trat zur Seite.

»Ich will da nicht reingehen.«

August stemmte eine Hand in die Hüfte, und dieses Mal blies sie Miriam den Rauch direkt ins Gesicht.

Miriam wedelte den Qualm mit der Hand weg.

»Dann fürchte ich, stehen wir hier die ganze Nacht und starren uns bis zum Morgen an.«

»Gut!«, rief Miriam zunehmend frustriert. »Dickköpfig wie sonst was.«

Miriam drehte den Knauf, lehnte sich mit der rechten Schulter an die Tür und stieß sie auf.

Im Gegensatz zum Rest des Hauses war Dereks Zimmer hell erleuchtet. Das Licht weitete zunächst Miriams Pupillen und blendete sie ein wenig. Sie brauchte ein paar Momente, bis ihre Augen sich daran gewöhnt hatten, doch viel länger, um das aufzunehmen, was sie dann sah.

Zum zweiten Mal an diesem Abend erlitt Miriam fast einen Herzanfall. Sie hätte in die Knie gehen, auf den harten Holzboden fallen und sich vor all der Schönheit niederwerfen mögen.

Sie hatte sich Joans Zeichnungen und Skizzen nie richtig angesehen. In all den Jahren, in denen sie Joan aufgefordert hatte, den Zeichenblock wegzulegen, sie stumpf gefragt hatte, ob sie mit ihrer Mathe-Hausarbeit fertig sei, hatte sie niemals wirklich gesehen, was Joan geschaffen hatte. Zumindest nicht, seit sie kein Kind mehr war. Und jetzt erst bekam sie die Gewissheit, dass ihre Tochter zu etwas Besonderem herangewachsen war.

Der ganze Raum war mit Joans Kunstwerken gefüllt. Zehn Arbeiten, die bis an die Decke reichten, säumten das Zimmer. Sie alle zeigten Menschen, die Miriam kannte: Miss Jade. Mika. Andere Frauen aus dem Laden. Es wäre fast ein Frevel gewesen oder Blasphemie, Miss Dawns Hände nicht zu erkennen. Joan hatte Tinte auf weißer Leinwand benutzt, und wie auf manchen alten japanischen Drucken hielten Miss Dawns dunkle Hände einen Zweig voller Brombeeren.

Und August. Miriam sah ihre Schwester in lebhafte himmlische Farben getaucht. Das Beige von Augusts Kimono hatte die Farbe der Buttermilch, in der sie ihre Hähnchen einlegte. Joan hatte selbst die Rauchschwaden von Augusts Zigarette eingefangen. Sie wirkten wie

Spitzen. In der Hand ihrer Schwester hatte das blasse Grün der Kool-Packung die Farbe eines Kolibris.

Miriam sah auf die rechte Seite und erstarrte. Sie sah sich selbst. In sanften pastellfarbenen Wasserfarben. Schlafend über einem dicken Medizinlehrbuch. Sie musste wohl nach einer langen Schicht am Küchentisch eingeschlafen sein. Und Joanie – Gott segne das Kind – hatte wohl diesen Quilt über sie gelegt. Und sie dann einfach gemalt.

August ging zu ihrem eigenen Porträt und blieb davor stehen. Miriam war bestürzt, wie lebensnah das Gemälde war, wie perfekt Joan August eingefangen hatte.

»Du hast dieses Mädchen einmal aufgefordert, dir eine berühmte kunstschaffende Person zu nennen, die eine Frau ist und Schwarz.« Augusts Zigarette war ausgegangen, ihr Gesicht versteinert. Sie hatte nicht einmal bemerkt, dass die Kippe ihre Finger versengt hatte. »Joan Della North, so heißt sie. Wenn sie die Erste sein muss, dann soll es so sein. Denn sie wird auf diese schicke Schule in Übersee gehen, Meer, hörst du mich? Ich will nicht respektlos sein. Ich liebe dich …« – sie hob die Arme so elegant in die Luft wie eine Bolschoi-Ballerina, die nach etwas greift – »… wie die Sterne. Und ich weiß, ich sollte keiner Mutter sagen, wie sie ihre Kinder zu erziehen hat. Aber ich bin *auch* eine Mutter. Und Joan und My sind *auch* meine Kinder.« Augusts Stimme wich nie von diesem stoischen, entschlossenen Ton ab. Doch jetzt stammelte sie ein wenig, als sie sagte: »Joan wurde berührt von …« Sie beendete den Satz nicht. Miriam kannte ihre Schwester gut genug. Sie würde, konnte Gott nicht erwähnen.

»Sie wird auf diese Schule gehen, Meer. Wenn sie dort aufgenommen wird, dann wird sie hingehen, und sie wird diese Welt malen. Unsere Joanie wird es alles malen.«

Miriam vergaß ihre Dusche. Sie blieb in dem Zimmer. Kniete dort bis zum Sonnenaufgang. Dann bereitete sie Maisgrütze für die Mädchen. Sie küsste sie heftiger als gewöhnlich, war aber nicht einmal in der Lage, Guten Morgen zu sagen. Nicht dass sie es nicht versucht hätte. Aber sie war so müde. Und sie musste noch die Wäsche machen und Rechnungen bezahlen.

Kapitel 32

JOAN

2003

Etwa fünfzig Kilometer östlich von Memphis in der Nähe von Mason legte sich der Sturm. Bis dahin waren wir im heftigen Hagel durch Tennessee gefahren. Nachdem wir unser Viertel mit den Pekannussbäumen und Stanleys Deli verlassen hatten, ging es entlang der I-40 vorbei an Baumwollfarmen und Feldern mit reifem Getreide. Als die Hagelkörner so groß wie Biskuits wurden, lenkte ich den Mustang zur Seite, und wir warteten unter einer Überführung.

»So ein Tornado-Wetter«, sagte Mya.

Mya hasste Stürme. Ich war überrascht, dass sie sich dazu gezwungen hatte mitzukommen. Bei so einem Wetter verhielt sie sich ähnlich wie Wolf, wurde still und kuschelte sich in eine Ecke. Aber jetzt saß sie auf dem Beifahrersitz im Auto unseres Vaters und suchte im Radio den Sender K97. Wir warteten auf das Nachlassen des Sturms, damit wir weiterfahren konnten, um einen Cousin zu besuchen, der mich vergewaltigt und andere Frauen ermordet hatte.

Nach einer halben Stunde wurde es allmählich heller. Auf den Hagel folgte heftiger Regen, und dann nieselte es nur noch. Hinter uns war der ganze Horizont grau verdeckt, und vor uns lag strahlender Sonnenschein. Kaum eine Wolke war am Himmel. Leichter Regen beschlug die Windschutzscheibe des Mustangs, und ich bat Mya, mir die Sonnenbrille aus meiner Handtasche zu geben.

»*Andiamo*«, sagte sie und reichte mir die dunklen Gläser.

Mya hatte schon vor einiger Zeit ihren britischen Akzent aufgegeben. Jetzt sprach sie ab und zu Italienisch. Wo sie es gelernt hatte, wusste niemand, und Mya verriet es nur auf Italienisch, was keine von uns verstand. Wenn wir in der Küche saßen, sprach sie es gestikulierend und mit großer Leidenschaft. Mama – müde von der Nachtschicht – sagte dann: »Lasst das Kind doch machen, was sie will.«

Ich fuhr unter der Überführung heraus. Der Motor heulte auf, als ich vom ersten gleich in den fünften Gang schaltete. »Siehst du? Du kannst die Kupplung kommen lassen, wenn du im vierten Gang bist. Im ersten musst du nicht so viel Gas geben.«

»*No, non lo so.*«

Ich lachte und sagte: »Du bist so verdammt verrückt.«

»Und du etwa nicht? Du läufst wie in Trance herum und tust so, als ob du da Vinci wärst. Ich und Auntie August schließen Wetten ab, wann du dir das Ohr abschneidest.«

»Das war van Gogh.«

»Was?«, raunzte Mya.

»Van Gogh hat sich das Ohr abgeschnitten und es seiner Geliebten gegeben.«

»Dass du sogar weißt, wem!«

»Ich kann nicht glauben, dass wir Schule schwänzen.«

»Warum nicht? Wir haben doch nur Einsen.«

»Weil du meine Hausaufgaben in Mathe und Naturwissenschaften machst und ich deine in Englisch und Geschichte«, sagte ich, während ich im Rückspiegel prüfte, ob ich ausscheren und einen langsam fahrenden Lkw überholen konnte.

»Wenn du nach London gehst, wirst du mir immer noch helfen müssen. Mr. Cooks Begeisterung für jambische Pentameter ist … verstörend, offen gesagt. So einen Mist mach ich nicht allein.«

»Halt die Klappe. Ich weiß doch gar nicht, ob ich angenommen werde. Mach's nicht kaputt.«

Ärger stieg wieder in mir hoch. Ich sollte in der Schule sein. Die Schule war nicht weit von zu Hause, und der Briefkasten war nah beim Haus, und im Briefkasten würde die Entscheidung liegen, die den Rest meines Lebens verändern sollte.

Mya zog die Augenbrauen hoch. »Du fürchtest, du wirst nicht angenommen? Warum? Ich denke, du und Miss Dawn habt ein Blutopfer um Mitternacht gebracht. Eine Ziege geopfert. Eine Jungfrau. Ein kleines unschuldiges Kind.« Sie zuckte mit den Schultern.

Immer wenn ich dachte, dass gleich ein Streit zwischen mir und Mya ausbrechen würde, sagte sie irgendetwas Lustiges, etwas Lächerliches, und ich musste einfach lachen.

Daddy hatte den ganzen Tag gebraucht, mir beizubringen, wie man ein Auto mit Gangschaltung fährt und wie der Wagen funktioniert. Er klappte die Motorhaube hoch, zeigte mir, wo und wie viel Öl eingefüllt wird, wo sich die Batterie befindet und wie man Starthilfe gibt, falls sie mal leer sein sollte. Es hatte mich den ganzen Tag gekostet, alles zu verstehen. An jenem Samstag war ich nicht zu meinem Kunstkurs gegangen – das war vorher noch nie vorgekommen.

Stattdessen hatte ich uns in Memphis herumgefahren. Mya und Uncle Bird saßen auf der Rückbank, und er zeigte ihr seine Pistole. Er hatte sich dreimal vergewissert, dass sie ungeladen war, und dann auch Jax noch einen Blick drauf werfen lassen. Der gab sie widerwillig seiner Tochter.

»Okay, siehst du die Kurve dort?« Daddy blickte auf die Gangschaltung. »Normalerweise fahre ich lange Kurven im zweiten Gang.«

»Warum nicht einfach in den Leerlauf schalten und rollen lassen?«

»Ist gefährlicher. In Bewegung solltest du immer einen Gang eingelegt haben.« Er bemerkte meinen leeren, verständnislosen Blick und sagte: »Okay. Stell dir vor, ein Kind rennt auf die Straße. Wenn du, sagen wir, im dritten Gang fährst, gut. Du bremst. Hart. Sofort. Du würgst den Motor ab. Tust alles, um den Wagen anzuhalten. Aber sagen wir, das Kind kommt gerannt, wenn du im Leerlauf um diese Ecke rollst. Dann musst du auf die Kupplung und auf die Bremse treten. Zu viele Bewegungen in diesem Sekundenbruchteil. Also fahr immer in einem bestimmten Gang – ob erster oder zweiter, spielt keine Rolle. Leerlauf benutzt du nur beim Parken.«

Ich spürte die Kraft des Wagens unter mir, als ich nach der Kurve in den dritten Gang schaltete und wir die Poplar hinunterrasten. Während ich am Steuer saß, schwanden die Gedanken an meinen Kunstkurs. Ich verlor jegliches Zeitgefühl. Ich begann, mich in das Fahren zu verlieben, in die Macht, die es mir gab.

Als ich an der Ecke Poplar und McLean am Memphis Zoo nach rechts abbog, schaltete ich in den zweiten runter, anstatt in den Leerlauf zu gehen. Meine Augen waren auf die Straße gerichtet, doch ich konnte Daddy breit lächeln sehen, als ich um die Kurve fuhr.

Ich hatte ihm nicht verziehen, dass er uns verlassen hatte. So etwas konnte man nicht vergeben. Doch als ich in dem Shelby mit meinem Daddy durch die Straßen von Memphis fuhr, konnte ich nicht leugnen, wie gut es sich anfühlte, einen zu haben.

Er ging in den frühen Morgenstunden am dritten Tag. Ich hörte, wie sich die Tür des Quilting-Zimmers quietschend öffnete. Wolf hob sofort den Kopf von meinem Schoß, und dann hörte ich sie winseln, wie sie es nur für ihn tat.

Ich spürte, wie sich der Rand meines Bettes unter seinem Gewicht senkte, und stellte mich schlafend, als er da hockte. Mehr konnte ich nicht tun, um nicht loszuheulen, als er mich auf die Stirn küsste, Wolfs Mähne kurz kraulte und die Tür leise hinter sich schloss.

Mya wechselte die Radiostation von der plärrenden Three 6 Mafia zu 101.1 und Memphis' Smooth Jams. *With all my heart I love you baby*, tönte es schmalzig.

»Gott, kann die Frau singen. Mama hat ihr *Fairy Tales*-Album fast verschlissen«, sagte Mya und begann mitzusummen.

»Sie hat es«, sagte ich und dachte daran, dass ich beide Male meinem Daddy nicht wirklich Good Bye gesagt hatte.

»Hat was?«, fragte Mya.

»Ein gebrochenes Herz.«

»Ist das Ihr Kid?« Das war unser Empfang in Riverbend, drei Stunden später.

»Nein«, sagte ich.

»*Sein* Kind?«

»Nein!«

»Nun dann, keine Minderjährigen ohne Elternteil oder Erziehungsberechtigte!«

Der Gefängniswärter, der für das Besuchsbüro zuständig war, sprach mit einem etwas anderen, stärker singenden Südstaatenakzent, der mir sagte, dass wir weit von zu Hause entfernt waren. Er hatte einen dunklen, vollen Schnurrbart, der in direktem Kontrast zu der wachsenden kahlen Stelle an seinem Scheitel stand. Während er sprach, sah er kaum von seinen Unterlagen auf dem Schreibtisch hinter kugelsicherem Glas auf.

»My, kann sein, dass du warten musst.«

Die Riverbend Maximum Security Institution war eine massive Anlage. Sie bestand aus hellbraunen Plattenbauten, die sich von den grünen abschüssigen Äckern ringsum abhoben. Sie erweckte den Eindruck einer sich aus der flachen Landschaft erhebenden Pyramide. Auf der I-40 war die kolossale Festung aus fast zwei Kilometer Entfernung zu sehen. Gigantische Eichen standen auf beiden Seiten der engen Zufahrtsstraße, die zu den Gefängnistoren führte. Das Besuchszentrum befand sich in einem schwer bewachten separaten Gebäude auf der linken Seite gleich neben dem Hauptkomplex des Gefängnisses. Um hineinzugelangen, hatten Mya und ich zwei Anlagen mit Metalldetektoren passieren müssen, bevor wir an die Box gelangten, wo hinter dem Schalter der ruppige Wärter saß, der Mya den Einlass verwehrte.

Es war schwer, mit dem Mann zu verhandeln oder ihn zu täuschen. Mya sah aus wie fünfzehn. Wir trugen beide unsere Schuluniformen. Mama wäre misstrauisch geworden, hätten wir das Haus in zerrissenen Jeans und

Sneakers verlassen. Ich konnte mir Auntie Augusts ge-
runzelte Stirn und den Tonfall ihrer Stimme vorstellen:
Na, fertig für die Schule heute? Nein, wir mussten unsere
Uniformen tragen. Mya hatte ein kastanienbraunes Poloshirt an, das in einem karierten Faltenrock steckte, in
dem sie noch jünger aussah, und dicke Kniestrümpfe. Ich
trug auch ein Poloshirt, auf dem über der linken Brust das
Emblem der Douglass gestickt war. Doch in der Oberstufe
durften wir dunkle Jeans oder Hosen anstelle der Falten-
röcke tragen. Daher steckte mein Polo in schwarzen weniger verdächtigen ausgefransten Jeans.

Mya starrte den Gefängniswärter grimmig an. Der ignorierte sie und strich etwas in seinen Papierstapeln an.

»Gut«, sagte sie, nachdem klar war, dass er sich von
dem wütenden Blick einer Fünfzehnjährigen nicht würde
einschüchtern lassen.

Ich drückte ihr die Schlüssel des Mustangs in die Hand.
»Du wartest im Auto«, sagte ich. Ich wollte nicht, dass sie
ohne mich in diesem Gefängnis war, wenngleich es offen
gestanden hier drinnen gar nicht so sehr wie in einer Voll-
zugsanstalt aussah. Der Besuchsbereich war ein langer
rechteckiger Innenraum mit Cafeteria-Tischen in der
Mitte und einer Spielecke für Kinder an einem Ende. Oben,
in der Mitte des Raums, hing ein Fernseher, in dem CNN
ohne Ton mit Untertiteln lief. Es war ziemlich alltäglich.

Die Männer machten mir Angst. Die Insassen saßen
an den Tischen in der Mitte des Raums. Einige erschienen mir so groß wie Scheunen. Alle trugen marineblaue
Gefängnisoveralls. Als ich das wiederholte Klingen ihrer Handschellen gegen die harten Tischplatten hörte,
wurde mir vor Entsetzen klar, dass sie daran angekettet
waren.

»Warte im Auto«, wiederholte ich.

»Hm, du klingst wie Mama«, sagte Mya.

»Geh nirgendwohin.«

»Ich könnte dieses Auto nicht fahren, selbst wenn ich wollte. Mach dir keine Sorgen um mich. Was ist mit dir? Hast du das hier gesehen?« Mya biss sich auf die Lippe und überflog den Raum. Mir war klar, sie wollte mich auch nicht an diesem Ort allein lassen.

»Ich bin schon in Ordnung.«

Sie stellte sich auf die Zehenspitzen und küsste mich auf die Wange. *»In bocca al lupo.«*

»Was heißt das?«

»Viel Glück.«

Später habe ich's nachgeschlagen. Wörtlich übersetzt heißt es: »Im Rachen des Wolfes.«

Mya hatte immer den richtigen Spruch zur rechten Zeit.

Derek war in den sechs Jahren seit seiner Inhaftierung gealtert. Sein Pfirsichflaum hatte sich zu einem langen, knotigen ungepflegten Bart entwickelt. Seine Arme waren mit Tattoos bedeckt. Sah aus, als hätte er Extraärmel unter seiner Gefängniskleidung an. Obwohl er gerade mal dreiundzwanzig war, ließen ihn die tiefen Ränder unter seinen rehbraunen Augen – die denen meiner Mutter so ähnlich sahen – sehr viel älter erscheinen.

In der Mitte des Tisches war ein Metallring befestigt, von dem eine kurze Kette zu Dereks Handschellen führte. Sie klirrten gegen den Tisch, wenn er sich bewegte.

»Nicht gerade das Beste, muss ich zugeben.« Er breitete die Hände auseinander, soweit es die Ketten zuließen. »Aber was kann ich machen?«

»Keine Leute umbringen«, sagte ich kühl.

Er lehnte sich in seinem Stuhl zurück. »Da hast du recht«, sagte er. Die Kette erlaubte ihm gerade noch, in die tiefe Brusttasche seines Gefängnisoveralls zu fassen. Er wollte dort etwas herausholen. Ich sah die Umrisse seiner Hand auf seiner Brust, während er suchte. Sein Körper entspannte sich, als er geschickt und langsam eine einzelne Zigarette aus der Tasche zog: eine Kool. Er musste mein scharfes Einatmen gehört haben.

»Macht's dir was aus?« Er hielt die Zigarette hoch.

»Nein, es ist nur, dass … Du siehst genauso aus wie Auntie August«, sagte ich.

»Wirklich?«

»Genau so.«

In allen vier Ecken des Raums waren Wachen postiert, und eine patrouillierte durch die Mitte. Andere Gefangene hatten Besuch von ihren Familien oder Frauen. Ich bemerkte einen großen Latino-Jungen, nicht viel älter als ich, mit Tattoos bis zum Hals. Er tätschelte die Hand einer Frau, die wahrscheinlich seine Mutter war. Sie schluchzte und hatte einen Rosenkranz in den Händen. Ich hörte ein Kind »Daddy« rufen. Es rannte zu einem Mann, so groß wie ein Billboard, dessen Dreadlocks fast bis auf den Boden hingen. Ein dünner weißer Mann mit Pockengesicht umarmte seinen Zwilling so lange, bis der umhergehende Wachmann mit dem Schlagstock in der Hand die Brüder trennte.

Ich rutschte unbehaglich auf meinem Stuhl hin und her. Ich wollte nicht hier sein. Ich wollte nach Hause. »Was willst du, Derek? My hat gesagt, du möchtest mich sprechen.«

»Zeichnest du noch?«

Ich bekam Magenschmerzen. Es hatte mich immer angewidert, mit Derek sprechen zu müssen. Das hatte sich

mit der Zeit nicht geändert. »Ja«, sagte ich, »immer noch.«
Er hätte mich auch fragen können, ob ich noch atme.

»Das ist gut.« Derek nickte. Er beugte den Kopf, um seine Zigarette anzuzünden, nahm das Feuerzeug in seine gefesselten Hände und blies nach einem Moment die erste Rauchwolke hoch über seinen Kopf.

»Ich gehe«, sagte ich und griff nach meinem Rucksack.

»Nein, Joan. Bleib. Bitte.«

»Wozu? Für dich? Du bist doch scheiße. Du verschwendest meine Zeit.« Ich warf meinen Rucksack über eine Schulter und tastete instinktiv in meiner Tasche nach den Autoschlüsseln, als mir einfiel, dass ich sie Mya gegeben hatte.

»Du kannst mich mal. Fick dich, Derek«, sagte ich.

Als ich aufstand, um zu gehen, spürte ich eine düstere Gegenwart im Raum. Ein weiterer Insasse war hereingekommen. Wenn die anderen Männer Scheunen waren, war er ein Gebäude. Er sah aus, als könnte er den Wachmann, der ihn durch den Raum führte, einfach essen. Ich war sowohl für mein Alter als auch für eine Frau groß, aber im Vergleich zu diesem Mann wirkten alle Menschen wie Liliputaner. Seine Haut hatte die Farbe dunkler Asche. Als er an den Tischen vorbeitrottete, zupfte er an seinem kurzen Bart. Er schien die anderen Insassen und ihre Familien mit einer Art spöttischer Belustigung zu betrachten und grinste sie im Vorübergehen an. Sein Gang wirkte, als spazierte er durch einen Park und nicht durch einen Raum voller Gefangener. So als kümmerte ihn nichts in der Welt und als wäre dies sein natürlicher Lebensraum.

Ich hätte seinen Weg gekreuzt, wenn ich jetzt gegangen wäre. Als ich noch zögerte, überblickte er den Raum, und seine Augen blieben an mir hängen. Er lächelte, und mir lief ein Schauer über den Rücken. Anstelle von Zähnen blitzte ein goldener Kühlergrill auf.

Ich sank auf meinen Sitz zurück.

Derek hatte dem riesigen Mann den Rücken zugekehrt und ihn nicht gesehen. Seine Augen wurden vor Überraschung größer, dass ich mich wieder gesetzt hatte.

»Hör mal …«, begann er, doch ich bedeutete ihm, still zu sein.

»Er kommt hierher«, flüsterte ich aufgeregt.

Derek runzelte die Stirn. »Wer?«, fragte er. Er sah über die Schulter in meine Blickrichtung und erstarrte.

Der massive Mann wurde in die Richtung unseres Tisches geführt. Als er nur noch wenige Meter entfernt war, verlangsamte er seinen Gang noch mehr. Sein Grinsen vertiefte sich zu wahrer Boshaftigkeit.

Seine kohlschwarzen Augen flackerten, als sie meinen Körper abtasteten. Ich drückte meinen Rucksack fester an mich, um seine Blicke abzublocken. Doch sein Grinsen wurde nur stärker, als er sah, wie ich mich in mich zurückzog.

Derek war erstarrt.

Der Mann war jetzt bei uns und blieb stehen. Er sah auf Derek herunter. Der Wärter blickte finster und zog an seinen Ketten.

Derek drehte den Kopf etwas, sodass er den Mann nicht mehr ansah. Doch mir war klar, dass dieser kleine Rückzug nichts bringen würde. Dieser Mann wollte, dass man seine Anwesenheit zur Kenntnis nahm, und das würde ihm gelingen.

Ich sah kurz von Dereks gesenkten Augen zu den schwarz glänzenden des Mannes, und mir war sofort klar, dass die beiden sich kannten.

Der Mann löste seinen Blick von mir und starrte auf Derek.

Dereks Körper war verspannt, als erwartete er einen schrecklichen Schlag.

Mit seinen klirrenden Ketten griff der Mann an seinen Bart und wartete darauf, dass Derek auf ihn reagierte. Er machte ein Geräusch zwischen Räuspern und Lachen.

Ich beobachtete, wie Derek langsam widerwillig den Kopf hob, um dem Mann in die unnachgiebig starrenden Augen zu schauen.

Die Lippen des Mannes zogen sich von seinem ständigen Grinsen zur Mitte seines Mundes zusammen. Er zog scharf die Luft ein, als er Derek einen Kuss zuwarf – voller Verachtung und Herrschaft, Aufforderung und Provokation zugleich.

Der Wärter zog fester an den Ketten des Mannes. »Los, weiter!«, schrie er.

Die Augen des Riesen ruhten noch einen Moment auf Derek, dann ließ er sich weiterführen. Sein Lachen verebbte mit jedem Schritt weg von unserem Tisch.

Derek sagte eine Weile nichts. Er konnte sich trotz Ketten über eine lange Furche auf seiner Stirn streichen. Er schloss die Augen, ohne zu sagen, was so offensichtlich war: dass er genau wie ich wusste, was es bedeutet, unter Dämonen zu leben. Wider Willen Spielzeug zu sein, wie eine Ameise für ein Kind, das sie unter der Lupe betrachtet. Oder für eine, die unter einer Magnolie in einem Hinterhof einen Kamm tief vergräbt.

Falls ich die Macht gehabt hatte, einen Mann zu zerbrechen, dann war es mir gelungen. Keine Seele, nicht einmal Derek, hatte diese Art der Verdammnis verdient. Nicht durch meine Hand. Ich fühlte tiefe Scham.

Nach einer scheinbaren Ewigkeit sagte Derek, immer noch mit geschlossenen Augen: »Es ist wirklich sehr nett von dir, dass du gekommen bist, Joan. Wirklich nett.«

Die Rückfahrt mit Mya dauerte länger, als wir geplant hatten.

Nachdem ich das Besuchszentrum verlassen hatte, musste ich feststellen, dass die Batterie des Shelbys leer war. Mya hatte ununterbrochen K97 gehört. Als die Zündung nicht ansprang, wie oft ich die Kupplung auch kommen ließ, ballte ich die Faust und haute völlig frustriert auf die Hupe.

Dieser gottverdammte Kamm. Was zum Teufel hatte ich getan? Ich hatte die Rache bekommen, auf die ich mein ganzes bisheriges Leben gewartet hatte, und dennoch war ich von mir angewidert. Hatte ich das verursacht? Dieses Böse geschaffen? Das wusste nur Gott. Und ich betete, Er würde mir verzeihen. Denn was immer Derek mir, anderen, Memphis auch angetan hatte, sein Trauma konnte niemals meines heilen.

Ich fluchte atemlos, bekreuzigte mich und tat dann, was ich musste und konnte. Ich warf die Tür auf, kletterte aus dem Auto, öffnete Kofferraum und Motorhaube, steckte meine Arme tief in das Innerste dieses uralten Wagens und reparierte ihn selbst.

Als wir wieder auf der Straße waren, zwangen mich erneut Gewitterstürme, den Shelby unter einer Überführung anzuhalten und darauf zu warten, dass sie sich verzogen. Dort saßen wir fünfzehn Minuten, während Hagel und heftiger Regen niederprasselten. Der Sturm wurde so schlimm, dass das Radio ausfiel. Sinatras Stimme löste sich in Rauschen auf. Ich schaltete das Radio ab.

In der Stille im Wageninnern war das Heulen des Sturms überwältigend.

Mya warf mir Seitenblicke zu. Sie biss sich auf die Lippe, so wie Mama, wenn sie tief in Gedanken war.

»Du warst noch nicht auf der Welt«, sagte ich endlich, »als es passierte. Mama war mit dir schwanger. Daddy war irgendwo im Training. Also ist Mama mit mir zu deiner Geburt nach Memphis gekommen.« Mya zog die Knie an die Brust und legte ihren Kopf darauf. Ihre Augen hafteten auf meinem Gesicht, als ich ihr erzählte, woran ich mich erinnern konnte. Wie ich vom Boden des Zimmers aus hoch auf die Quilts geblickt hatte. Dass ein Teppich höllisch wehtun kann, wenn sich ein Körper vor Schmerzen dagegenstemmt. Wie ich es überall gespürt hatte, überall. Als würde Strom durch mich fließen. Als wäre ich vom Blitz getroffen worden. Dass ich nicht wusste, ob ich daran, was Derek mit mir machte, sterben oder an den Schmerzen ersticken müsste. Wie er mich auf den Boden gedrückt hatte. Wie er mir die Hand auf den Mund gelegt hatte, um meine Schreie zu unterdrücken.

Als ich mit meiner Erzählung aufhörte, weinte ich – trotz all meiner Bemühungen.

»Ich bin froh, dass man mich nicht reingelassen hat«, sagte Mya und wischte sich eine Träne, die ihr über das Gesicht lief, ab. »Ich wäre dem Nigga an die Kehle gegangen.«

»Du verstehst nicht«, sagte ich.

Als ich ihr erzählte, was ich in dem Gefängnis gesehen hatte, löste sie unsere Sicherheitsgurte und nahm mich in den Arm, so wie Mama es getan hätte. Sie strich mir über das Haar und flüsterte mir ins Ohr, dass ich nicht böse sei. Eine Stirn so groß wie der Mond, aber nicht böse. Kämme sind schließlich nur Kämme. Dass ich auf keinen Fall im Unrecht war. Dass es doch eine feine Sache war, Derek versprochen zu haben, ihm Zeichnungen zu schicken, während er in dieser Hölle verging. Eine richtig gute Sache.

Wir kamen in den frühen Abendstunden nach Memphis zurück. Ich parkte den Shelby in der Einfahrt. Das Haus im Licht der blassblauen Dämmerung zu sehen, die gelbe Tür in der Abendsonne, die Kätzchen auf den Treppen, und zu wissen, drinnen waren meine Verwandten, das ließ meine Knie fast schlottern. Ich war noch nie so glücklich, zu Hause zu sein, wie beim Anblick dieser gelben Tür. Mya und ich schubsten die Kätzchen mit den Schuhspitzen sanft beiseite wie müde Kriegerinnen, als wir langsam die breiten Verandatreppen hochgingen.

Treu wie immer begrüßte Wolf uns an der Tür und klopfte mit dem Schwanz auf den Holzfußboden. Mama stand in der Küche am Herd, Auntie August am Tresen. Beide trugen Schürzen und diskutierten heftig über etwas, das köstlich und vertraut roch: ein Brombeer-Cobbler. Eine Delikatesse. Ein Gottesgeschenk. Ich hatte keine Vorstellung und auch nicht die Energie zu fragen, wo sie so kurz nach Frühlingsanfang die Beeren gefunden hatten. Doch im Stillen dankte ich Gott für kleine Wunder.

Ich ließ mich in der Essecke nieder, lehnte meinen Kopf auf eines der dicken Kissen und atmete tief aus.

Mya war brillant. Erfand irgendeine Geschichte über Mr. Cook, der nach der Schule Hilfe gebraucht hatte. Es gelang ihr, das Ganze plausibel erscheinen zu lassen – unser spätes Nachhausekommen, unsere nassen, ramponierten Kleider und zerzausten Haare. Sie gab es alles mit überzeugender Nonchalance von sich. So, als wären wir nicht aus dem Innersten des Hades zurückgekommen.

Wir erzählten nie irgendjemand, was wir getan hatten, wo wir gewesen und was wir gelernt hatten. Es gibt Dinge, die sollten am besten unter Schwestern bleiben.

Mya und ich waren offensichtlich nicht die Einzigen in dieser Küche, die etwas zu verbergen hatten. Mama und Auntie August warfen einander vielsagende Blicke zu. So wie in der Folge aus der Serie *Bottom of the Eighth*, als Miller Zambrano das Zeichen gibt. Schnell, schlau.

»Jetzt?«, fragte Mama, als Mya ihre Geschichte beendet hatte.

»Gib's ihr. Weiß Gott, Wasser kann man nicht festhalten«, sagte Auntie August, die jetzt am Herd stand.

»Gib ihr was?«, fragte ich.

Mama griff in die Tasche ihrer Schürze und zog einen Umschlag hervor, der die Farbe von Butter-Pekannüssen hatte. Sie machte ein paar Schritte auf mich zu, zögerte dann und stolperte fast. Sie hielt sich am Tresen fest, bedeckte ihr Gesicht mit dem Umschlag und weinte.

»Mama?« Ich wollte aufstehen, aber Mama hob warnend den Zeigefinger und schüttelte ihre Locken.

»Nein, nein. Ich kann das schon«, sagte sie und nahm sich zusammen. Schnell wischte sie ihre Tränen mit dem Handrücken ab und richtete sich auf, wurde so groß, wie ihre kleine Gestalt es erlaubte. Mir erschien sie in dem Moment wie eine Gigantin. Eine Göttin. Sie strich die Falten an ihrer Schürze glatt und machte zwei langsame Schritte auf mich zu. Dann legte sie den Umschlag auf den Formica-Küchentisch, den ich so gut kannte, und schubste ihn zu mir herüber.

Ich fing ihn mit den Fingerspitzen auf und spürte, wie schwer er war, bevor ich die ordentlich getippte Anschrift auf der Vorderseite und das blasse Gesicht von Queen Elizabeth auf der britischen Briefmarke zur Kenntnis nahm.

Während ich die Ecken des Briefes berührte, musste ich an alles denken, was in den acht Jahren, seit wir in Memphis angekommen waren, passiert war. Die achtzehnstündige Fahrt in einer Schrottkiste von Kastenwagen. Die schreienden Auseinandersetzungen mit Mama, immer wenn ich meinen Zeichenblock aufklappte. Derek. Dass ich mich vollgepisst hatte, weil es so furchterregend war, ihn wiederzusehen. Ich erinnerte mich an die Nacht, als er verhaftet wurde. Auntie August außer sich, murmelnd, dass eine Schwarze Frau die Bedeutung des Wortes Freiheit nie kennen würde. Da wurde mir klar, dass selbst meine Tante im Unrecht sein könnte. Denn ich wusste jetzt, was das bedeutete: Freiheit. So wahr Gott mein Zeuge ist, sie schmeckte genauso wie einer von Mamas warmen Brombeer-Cobblers.

Ich brauchte den Umschlag nicht zu öffnen, um mich des Sieges darin zu vergewissern. Ich konnte die Auszeichnung von Mamas, Myas und Auntie Augusts Gesichtern ablesen. Und dann wusste ich es einfach.

Vielleicht hätte ich es die ganze Zeit wissen sollen. Vielleicht hatten wir alle es in uns: eine Gabe. Vielleicht hatte jede von uns sie immer mit sich getragen, unwissend, wie eine verlorene Münze in einer tiefen Tasche. Wahrscheinlich wussten meine Hände, was sie zu tun hatten, vielleicht war es mir vor Äonen eingeschrieben worden.

Ich hätte es wissen sollen. Meine Namensschwester Joan of Arc war eine Prophetin. Ich hätte es wissen sollen ... Hatte ich nicht all die Jahre davon geträumt?

Ich lachte so laut darüber, wie sich das alles offenbarte, dass ich weinen musste.

Auch weil ich Mamas stockende Stimme hörte, die vor Emotionen zitterte und dennoch fest und entschlossen war: »August, du gehst jetzt los und öffnest alle Schubladen. My, du jeden Schrank. Durchsucht alles. Joanie verschwindet nicht in diese Londoner Kälte, ohne dass wir ihr einen ordentlichen Quilt gemacht haben.«

Danksagungen

Daddy. Erinnerst du dich, vor vielen Jahren, als wir in Okinawa stationiert waren? An einem Abend hast du nach dem dicken, alten schwarzen Buch im Regal gegriffen und dich entschlossen, mir und Kristen ein Gedicht statt einer Geschichte vorzulesen, weißt du noch? Weißt du noch, wie ich dein Handgelenk gepackt und gefragt habe, was das um Himmels willen denn sein sollte? Es konnte kein Gedicht sein; es war eine Zeile von den Gebrüdern Grimm. *Ja*, hast du gesagt. *Aber Dichter*innen können auch Geschichten erzählen.* Erinnerst du dich daran, wie ich dich gefragt, nein, von dir verlangt habe, dass du noch mal von vorn anfängst und wiederholst, was du eben gelesen hattest? Und das hast du getan. Mit einer klaren, wohlklingenden Stimme. *Es war einmal, in einer düsteren Mitternachtsstunde …* Danke dafür, Paps. Du hast mir, als ich gerade mal vier war, ein Geschenk gemacht, das den Rest meines Lebens bestimmen sollte – das Wissen, dass Dichter*innen auch Geschichten erzählen können. *Oo-Rah*.

Mama. Immer wenn ich am Verzweifeln war, aufgeben, einen Bürojob annehmen und den Rest meiner Tage ohne Lyrik leben wollte, hast du gesagt, ich soll still sein. »So etwas will ich nicht hören«, hast du gesagt. »Du hast diese Gabe von Gott. Danke ihm dafür und geh an die Arbeit.« Und haben wir es nicht beide zusammen geschafft, Mama? Warst nicht du es, die unsere zweite Ausgabe von *Der große Gatsby* in meine vierzehnjährigen Hände drückte?

Warst nicht du es, die sich mit mir und Kristen hingesetzt hat, um *Die Farbe Lila* und *Warten auf Mr. Right* anzuschauen? Warst nicht du es, die samstagmorgens Anita Baker und an Sonntagen Mahalia Jackson spielte? Und warst du es nicht, die immer darauf achtete, ganz gleich, wie arm wir waren und wie dürftig das Essen auf dem Tisch, dass ich genügend Schreibhefte hatte? Was für eine großartige Mutter du bist. Was für eine Frau!

Kristen und Adam, Breonna und Andre, Turquoise, Winston und Jerell. Ich bin so glücklich, dass ich euch immer als Geschwister hatte. Jedes Wort der Zuneigung in diesem Roman ist inspiriert von den vielen Momenten, in denen ich mit euch allen zusammen war. Ich kann es nicht oft genug sagen: Jeder Mensch auf dieser Erde braucht Geschwister so wie ein Seemann einen Kompass. Ihr alle seid meine Nordsterne gewesen. Wohin wäre ich ohne euch gesegelt?

Tanten und Onkel, Cousins und Cousinen. Auntie Winnie (in ihrem Kimono), Auntie Rita, Auntie Joyce (im Himmel), Auntie Carlis, Auntie Gayle, Auntie Betty Ann, Auntie Charlene, Auntie Rosie (im Himmel) sowie Cousins und Cousinen – Tia, Larniece, Lamar, Alexis, Erica, Nicole, Xavier, Quinton, Malcolm, Lauryn, Dahlia, Sean, Vincent, Terumah, TJ, Nia – und die Onkel – Sput, Effrem, Errick, Thomas und Flamingo. Ihr alle habt mir gezeigt, was es bedeutet, eine würdevolle und furchtlose Stringfellow-Frau zu sein. Bei unserem nächsten Treffen trinken wir auf Papa und Großmutter.

Soumeya. Meine treuste Beschützerin, meine glühendste Fürsprecherin. Wenige Menschen haben jemals so fest an mich geglaubt wie meine Literaturagentin Soumeya Bendimerad Roberts von HG Literary. Soumeya, du hast mir eine Chance gegeben, als ich zwanzig Seiten von diesem Roman fertig hatte, ein Konto in den roten Zahlen und noch ein Jahr vor mir bis zu meinem Masterabschluss. Den Vertrag mit dir habe ich am selben Tag wie meine Scheidungspapiere unterschrieben. Wir haben das alles durchgestanden mit dem puren Glauben aneinander. Und die wunderbare, unnachgiebige Marinesoldatin in dir hat nie geschwankt. Du hast diesen Hügel gestürmt, mich verwundet auf deinem Rücken getragen und die Fahne gehisst. Ich habe keine Ahnung, wie und warum. Aber ich bin eine Katholikin. Und deshalb glaubt wohl ein großer Teil in mir von ganzem Herzen an Wunder und an Engel. *Grazie mille*, Soumeya.

Katy, in aller Kürze, du beeindruckst mich. Ich habe das Glück, dass sich eine der brillantesten Lektorinnen, Katy Nishimoto, sowohl um mich als auch um meine Worte hervorragend gekümmert hat. Ich bewundere dich und dein Durchhaltevermögen bei dieser liebevollen Arbeit. Obwohl dein Wirken gleichwertig war, glaubt die Dichterin in mir, dass das Schicksal hier seine Hand im Spiel gehabt hat. Unsere Großväter dienten beide im Zweiten Weltkrieg. Deiner im japanischen 442. Infanterieregiment, der höchst dekorierten Einheit dieser Größe in der Militärgeschichte. Meiner wurde nach seiner Heimkehr gelyncht. Als ich den Roman beendet hatte, schrieb ich dir: *Ich glaube, wir haben unsere Großväter, unsere Vorfahren sehr stolz gemacht, Katy. Wir haben hier etwas richtig Gutes hingekriegt. Eine richtig gute Sache.*

An meine gesamte Dial-Familie – Donna Cheng, Sabrena Khadija, Jenna Dolan, Robert Siek, Matthew Martin, Debbi Glasserman, Debbi Aroff, Avideh Bashirrad, Michelle Jasmine, Ayelet Durantt, Corina Diez, Maya Millett und Andy Ward – danke, dass ihr euch so gut um mich und um meinen Text gekümmert habt. Ihr alle habt den Entstehungsprozess dieses Buches zu einem wahren Märchen für mich gemacht; jede Stufe des Lektorats war wie ein Schritt durch einen verzauberten Märchenwald. Whitney Frick, deine Fürsorge, die Aufmerksamkeit und Zuneigung, die du allen in dieser leistungsstarken Familie entgegenbringst, waren mir immer gegenwärtig. Du hast mir, meinen Verwandten und der Stadt Memphis mit der Veröffentlichung dieses Buches eine große Ehre erwiesen. Ich danke dir dafür. Von ganzem Herzen.

Professorinnen und Professoren – Dr. Reginald Gibbons, Dr. Juan Martinez, Dr. Julia Stern, Dr. Barnor Hesse, Dr. Darlene Clark Hine, Dr. Christine Sneed, Dr. Rachel J. Webster, Dr. Simone Muench, Dr. Chris Abani, Emeritus Poet Ed Roberson, Dr. Bartram S. Brown und Dr. Haki Madhubuti –, ihr seid mehr als Lehrende oder Mentor*innen für mich. Ihr seid Familie. Ich bin Professor Ragy H. Ibrahim Mikhaeel und Charlene S. Mitchell für immer zu Dank verpflichtet für ihre Arabisch-Übersetzung in letzter Minute. Ein besonderer Dank gilt Dr. Tracy Vaughn-Manley, von der ich an der Northwestern University so viel gelernt habe, doch ich glaube, das Nachhaltigste von allem war, wie man quiltet.

Wildcats, diese Wölfin wäre ohne ihr Rudel verloren. Michael D. Collins jr., Naliaka M. Wakhisi, Uchenna T. Moka-Solana und Wole D. Solana, Ama M. Appenteng-Milam und Jonathan D. Milam, Dr. Jason A. Okonofua, Mónica Guevara Del Bosque, Camille E. Trummer und Daniel Yeguezou, C. Russel Price, Pauline R. Eckholt, Lisa E. Weiss, Christoper J. Williams, Pascale J. Bishop, Caroline E. Fourmy und Dr. Kiran Kilaru – wir haben in der Kälte

Chicagos Feuer entfacht, oder? Mit nichts als der Liebe zueinander haben wir einen Funken in der Dunkelheit entfacht und sahen ihn über Lake Michigan explodieren.

Kommilitoninnen und Kommilitonen der Jura-Fakultät – Johanna Ojo Tran, Mary K. Volk, Jennifer Rexroat Lavin und Laura B. Homan –, ihr habt mich gelehrt, dass Sisterhood, da, wo man sie zuletzt erwartet, in vielen Farben daherkommt.

Brooke A. Fearnley und Elizabeth M. Sampson. Oh, Ladys, ihr habt ein Feuer in einem Herd in meinem Herzen entfacht, das niemals verlöschen wird. Einfach weil wir Schwestern sind. Geht nicht in die Wälder. Liebt eure Männer. Bleibt sexy und lasst euch nicht ermorden. Ruft mich jederzeit an.

Haar und Musik spielen eine große Rolle in diesem Roman. Folglich muss ich meinen Haar-Stylistinnen Dank dafür sagen, dass ich mich durch ihre Arbeit schön fühlen konnte. Mein ganzes Leben lang. Miss Vivian Hunt aus Harvey, Illinois, und Miss Adrienne Hughes und Miss Angela Caster aus Memphis, Tennessee. Ich danke und liebe euch.

Alle Blumen gebühren den folgenden Künstlerinnen, die Balsam für meine Seele waren und mich daran erinnerten, dass stolz zu sein und Schwarz zu sein, zusammengehören, sodass ich weiterschreiben konnte: CHIKA, Ashian, Latto, Nicki Minaj, Megan Thee Stallion, Cardi B, Ella Mai, Corinne Bailey Rae, SZA, Lizzo, Noname, Mara Hruby, Chloe x Halle, Mary J. Blige, Marlena Shaw, Roberta Flack, Monica, Lady Leshurr, Rico Nasty, Alice Smith, Big Bottle Wyanna, Beyoncé und natürlich Miss Anita Baker.

Ich möchte auch einigen Schauspielerinnen danken. Das Kino hat mich mehr als alles andere beim Schreiben dieses Romans inspiriert. Einige Aufführungen in den letzten Jahren haben mich einfach umgehauen. Ich habe von dem Pathos dieser hervorragenden Darstellungen profitiert, als ich meinen Figuren Leben einhauchte. Ich habe diese Frauen nie persönlich getroffen, aber ich fühle mich ihnen verpflichtet. Ich könnte eine Million Gedichte schreiben für Niecy Nash, Janet Hubert, Dominique Fishback, Viola Davis, Aunjanue Ellis, Karen Aldridge, Taraji P. Henson, Lupita Nyong'o, Radha Blank, Shakira Ja'nai Paye, Bria Samoné Henderson, Wunmi Mosaku, Cynthia Erivo, Regina King, Whoopi Goldberg, Jada Harris, Angela Bassett, Natasha Rothwell, Kayla Nicole Jones und noch einmal Mary J. Blige.

Es fällt mir schwer aufzuschreiben, wie außergewöhnlich es für eine Schwarze Frau sein kann, allein mit ihren Gedanken in der Öffentlichkeit zu sitzen, ohne belästigt oder gestört zu werden, ohne dass ihr gesagt wird, sie solle nach Afrika zurückgehen; ohne dass sie aufgefordert wird, die Rechnung an der Kasse zu bezahlen, ohne dass eine Bemerkung über ihr exotisches Aussehen fällt; ohne die Aufforderung, sie solle mehr lächeln oder leise sein, sich mit dem Essen beeilen oder so schnell wie möglich verschwinden, damit der weiße Mann, der an der Bar wartet, Platz nehmen kann. Ich möchte deshalb den folgenden Restaurants in aller Welt danken, die mich mit einem gewissen Maß an Respekt behandelt haben, während ich an diesem Buch schrieb. Ich wollte, es stünden mehr Etablissements in den USA auf dieser Liste, aber, ach, bis mein Land lernt, Schwarze Frauen etwas besser als Hunde zu behandeln, hat es noch einen langen Weg vor sich. *Grazie mille ai questi ristoranti:*

Chef Bahia	Matanzas, Kuba
Ranchón El Valle	Monserrate, Kuba
Calypso Relax	Bocale, Italien
Casa del Popolo	Fiesole, Italien
Terrazza 45	Fiesole, Italien
Vinandro (Vino e Desco Molle)	Fiesole, Italien
The Bourgeois Pig	Chicago, IL
Schwa	Chicago, IL
Steadfast (beim Gray Hotel)	Chicago, IL
La Canasta	Alhaurín de la Torre, Spanien
Restaurante Casa Sardina	Alhaurín el Grande, Spanien
La Bodeguita	Alhaurín el Grande, Spanien
El Tapeo del Soho	Málaga, Spanien
Billy's Seafood	Kill Devil Hills, NC
The Saltbox Café	Kill Devil Hills, NC
The LINE Hotel	Los Angeles und Washington, DC
Bidwell Restaurant	Washington, DC
Cozy Corner	Memphis, TN
Local on the Square	Memphis, TN
Porch and Parlor	Memphis, TN

Schließlich bin ich mir sicher, dass ich jedes einzelne Wort geschrieben und jedes Satzzeichen hier gesetzt habe für meine Kids, für meine Schülerinnen und Schüler in der zehnten Klasse Englisch an der White Station High School in Memphis, Tennessee, und am KIPP DC College Preparatory in Washington, DC. Lest, meine Lieben. Lest. Lest. Lest. Und schreibt.

Die Autorin

Anmerkungen der Übersetzerin

André: André 3000 ist ein Schwarzer Rapper, Outcast eine Schwarze Rap-Gruppe. *Source* war ein Hip-Hop- und Rap-Magazine, das auch Wettbewerbe veranstaltete, die erstmals 1995 im TV ausgestrahlt wurden. »The South Got Something to Say« ist ein Titel von André 3000.

Anansi: Westafrikanischer Folk-Tale Character. Trickster. Gott des Schabernacks. Vermittler.

Asafo: Bezeichnung für Krieger*innen unter den Akan-Völkern im heutigen Ghana

Tupelo: Stadt in Mississippi, Geburtsort von Elvis Presley

Ernie Banks: Legendärer afroamerikanischer Baseball-spieler

Humvee: Gepanzertes Mannschaftsmilitärfahrzeug

Fergie Jenkins: Afrokanadischer Baseballspieler

Sugar Tree: Vertreibung der Native Americans aus Sugar Tree, Tennessee, im 19. Jahrhundert

Shug Avery: Eine der Protagonistinnen aus Alice Walkers Roman *Die Farbe Lila*

Piggly Wiggly: Supermarktkette

Jumanji: Fantasy-Abenteuer-Film

Liberal Arts School: College mit interdisziplinären Curricula. Z. B. müssen Jura-Student*innen auch eine bestimmte Anzahl von Kursen in Kunst, Geschichte etc. belegen.

Dorothy Dandridge: Afroamerikanische Sängerin und Schauspielerin (1922–1965), die als erste Schwarze eine Oscar-Nominierung erhielt

Shiloh: Schlacht während des Amerikanischen Bürger-
kriegs im Bundesstaat Tennessee
Oo-Rah: Schlachtruf der US Marines

Anmerkung der Übersetzerin
zum Sprachgebrauch

In der Übersetzung wird eine gendergerechte und diskriminierungsfreie Sprache verwendet. Beim Gendern wurden dabei verschiedene Möglichkeiten benutzt, um die flüssige Lesbarkeit des Textes zu gewährleisten.

Wie »Black« im Original wird »Schwarz« personenbezogen groß geschrieben, weil es hierbei nicht um Hautfarbe, sondern um gesellschaftliche Zuschreibungen und Positionierungen geht. Dies ersetzt auch die überholte – und in deutscher Übersetzung pejorative – Bezeichnung »Negro«. Das verletzende N-Wort mit »i«, das im Original nur in wörtlicher Rede vorkommt, wird nicht ausgeschrieben. Dagegen ist »Nigga« eine (Selbst-)Bezeichnung von Schwarzen in den USA, die sowohl positiv als auch neutral, aber auch negativ besetzt sein kann. Die positive Verwendung wird im Roman von einer der Figuren selbst erläutert. Da dies so in einem deutschen Kontext nicht übertragbar ist, habe ich mich mit wenigen Ausnahmen dazu entschieden, dieses Wort durch andere Ausdrücke zu ersetzen. Ein Beispiel für eine der Ausnahmen ist die Passage im Chicagoer Gangstermilieu, da die Verwendung des Begriffs hier sprachlich authentisch ist.